图书在版编目（CIP）数据

别不把自己当回事/刘建超著. —南昌：江西高校出版社，2014.6（2017.5 重印）

（少年梦·青春梦·中国梦：中国故事/尚振山主编）

ISBN 978-7-5493-2573-3

Ⅰ.①别… Ⅱ.①刘… Ⅲ.①故事—作品集—中国—当代 Ⅳ.①I247.8

中国版本图书馆 CIP 数据核字（2014）第 115950 号

出 版 发 行	江西高校出版社
社　　　址	江西省南昌市洪都北大道96号
邮 政 编 码	330046
编 辑 电 话	（0791）88170528
销 售 电 话	（0791）88170198
网　　　址	www.juacp.com
印　　　刷	北京一鑫印务有限公司
照　　　排	麒麟传媒
经　　　销	各地新华书店
开　　　本	710mm×1000mm　1/16
印　　　张	15
字　　　数	215 千字
版　　　次	2014 年 7 月第 1 版
	2017 年 5 月第 2 次印刷
书　　　号	ISBN 978-7-5493-2573-3
定　　　价	29.80 元

赣版权登字-07-2014-274

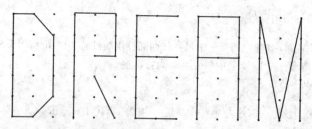

少年梦·青春梦·中国梦·中国故事

别不把自己当回事

刘建超 著

江西高校出版社
JIANGXI UNIVERSITIES AND COLLEGES PRESS

[目录]

CONTENTS

永远的"高原红"   001

夜　话   004

理　解   007

母亲泪   009

幸福接纳   012

北京的早晨   015

将　军   018

指　挥   021

听大人讲那过去的事情   023

讨厌的女人   026

1978 年的饺子   030

1977 年的兔子   033

妻子的逻辑　　　　　　036

找我有事　　　　　　　039

主席台　　　　　　　　042

实　词　　　　　　　　045

心　尺　　　　　　　　049

谁做主　　　　　　　　052

别不把自己当回事　　　055

别太把自己当回事　　　058

韦闲人　　　　　　　　061

秋　祭　　　　　　　　064

秋　茫　　　　　　　　068

工　人　　　　　　　　071

秘　密　　　　　　　　074

清　水　　　　　　　　077

儒　雅　　　　　　　　080

戏　霸　　　　　　　　084

戏　迷　　　　　　　　087

戏　混　　　　　　　　090

孩子，咱有钱　　　　　093

远逝的牛犄角　　　　　096

漂亮小姨　　　　　　　100

流泪的水　　　　　　　104

老街说客　　　　　　　107

老街神算　　　　　　　110

神　话　　　　　　　　113

名　嘴　　　　　　　　116

戏　神　　　　　　　　119

大漠里的旗帜　　　　　122

宫灯李　　　　　　　　　　125

黑脸卫士　　　　　　　　　128

家有阳光　　　　　　　　　131

风沙掩埋的情仇　　　　　　134

完美交代　　　　　　　　　137

汤王马一鲜　　　　　　　　140

将军泪　　　　　　　　　　143

将军印　　　　　　　　　　146

和　平　　　　　　　　　　149

将军树　　　　　　　　　　152

将军令　　　　　　　　　　155

将军被　　　　　　　　　　158

挺　拔　　　　　　　　　　161

温暖冬天的火焰　　　　　　164

俊　嫂　　　　　　　　　　167

唠叨天使　　　　　　　　　170

滑一刀　　　　　　　　　　173

向前向前　　　　　　　　　176

高高举起手的胖胖　　　　　179

南笙痛苦和快乐的生活　　　182

东半球，西半球　　　　　　185

1975 年的山楂果　　　　　　188

没有年代的故事　　　　　　191

让你知道我是谁　　　　　　194

1970 年的回力鞋　　　　　　197

1971 年的凤凰车　　　　　　200

1973 年的故事　　　　　　　203

1975 年的辫子　　　　　　　206

羡 209

沉重的抉择 212

小不点与大块头 215

怀念一只被嘲笑的鸟 218

海边，一位老人 221

委 婉 225

外交官 227

官 娃 230

永远的"高原红"

　　认识你是在 1979 年成都的春天。我是穿上军装不足仨月的"新兵蛋子",你是入伍三载,刚刚提升的军官。我至今还清楚地记着你的模样,中等个头,浑实的身材,浓眉大眼,颧骨处像抹了胭脂,红扑扑的好看。我听到大家都叫你高原红。

　　那是新兵对老兵的一场篮球赛。你的带球过人总是引来场下观众的喝彩,我心中就不服,要知道,我参军前也是篮球体校混打过几年的中锋。我盯上你,为抢一个球,你我撞在一起,人高体壮的我,把你推出了场外。你倒下了,崴了脚,脚脖子肿得脱不下袜。我吓呆了,得罪了老兵不会有好果子吃,何况是得罪了个当官的。我扶着一瘸一拐的你走到水管前,用冷水浇那惨不忍睹的"胖脚",疼得龇牙咧嘴的你却调侃道:"好了,新兵蛋子,算你给我开了张病假条。认识一下,你叫什么名字?"我握住了你那有力厚实的大手。

　　我叫你高参谋,你朗朗地笑了,说:"我叫多吉,家在西藏。高原红是战友们送我的外号。生活在高原地带,常年的日晒,脸上就会变得黑红。"从内地到西南的我第一次知道了什么是高原红。意外地碰撞,你我成为推心置腹的朋友。我佩服你畅爽的乐观情绪,诙谐幽默的谈吐,跟你在一块就觉得舒心。只是你的普通话说得不流畅,常常引得我发笑。我还是喜欢叫你高原红，高参谋。

　　没有想到你那么有灵气，写诗对句，唱歌作曲，吹拉弹奏样样拿得起。你创作的那首《高原夜曲》，舒缓悠扬，我们参加军区的汇演夺得创作和演唱一等奖，优美的旋律在士兵中广为传唱。还有你的小号，是召唤快乐的集结号。假日闲余，你只要拥着它在湖边出现，便招来成群的战士同你一起朝着碧波亮开歌喉，唱得水鸟都围绕在周围翩翩起舞，不愿离去。远处，还有水鸟一样轻盈的女兵。

　　高原红，还记得那个花好月圆的夜晚吗？你我到医院看望住院的战友，他的思想负担挺重，整日叹息，以泪洗面。你走进去，便给病房带去一束祥和快乐的阳光。你说古谈今，妙语连珠，插科打诨，调动了整个房间的气氛，战友脸上露出了笑容。临别时，你拍着战友的肩说："男子汉嘛，别那么没出息。"归途，你却再没说一句话。你拿着小号坐在月光朦胧的沙滩上，吹起你最喜欢的《红河谷》，只是那天的音调带着一缕惆怅。后来我才知道，那天，与你相恋几载的女友同你分手了。当你在医院和战友侃侃而谈时，内心忍受着多么痛苦的创伤！

　　再后来，你把几位战友邀在一起，拿糖敬烟，小号一遍又一遍地吹奏着《祝您幸福》。我们问你有啥事值得这么高兴，你说是在欢庆与你分手的女友今日同他人完婚。我以为你这是一种情感的发泄，你却那么真诚地说：她得到了她想要的幸福，我不该为她高兴吗？

　　高原红，你的身影在我面前陡然高大起来。比江河宽广的是海洋，比海洋宽广的是蓝天，比蓝天宽广的是人的胸怀。

　　没有想到的是，我在部队的最后一年，你住进了医院。我去医院看你，你还是那样朗朗地笑，说自己住院只是个"临时代办"，马上就会出院。可是，我知道，也许你不会再踏出医院的大门。

　　你的病越来越重了，打止痛针的次数越来越频繁。疼痛起来，你牙咬得咯咯响，浑身汗水也不呻吟，怕刺激同屋的病友。你还轻声地哼唱着"燕子啊，你高高地飞翔，带着那殷切的期望"。

　　我结束了自己的军旅生涯，就要退伍回家了。去医院看你，你说：

"到地方好好干，好男儿志在四方，你走的时候我去送你。"我握住你枯黄的手说："高原红，好好养病，病好了去我的家乡，我带你去龙门，去少林寺玩。"你的脸上呈现一丝笑容："大家都在瞒我，其实我早就知道自己是什么病了。也许这次是永别，谢谢你照顾我。"你平静得像是说别人的事情。下了楼，我朝三楼的窗口望去，你还伫立在窗口，探出身子向我招手。

我回到家乡，你来信了，你说你受不了离别时那让人酸楚的场面。你怕说出的笑话也会被泪水打湿，你命令自己坐进电影院，直到散场你也不清楚银幕上都上演了些什么。你说你来到湖边，在你我经常相聚的地方，向着无际的夜，敬了军礼。那夜你为我吹响了小号，《友谊地久天长》，你问我听到了吗。

高原红，读着你的信，我流泪了。

高原红，记下上面的文字，是为了纪念你离开尘世整整 25 年。我至今不能相信疾病会夺走你旺盛的生命。我想你的时候，总会听见天边传来悠扬的号声。

多吉，我永远的朋友，永远的高原红。

夜 话

夜已深。

院子被夜的静谧罩着，比白昼显得更空旷。

院子里的苹果树挂满了拳头大的果子，散着淡淡的清香。

父子俩坐在果树下，一明一闪的烟燃，不时照亮老人沧桑的脸庞。

娃，记得爹给你讲的故事吧？是啥时间的事啊？

爹，我记得呢。1966 年 3 月 8 日清晨。那天老家发生了强烈的地震。

老人眯着眼，缓缓地说，娃，那时的情景，现在想起来，我还身上发寒啊。当时就像响起了一声惊雷，咱家整个房子就摇晃起来。里屋呼隆一声就倒塌了，你爷爷和你两个叔叔就闷在里面了。你奶奶和我睡在外屋，你奶奶麻溜地爬起来，我还迷瞪着哪，就被你奶奶用尽力气给推出了门外，整个屋子就全塌了。一家 5 口，就活下来我一个。天上刮着黑风，响着怪雷，就像谁把天捅了个窟窿似的……那一年，爹刚刚满 10 岁。

爹，我知道，咱村是那次地震受灾最重的。狂风呼啸，天昏地暗，残垣断壁，房倒屋塌，河堤破裂，黄沙黑水喷向空中，到处哭喊声一片……

咳，人们没有了主心骨啊。有的人就开始拾掇别人家的东西。爹只觉得肚子饿，哭着，跑着。忽然我被绊倒了。我趴在地上，呼喊中，发现了一包东西。是一个草纸包，纸包里露出了一块饼干。爹骨碌爬起来，捧起黄纸包悄悄地塞进怀里。爹这才看清楚，这片倒塌的是村里的代销店。

我记得爹说过，爹从小就吃过一次饼干。那是爹参加村里魏老爷爷的百岁大寿，给每个孩子发了两块动物饼干。爹拿到手的两块饼干，一块是小兔子，一块是小公鸡。

是啊。那年月，哪家孩子能吃得起饼干啊。爹嘴馋的时候，就爱到代销店，闻闻饼干、酱油的香味。那包饼干在爹的怀里揣着，如一盆炭火，烧得爹心里热热的。爹几次都忍不住想拿出一块放到嘴里，又怕别人看见，嘴里往下咽唾沫。爹知道，那饼干是集体的，公家的。拿了，吃了，不光彩。

爹就把那包饼干揣在怀里一天，饼干都被体温烘热了。

可不嘛。第二天，脚下的地还时不时地颤动。风沙蔽日，寒气逼人。村里的人已经快绷不住了。忽然，天空传来了飞机的隆隆声，有人喊着到村头集合，说周总理来看望乡亲们了。

爹说总理步伐坚定有力，他跨过纵横交错的地裂缝，先走进低矮的防震棚看望伤员。总理蹲在伤员身边，握着他的手，亲切地询问伤情，嘱咐他安心养伤。那伤员就是后来把爹抚养大的白爷爷。

是啊，娃。乡亲听说总理来了，一起涌到村头。那阵子风刮得正猛，乡亲们就围成个半圆，把总理挡在背风处。娃啊，爹就站在总理的身边啊，这就是操心我们的国家大事的总理啊。他脸上带着疲惫，眼睛发红，嘴唇干裂。爹跑到地震棚子里，拿出一只黑瓷碗，在木桶里盛了一碗水，递给总理。总理端起碗，吹吹碗面上的浮尘，一饮而尽。

爹，总理慈祥地拍拍你的头，拿出手帕，揩去你流到嘴边的清鼻涕和泪水。总理抬头望了望天空，自语道，这怎么能行哪。他立即让身边的工作人员组织乡亲们调整方向，让乡亲们背着风向。

娃啊，总理迎着风，站到一只木箱上，他大声说的话，你记得不？

记得，爹。总理说，同志们，乡亲们，你们受灾了，受损失很大。党中央，毛主席，让我来看你们。总理说，麦子返青了，地该种了，党员干部要带头把生产搞好。要自力更生，奋发图强，发展生产，重建家园！总理迎风而立，斑白的头发被风吹散，披着的风衣被风鼓起，像一面飘扬的旗帜。

娃啊，爹永远都忘不了总理当时的情景啊。爹当时做的第一件事，就是把在怀里揣了一天的那包饼干放回到代销店的废墟中。

爹，烟熄了。来，点上。

火光又一明一闪地映着老人眼角的泪珠。

娃，爹是第几次给你讲这个故事了？

第四次，爹。第一次，我上小学。第二次，我上大学。第三次，我当选县长。今儿个，第四次。

好了，娃，睡吧，天不早了。

第二天，代理市长走马上任。

理 解

王聪有个外号叫王理解。这外号缘于他经常挂在嘴边的口头禅：可以理解，可以理解。

在同辈人看来，王聪类数最难理解的一辈。出生赶上三年自然灾害，上学碰上十年动乱，毕业遇到上山下乡，入伍参加自卫反击战，参加工作时兴讲文凭，混上文凭又限年龄，四十好几的人还是个副主任科员。每每同学聚会，大家慷慨陈词，牢骚满腹，王聪总是微笑着：可以理解，可以理解。同学不满，责问如何理解。王聪说，哲人曰：磨难是笔财富，吾辈有如此经历、如此财富，也不枉人生一回啊。

王聪对自己科员的位置很安心，主任交办的事都做得很尽心，即便是些鸡毛蒜皮之类。主任初到办公室时还是个刚出校门的毛孩子，对王聪一口一个王老师。当时王聪很有可能提拔当主任，后来也不知啥原因就搁置了，再后来那个毛孩子就当上了主任。大家纷纷为王聪抱不平，王聪微笑着，"年轻人有精力，有学历，可以理解，可以理解。"毛孩子刚当上主任还王老师王老师地叫，后来就叫老王了。同事说主任是白眼狼，王聪说，可以理解，一则咱确实比人家老，二则咱也没教孩子点啥，干好工作吧。以后，大家也用可以理解对王聪还击时，大都带有嘲讽意味。王聪也不计较。

王聪三十二岁才成家，媳妇小他八岁，王聪对媳妇自然疼爱有加，几乎包揽了所有家务，羡慕得邻居都夸王聪媳妇有福，便对自己的丈夫数落，"也学学人家王聪呀。"同事便对王聪发难，"要维护点男子汉的面子嘛，连媳妇内衣内裤都包揽了，还美得跟屁花子似的，你累不累呀。"王聪微笑着，"要想好，大让小嘛，可以理解。"同事嫉妒地跟媳妇嚷："有本事也小个七八岁呀，我当玉样捧着你，可以理解吗？"事有不测风云，王聪媳妇下岗了。媳妇又哭又闹，让王聪去找领导，王聪就去找媳妇的领导，媳妇的领导就对王聪摆了一大堆难处，希望给予理解。王聪就说，可以理解，可以理解。媳妇说王聪是个窝囊废，几天不给他好脸，晚上也不让他上床。王聪只是嘿嘿地笑，笑得还特诚恳。媳妇也没辙了，"嫁给你算倒霉，以后家务事都交给我，好好上你的班。"

　　王聪长得干巴精瘦，一幅刁刁的嘴脸，大家却愿意同他交谈商量，碰上脸红脖子粗就说，找王理解给理解理解。王聪也就一本正经地跟人家陪上半天。不过，也有例外。楼上老周有个女儿，见天和一些不三不四的男人来往，常常唱歌跳舞喝酒折腾到半夜，谁也管不了。老周享用着女儿送的烟酒，睁只眼闭只眼，对邻居的抗议不闻不问。终于出事，女儿被强暴，家财被洗劫。老周对着邻居哭诉，王聪说，养不教，父之过。你女儿整天和些不三不四的人来往，出事也是情理之中。她不遭强暴谁遭强暴？你家不遭洗劫谁家遭洗劫？这完全可以理解嘛。老周大恸，邻里暗笑，都觉得解气。

　　王聪去世是个意外，一个愣头小伙子骑摩托车将王聪撞倒在石墙上。弥留之际，王聪对媳妇说，别难为人家，也不是故意的，可以理解；对同事说，别难过，人生一世，草木一秋，早晚都有个走，只要活得快乐满足。追悼会上，同事送给王聪一幅挽联：理解不理解，不理解也理解；不理解理解，理解也不理解。往后，同事们再谈论可以理解时，态度都是认认真真的。

母亲泪

我记忆中的母亲从来没有流过眼泪。

二姨曾经对我说过，你母亲心硬呢，你姥爷走的时候，都没有见到她流泪呢。

母亲是心硬。我大哥当兵那年，南疆战事正紧。我和母亲送我哥哥去车站。欢天喜地的鼓乐声震耳欲聋，说话都要大声吆喝。旁边的一个阿姨对我母亲说，正打仗哪，你舍得孩子去啊？母亲当着哥的面说，不打仗，当兵干什么？老大牺牲了，俺老二继续上。母亲拍拍我的头。

大哥真的留在了战场上。

我听报告说，大哥他们是唱着《再见吧，妈妈》趟入地雷阵的。当兵六个月，大哥走完了他十八岁的壮丽人生。母亲没有哭，母亲说，孩子肯定是要让他的父母为他自豪，孩子不希望父母为他流泪。母亲把大哥的相片放在案头，不让镶黑边。逢年过节，全家聚会，餐桌上总是会多摆上一副碗筷，那是给大哥留的。

母亲很忙，家里的事几乎都是父亲在照应。有时，母亲看到父亲劳累的身躯，总是很歉意地给他揉揉肩，按按背。然后叹口气，对我说，儿啊，你要是个姑娘多好啊，可以帮爸妈做好多事了。

二姨说，你妈心硬，连花啊草啊都不喜欢，哪能生养姑娘。再生啊，也还是你这样的和尚蛋。

母亲的双亲去世得早，母亲是二姨带大的。二姨比母亲大五岁，那时的日子很苦，糠菜半年粮，每年种收的十几斤芋头就是家里的稀罕物。村里的女人坐月子才舍得吃。二姨隔三差五地就给母亲蒸几个芋头，自己啃菜窝窝。二姨总是哄着母亲说，我吃芋头反胃，你吃吧。母亲到了上学的年龄，二姨自己退了学，把母亲送进了学堂。每天做完活，二姨都要到学堂门口等母亲放学，不同的季节里就会给母亲一把酸枣，一只水萝卜或者几只小鸟蛋。二姨嫁人时，只有一个要求，要供养母亲上学。母亲成为村里唯一一个考入大学的女子。二姨说，你母亲进城里读书，我们都哭成泪人了，她一滴泪也没有，心硬着哩。

母亲性格直爽，说话办事也是风风火火的。如果有个休息日，可以听到家里叽里咣当的声音。父亲说，你母亲做顿饭就像在撵老鼠。

母亲和父亲一动一静，相处得却非常融洽。只有一次，我听到过两个人起了高腔。父亲说，你就别犟了，领导都有了意图，按领导的意见办就是了。母亲说，领导的意见是错误的我也要照办啊？这事不能融通。父亲很无奈，说那是我老战友的孩子，你就别再坚持了。你不知道这后面要牵涉多少人啊，那帮人什么事情都做得出来。母亲一点也不让步，我分内的事，你别管。

那些天，父亲格外地小心，母亲外出时，他总是找借口陪伴在母亲的左右。还是出事了。一辆违章的汽车把父亲撞入路边的深沟，送到医院抢救治疗了三个月，父亲余下的日子就永远与轮椅为伴了。

母亲没有流泪。母亲不请保姆，再忙，也要自己动手伺候父亲。母亲说，她知道那辆车是有意冲着母亲来的，父亲在一刹那间推开了母亲。

母亲闲暇的时间多了。她总是爱推着父亲的轮椅，到后山的花园里散步。母亲说那是他和父亲相识的地方，当时还只有一个小木桥，桥下有潺潺细水。

有一天，大成哥来到了我家。大成哥是二姨唯一的宝贝疙瘩，呵着护着惯着娇着。大成哥大学毕业进了一家企业，没有几年就当上了企业的老板。虽然我家和二姨家相隔千里，大成哥还是经常来家里看望我父母。父亲出车祸后，家里的积蓄全部用尽。父亲去北京的疗养费，我上大学的费用都是大成哥给出的。我大学毕业后，也是大成哥四处托人找关系把我安排进了政府部门。母亲就说过，二姨家对咱家的恩情，这一辈子也报答不完啊。

大成哥这次来了没有急着走，安心地住下了。母亲每天都要做许多大成哥喜欢吃的菜。但是，大成哥吃得很少，烟抽得很凶，睡觉也不踏实。

母亲问，大成啊，今年多大了？

大成说，小姨，你忘了？我比小超大十岁，四十的人了。

母亲点点头，才四十啊，还年轻着啊，还有好日子过啊。

那晚，母亲和大成哥谈到了很晚。

大成哥安安稳稳地睡着了，母亲就坐在大成哥的床边，轻轻地摇着一把蒲扇驱赶着蚊虫，直到天亮。

第二天一早，母亲陪着大成哥走进了公安局。

母亲回到家，把自己关在屋里，号啕大哭。

母亲已经退休了。母亲是位纪检干部。

幸福接纳

芸是结婚后不再吃卤水大肠的。

芸白净的皮肤，高挑的个头，漂亮得大大方方实实在在，让人心颤，又容不得丝毫的邪念。那种漂亮不仅仅是你能感触到，仿佛你伸出手就能抓得住。和芸在一起，你会觉得请她喝茶都是对她美的亵渎，只有全市最典雅的葡京大酒吧才能与她的气质相符。偏偏，芸喜好吃俗得不能再俗的卤水大肠。

芸少年时得了一场病，高烧退去，吃啥都觉得口中无味。父母着急，变着花样做好吃的，芸都吃不了几口。那日，芸的一个乡下表哥进城办事，顺路来看看芸。芸围着表哥嗅嗅，说表哥带了什么好吃的东西。表哥有些发窘，说走得急，没顾上给表妹买东西。芸不信，从表哥口袋里掏出一个油腻腻的纸包，纸包里是表哥吃剩下的卤水大肠。芸就在表哥的惊愕状态下，狼吞虎咽地把卤水大肠消灭掉。从此，卤水大肠成为芸生活中幸福的美食。

芸是年轻男人追逐的天鹅。有才的有貌的有钱的有权的，想方设法与芸套近乎，芸都看不上，用芸的话说是找不到感觉。芸在二十八岁成为老姑娘的生日晚会上，终于找到了感觉，也让芸的亲朋好友没了感觉。芸看上了一个在区文化馆画画的半大老头黑蛤蟆。天下的事真是说不清楚，黑蛤蟆新近丧偶，人家也没对芸有什么非分之想，拒绝了几次。是芸上杆子追那黑蛤蟆。芸读了黑蛤蟆在那家晚报屁股上发表的一首酸奶果冻味的诗，被感动得一塌糊涂。芸迫不及待地就嫁给了黑蛤蟆，短得就没有什么值得回味的过程。唯一有带点味的回忆就是黑蛤蟆不允许芸再吃大肠。黑蛤蟆见不得芸把他认为的猪身上最让人痛苦的部分当做最幸福的部分享用。芸竟然同意了。

黑蛤蟆容不得芸吃大肠，黑蛤蟆自己却十分嗜好街头的一种小吃——油炸臭豆腐。经常可以在周末的夜晚，看到芸挽着黑蛤蟆的胳膊出现在老城八角楼附近，黑蛤蟆有滋有味地哑巴油炸臭豆腐串。黑蛤蟆可以一气吃掉5串油炸臭豆腐，还可以列举出吃臭豆腐的十大好处，并且能够从美学的角度赋予臭豆腐很高的艺术欣赏价值。黑蛤蟆有时吃得腻歪，就把剩下的臭豆腐给芸吃。芸开始时，吃过了就吐；看到黑蛤蟆难过的样子，就擦擦眼角的泪，说我再试试，好东西也不是一下就可以接受的。黑蛤蟆兴奋地搂着芸说是的是的，比你吃的那猪大肠要强几百倍啊。

芸有一次还是忍不住吃了一回卤水大肠。芸参加好友露的婚礼，露的父亲是一级厨师，拿手的绝活就是卤菜。露知道芸的爱好，特意让父亲精心调制了卤水大肠。看着色香味俱全的精美佳肴，芸禁不住诱惑，美美地痛快了一顿。芸提前赶回家，洗了三遍手，还刷了牙，可还是被黑蛤蟆嗅出了味道。黑蛤蟆一副痛心疾首的模样，把自己关在画室里画了一宿裸女像。芸好歹哄着黑蛤蟆，还专门买回了油炸臭豆腐，黑蛤蟆的脸才有了笑容。芸专门去卖臭豆腐的小摊贩和人家套近乎，讨教制作方法，回到家就试着做。芸做的油炸臭豆腐比街上的还好吃，黑蛤蟆开心地吃，芸支撑着下巴幸福地看着。黑蛤蟆忽然放下手里的食物，对芸说，你这种神态太美了。黑蛤蟆拿来画板，把芸克隆到了他的画夹中。这幅名为《幸福的芸》的画参加了省里的画展，还得了一等奖。黑蛤蟆一夜成名。

露带着家传的卤水大肠去看芸，一进门就捂住鼻子，臭豆腐的味道让她不能忍耐。芸笑着说，有那么严重吗，我怎么闻不出来。露说，你麻木了。当露得知芸把自己的爱好也牺牲了，大骂黑蛤蟆不公，要为芸抱不平。露大声嚷嚷，我的公主，你怎么能这样？芸平静地说，我爱他啊，爱一个人就该接纳他的一切，包括他的优点和缺点还有他的喜好。露就莫名其妙地搂着芸号啕大哭。

芸和黑蛤蟆结婚五年后，芸病了。芸病得这个世界竟然没有能力能够挽留住她。黑蛤蟆整天耗在医院里，一步不离地守候着芸。芸拉着黑蛤蟆的手，吃力地吐出一个字，肠。黑蛤蟆说，芸，我去，我去买你爱吃的卤水大肠。黑蛤蟆买回了大包卤水大肠，他夹起一块放到芸的嘴边，芸摇摇头，期望的眼神抚摸着黑蛤蟆。黑蛤蟆说，芸，你是让我吃？芸点点头。黑蛤蟆泪如雨下，大口大口吞嚼着说，芸，我吃，你看，我吃。

芸灿烂地笑了，芸灿烂的笑化作了永恒。

北京的早晨

妻子出门赶早市，晓喻还懒在床上撅着屁股呼噜。妻子嘴里不满地嘟囔，故意把门带得很响。晓喻就在门的哐当声中醒来了。

晓喻伸了个懒腰，看到墙上一家三口的照片，两只胳膊就僵直地不动了。

自从女儿上大学走后，晓喻好像就再没有起早跑步锻炼过了。

女儿生下体质就差，月子里就抱到医院打针，媳妇心疼得掉眼泪。

晓喻拍拍胸脯，安慰妻子说，放心吧，孩子的体质可以后天锻炼的。我会把她锻炼得棒棒的。

女儿刚刚学会走路，晓喻就给女儿制订了一套锻炼方案。有了女儿锻炼计划后，晓喻的懒觉就取消了。他每天早晨都要带着女儿跑步做操，刮风下雨也不间断。妻子有时心疼女儿，都会被晓喻生生顶回去，你说，你是要孩子健康还是要孩子上医院？女儿有时撅着小嘴抵抗，晓喻就软硬兼施，又哄又拽。女儿就一边跑一边哭，嘴里说你是坏爸爸，我让妈妈再给我找个好爸爸。

晓喻也是个懒散的人，最大的特点就是能吃能睡。饭菜不分瞎好，那吃相就如同品天下佳肴，吃得让人羡慕。睡觉更是一绝，只要他说，我睡了，不等你搭话，他的呼噜声就响了。有一年夏季，连降暴雨。县里抽调干部组成工作组下到受灾最重的几个山乡。连续几天的走访，人人都是身心疲惫。只有晓喻精神头十足，晓喻有在雨中睡觉的能耐。大家围坐在棚下避雨歇息啃方便面时，晓喻已经是鼾声大作。就因为晓喻保持了旺盛的体力，在抢救一家危房人家时，晓喻一气背出了十二口老少。房屋几乎就是在晓喻背着死活不肯离屋子的老奶奶迈出屋门的一刹那倒塌了。大家还惊魂未定，晓喻说了声，我困了，就靠着树桩呼呼睡去。

女儿的体质确实一年比一年增强了。晓喻还是不敢怠慢，他经常告诫女儿的一句话就是，身体第一，学习第二。女儿上高中住校后，晓喻一样坚持每天早上跑步到学校的操场外，看到学生出操，女儿在队伍中雄赳赳气昂昂地跑着，他才舒心地走开。

女儿高二那年刚满十七岁，生日正好赶在暑假里。晓喻答应女儿在她过生日时，带女儿去北京。女儿高兴得提前就给同学们嚷嚷了，还答应给这个带吃的、给那个带用的。晓喻的单位正好改制，晓喻的一个不大不小、不疼不痒的官就给改掉了。单位给晓喻又换了工作，去了一个不大不小、不疼不痒的科室跑杂。晓喻心里别扭，第一次觉得吃饭不香，睡觉不踏实了。女儿去北京过生日的计划也就随着他沮丧的心情泡汤了。女儿伤心地哭了。

从那起，女儿似乎就与晓喻有了隔阂。女儿考大学，论成绩可以报考省里的一本学校，女儿却坚持报考了北京的一所二本学校。晓喻和妻子瞪大眼睛诧异时，女儿说，我要凭自己的力量去北京。晓喻就像哑了嗓子的公鸡，干伸脖子出不了声。

晓喻抹了两把脸，打开了电脑，有条信息在闪动：你的好友姗姗已经成为奥运火炬手，你想成为火炬接力手吗？请赶快申请加入。

姗姗是女儿的网名。女儿到北京上学后，给家里留了个 QQ 号，经常和她母亲家长里短地聊天。

晓喻连忙给女儿回信：丫头，你当上奥运火炬手了？老爸祝贺你啊！这都是我带你锻炼的结果啊。

女儿：老爸，是网上火炬传递手。真正的火炬手哪能轮到我啊。不过，我已经报名参加了奥运志愿者，马上就要参加培训了。我们学校报名参加志愿者的同学中，我的身体素质是最棒的。我告诉他们我从小就靠打针吃药，他们都不相信。老爸，谢谢你送给我的健康。

晓喻的眼睛有些潮：丫头，老爸也要传递火炬。

女儿：好的。我就把火炬传给你，你要在 15 分钟内再传给下一个朋友。

果然，一枚火炬跳动着来到晓喻的面前，是女儿传过来的。晓喻仿佛看到活泼可爱的女儿高擎着火炬站在自己的面前。

女儿：老爸，你每天还坚持跑步吗？还做仰卧起坐和俯卧撑吗？

晓喻：惭愧啊，丫头。你上大学走后，老爸就又开始睡懒觉了。现在是晚上仰卧，早上起坐，晚上俯卧，第二天早上才撑啊。肚皮都鼓起来了。

女儿：老爸，这可不行。我们俩都是奥运火炬手了，迎奥运是提倡全民健身。以前是你监督着我锻炼跑步。以后，我要监督着你锻炼跑步。老爸，我们再来个约定，每天早上我们在同一时间一起跑步，还像以前没有分开一样，好吗，老爸？

晓喻：丫头，一言为定。

第二天清晨，妻子还没起床，晓喻已经在催促妻子了。

朝霞似火，天蓝如洗。

晓喻说，老婆，我怎么觉得今天像是北京的早晨啊。

广播里传来报时声：刚才最后一响，是北京时间六点整。

妻子说，这就是北京的早晨噢。

晓喻朝着远方喊道：丫头，跑步去！

相隔千里的父女，一同跑入北京的早晨。

将 军

"十五年以后，我会成为一名将军。"哥查着字典读完一本泛黄的《孙子兵法》后，右手握着书轻轻拍打着左手心，站立窗前一脸庄严，两眼望着无边天际对我说。哥那年十二岁。

哥高中毕业报名参军。全县八百名应届毕业生中挑选三名飞行员，哥是最后六名候选人之一。哥打开箱子，搬出平时不许我翻动的几十本宝贝书："这些都留给你了，好好学习，哥当了将军回来接你。"可哥政审没有通过。哥哭了一天，背着母亲缝好的被子，到八十里外县化工厂当了一名学徒工，每月二十三元工资。

哥的师傅为人尖刻。哥除了干活还要给师傅洗衣打饭，星期天还去乡下帮助师傅家干田里的活。哥的师傅烟瘾大，爱下棋，常哄着哥陪他下棋，谁输了谁就买一包"黄金叶"。哥的工资除去吃饭大都"孝敬"师傅吸烟了。学校放暑假，我背着一小口袋白蒸馍去看哥。哥屋里除了母亲缝的那床被子，啥都没有。一张苇席铺在地上，上面堆满了棋书。哥光着膀子，坐在席上打棋谱能打一通宵。"目前局势是这样的，我赢师傅已在把握之中了。"哥说。晌午，哥和师傅下棋又连输三盘。哥的师傅伸着黑糊糊的手从小口袋里抓走了三个白蒸馍，我心痛得直掉泪。哥说："兵不厌诈，你还不懂。"哥转正那天，在职工食堂与师傅挑战："谁输一盘，一条

'黄金叶'烟。"哥将三条烟放在桌上。围观的人开始起哄。哥的师傅从兜里掏出一沓菜票:"下个月吃咸菜了!"哥就蹲在凳子上,一手托腮,一手调动兵马,直杀得师傅大冷天硬是出了一头汗。不少人给哥的师傅当"高参"也无济于事。哥干脆利索连胜三盘。哥收起菜票,揣着烟,从容潇洒走出食堂。师傅瞪着眼、张着嘴,半天没缓过劲儿。哥在厂里名声大响。

十五年后,哥没有当将军却当上了爸爸。哥给女儿起了个响亮的名字:上将。嫂子撅着嘴老大不愿意。上将升入小学后,嫂子的厂里出现困难,厂里不少职工托人找关系往哥的厂子里调。嫂子也怂恿哥去找领导谈谈。哥在屋里背着手不停踱着步子,说:"从目前局势看,我厂的效益确实不错,但是个污染严重的行业,治理是早晚的事。而你厂的产品是国家建设的资源性产品,定当扶持。"如哥所料,不出一年,哥的厂被勒令停产,嫂子的厂又红火起来。嫂子对哥佩服得不得了,对哥伺候得更周到。上将升入中学后,城里兴起建房热,双职工借钱筹资在县城新规划的职工新区盖房子。哥不为所动。老街四邻新房建成,请哥去"燎锅底",哥吃着人家的酒菜,看着人家的新屋,蹦出两个字"惜哉"。主人让哥说个明白。哥用手指蘸着酒,在桌上画了一幅地图,一手撑着腰,一手拿着一根筷子:"目前的局势是这样的,云梦河是流入淮河的主要河流之一,横跨半个省,途经四个城市,是造成春夏两季洪灾的主要因素。现今世界是资源之争日烈,重点在石油,十年二十年后,争夺的重点将是水资源。云梦河水质优良,不但白白浪费掉还是水患之根,治理只是时间早晚的问题。从县地理位置上看,要治理云梦河,突破口非葫芦口处莫属。在葫芦口处筑堤,受淹者职工新区首当其冲。费了人力、物力、财力,居不上三年五载就拆迁,岂不是惜哉?"主人不爱听,酒席未散就把哥请了出去。三年后,职工新区果然开始拆迁,哥成了县城家喻户晓的人物。

天未降大任于哥,同样劳其筋骨,空乏其身。女儿上将在一次郊外春游中因车祸丧生。嫂子因失女儿之痛精神恍惚,晾晒衣服时不慎从二楼坠下,治疗三个月,最终还是截瘫。为给嫂子治病,哥花了所有积蓄,变卖了所置家当,还背了两万元的债务。哥却处之坦然,只是头发白了许多。

闲暇时，哥推着嫂子出去"散步"，嫂子怀中抱着两样东西，一只折叠的小马扎，一副象棋。哥放稳轮椅，打开马扎，铺开棋盘，接受男女老少的挑战。不论其棋艺高低，哥从不敷衍。每次把对手逼入绝境，一声"将"之后，哥便从衣兜里摸出一包烟来，抽出一支叼在嘴上，嫂子会及时划一根火柴将烟点燃，对哥粲然一笑。哥深吸一口烟，再将烟雾从鼻孔唇缝缓缓吐出，那份踌躇满志的神态俨然一位将军。

指　挥

　　部队准备开赴南疆前，决定开展一次歌咏比赛。我们连不缺舞刀弄棍、耍拳玩腿的武术骨干，就是缺少能歌善舞、有文艺细胞的人。每次的文艺晚会，我们几乎都是当热心观众。可这次不同啊，战前的最后一次歌咏比赛，壮士气振军威，哪个连不憋着一股劲？万一拿不到名次，影响了士气，还不得挨一辈子骂？尤其是合唱指挥占30分呢！谁敢上？连长急了，胳膊会动弹就会指挥，我们连就出不了个指挥？

　　主动请缨的是一排长常浩。一排长常浩是青岛人，1.8米的个头，说话咋咋呼呼的，平时往那一站，两只胳膊就不会打弯。

　　连长瞪着眼，你？能指挥？我怎么没有看出你有这点才能？

　　常浩粗嗓门说，真人不露相。不到关键时刻，我还不摆忽呢。

　　连长说，那你就试试看。连队集合，一排长挥着僵硬的胳膊带着全连唱了3首歌，除了声音大，就剩下跑调了，也看不出他的指挥艺术高在何处。连长旁敲侧击提醒他是不是考虑"让贤"，常浩脖子一拧，我的作战方案怎么能暴露给对方呢？用人不疑，疑人不用。你放心，只要我的指挥艺术临场一发挥，保证进入前三名。

　　星期六下午是"党团活动"时间，全团集中在一块开阔地带，进行歌咏比赛。天高云淡，远山如黛。每个连队的歌声都那么嘹亮、雄壮，每个连队的歌声都赢得热烈的掌声。

我们连上场。一排长常浩雄赳赳走到队列前，敬个军礼，随即来了个原地旋转360度，旋转中，他便从后腰上拔出一根筷子当指挥棒，这一招令全连人目瞪口呆。说实话，部队唱歌，都是徒手指挥，用指挥棒还是头一次，场下一阵大笑。一排长常浩一脸严肃，唱起歌来，让全团领略了一排长的指挥艺术。《红星照我去战斗》，唱到"小小竹排江中游"时，他舞着筷子作着撑筷子的动作；"雄鹰展翅飞，哪怕风雨骤"，他又展开双臂上下浮动。动作机械呆板，木偶一般，场下笑声、掌声不断。

回驻地的路上，一排长常浩的兴奋劲还未消退，直问连长，怎么样？我发挥得怎么样？

连长一脸不高兴，啥玩意儿，太不严肃。

常浩说，这叫出其不意，攻其不备。这才显示咱连有特点、有个性。

什么特点？倒数第一的特点。

开玩笑！我这就去团部，拿不到前三名我就不回来了！一排长常浩返身就往团部走，嘴里还嘀咕着，哼，没见过人家指挥大师小泽征尔啊。常浩到了团部，果然听通信员说我们连好像没进入前列。常浩急了，大咧咧地闯进去，对团长说，团长，我可是给连长立了军令状的，拿不到前三名就不回去啦！你们要是真不让我回去，那我就待在这儿，你们看着办吧。

团长笑着拍拍他的肩膀递给他一张奖状，第三名！

常浩满面春风，拿起就走，回到连部往连长桌前一放，怎么样？连长，没有我的指挥艺术，能拿这名次？

连长高兴了，晚饭加菜会餐。事后才知道，团里为鼓士气，评出一个第一名，两个第二名，其余连队统统并列第三名。

战斗打响后，一排长常浩率尖刀排趟过"地雷阵"、冲过死亡地带，以最小的损失，为后续部队打开了胜利通道。一排长常浩的双腿永远留在了战场上。

坐在轮椅上的一排长常浩，满脸无愧地说，那次穿插是我指挥最棒的一次比赛，指挥艺术绝对是第一名。

听大人讲那过去的事情

爷爷讲的故事：

今天的幸福生活来之不易啊，孩子。为了解放全中国，有多少英雄抛头颅洒热血啊。抗日战争，有个抗日女英雄叫赵一曼。为了赶走日本鬼子，她参加组织东北游击战争。她身穿一件没吊面的羊皮袄，敞着怀，里面穿着深灰色的棉衣，系着腰带，头戴一顶黑色狗皮帽子，齐耳短发露在外面，黑里透红的脸上一双大眼睛格外有神。她率领抗日健儿转战于绥滨铁路以北的侯林乡、宋家店、黑龙宫一带，艰苦卓绝，奋勇杀敌，威镇敌胆啊。

解放战争时期，有位解放军英雄叫董存瑞。1948 年 5 月 25 日，进攻解放隆化县城的战斗打响。敌人隐藏在围墙外干河道上桥形暗堡的机枪突然开火，部队遭受严重伤亡。面对敌碉堡的凶猛火力，董存瑞在战友的掩护下，冲到桥底。暗堡的底部离干涸的河床还有段高度，河道两侧护堤陡滑，他两次安放的炸药因没有木托都滑了下来。此时，冲锋号已经吹响，拖延一分钟就会有更多的战友牺牲。董存瑞毅然用身体做支架，左手托起炸药包，右手拉燃了导火索。随着天崩地裂的一声巨响，敌人的桥形暗堡被炸毁。

抗美援朝时期，志愿军队伍里有个英雄叫黄继光。在上甘岭战役中，为了夺取敌人的零号阵地，黄继光已身中三弹，子弹也打完了。碉堡里敌人的机枪还在疯狂地扫射，在这千钧一发之际，黄继光猛然扑上前去，用身体堵住敌人的枪眼，部队冲上了阵地，夺取了胜利。

爸爸讲的故事：

要珍惜今天来之不易的幸福生活啊，孩子。为了建设新国家，多少英雄为之呕心沥血啊。有位全心全意为人民服务的共产主义战士，叫雷锋。他是部队的一名汽车兵。他一辈子都在为人民做好事。他把自己在工厂和部队积存的100元钱捐献给人民公社；当他得知辽阳地区遭受百年不遇的大水灾时，又把100元钱寄给了灾区。他乘火车好事做一路，冒雨送大嫂和孩子回家，连姓名都不留。

还有位英雄叫欧阳海。1963年11月18日早晨，在湖南湘江东岸，一列282次客车由衡阳北上，一匹驮着炮架的战马被震耳的汽笛声惊怒，闯上铁轨。列车与战马相距只有四十多米。一场灾难眼看无法避免了。欧阳海飞快地跃上铁路，抢在列车前面，用尽全身力气将战马推出铁轨，列车和旅客得救了。

知道孔繁森吗？他放弃内地优越的生活条件，两次主动报名进西藏、到艰苦的地方工作。他跑遍了那里的乡村、牧区，访贫问苦，和当地群众一起收割、打场、干农活、修水利。为了发展当地的教育事业，他跑遍了全市8个县区所有的公办学校，让更多的拉萨的孩子们上学。全市56个敬老院和养老院，他走访了48个，给孤寡老人送去温暖。西藏偏远地区医疗条件差，他每次下乡都特地带一个医疗箱，买上几百元钱的药，送给急需的农牧民。

孩子的问题：有小孩子当英雄的吗？

爷爷：有啊。少年抗日英雄王二小。王二小的家乡是八路军抗日根据地，经常受到日本鬼子的"扫荡"，王二小是儿童团员，他常常一边在山坡上放牛，一边给八路军放哨。一天，日本鬼子又来"扫荡"，走到山口时迷了路。敌人看见王二小在山坡上放牛，就叫他带路。王二小装着听话的样子走在前面。为了保卫转移躲藏的乡亲，把敌人带进了八路军的埋伏圈。

　　孩子的问题：我能见到这些英雄吗？

　　爷爷说：你见不到他们了，孩子。赵一曼后来被敌人逮捕，面对敌人的各种酷刑，宁死不屈，被敌人杀害。董存瑞舍身炸碉堡，牺牲时年仅 19 岁。黄继光堵枪眼光荣牺牲，也才 23 岁。王二小被敌人杀害时才 13 岁，和你一样大。不是有首歌叫《歌唱二小放牛郎》吗？

　　爸爸说：雷锋在一次训练中，不幸以身殉职，已经离开我们四十多年了。欧阳海被撞倒在列车的车轮下面，英勇地牺牲了。孔繁森在去边贸考察的路途中，因发生车祸，不幸去世。我们要永远地记住他们啊。

　　孩子的问题：为什么英雄都要死呢？活着就不能成为英雄了吗？我如果成为英雄也要去牺牲吗？我不死能不能当英雄啊？

　　爷爷、爸爸语塞。

　　孩子说：爷爷、爸爸，我给你们说说活着的英雄吧。

　　爷爷、爸爸问：谁啊？

　　孩子：COCO 和 F4……

讨厌的女人

英语培训班的学生都不在状态。

教师很着急，学生们并不在乎。

学校是全国的名校，教师也是特级教师，可是来补习的学生成绩参差不齐，有高中生，有大学放假的学生，也有自学培训。想法也是天南海北。许多人是被家长逼着来补习的，强化英语成绩是为了出国。出国留学是家长们的迫切希望，孩子们的想法是屈从家长的意愿，真正想要出国的也未必有几个。

年轻的女教师名牌大学毕业，备课很认真，授课方法也很多样化，可就是调动不了学生学习的热情。漂亮的女教师上火，红润的嘴唇上都起了泡。

同学们，家里都花了不少钱，我们集中精力好吗？

回应的声音少气无力。

晓力，你来解释一下这个单词的意义。

站起来的虎头虎脑的男孩说，老师，我还弄不明白。

那就该用心学啊，你不是要去欧洲吗？

前排一个瘦子说，老师，他爸是大老板，有的是钱。晓力说他要是出国就带个翻译官。

大家就笑了。

第三天，正上着课，班里来了个学生，是个大学生，一个四十多岁的女人。

大家小声嘀咕着，这么大的人了还来补习了。

女教师说，这位新来的同学做一下自我介绍好吗？

女人也不做作，大大方方地说，好吧。我的英文名字叫玛丽亚。在美国待了两年，做保姆。回来探亲，想再把英语提高一下，将来能够做管家。

大家起哄，给布什做管家吧，给施瓦辛格做管家吧。

管家婆，就成了女人的绰号。

很快，大家就发现这个"管家婆"女人很讨厌。

让人受不了的是，管家婆经常表现得比漂亮女教师懂得还多，还和老师争辩，更让人讨厌的是，管家婆挂在嘴边上的那句口头禅：我在美国就是这样的。你在美国想怎么样就怎么样，可是你现在是在中国，你张狂个啥呀。好像你在美国就很了不起了，不就是给人家当佣人嘛。

老师说，我们来解释一下名誉校长这个单词。

老师刚解释完，管家婆就举起手，老师，我对这个词有不同的解释。老师耐心地听完解释，又耐心地把自己的理解讲了一遍。大家明白了吗？

明白！同学们齐声回答。

管家婆女人点点头，我勉强同意你的说法。

老师又讲解了个单词，名人录。同学们理解了吗？

管家婆又举起手，老师，我想与你商榷一下这个词的用法。

老师的面部表情显得很无奈。

有的同学就开始反击，我们不想听你的商榷，我们要听老师讲课。

就是嘛，显摆你懂得多啊，回美国去显摆。

管家婆还想争辩什么，看看周围的同学，无奈地做了个手势，OK。

那堂课，同学听得格外认真。

管家婆女人似乎很忙，课间休息时就抱着手机不停地打电话。同学们就打哈哈说，是不是美国的大老板急着要你回去做管家啊。女人并不气恼，也不理睬，一副盛气凌人的架势。

管家婆女人与同学们的冲突发生在一堂讨论课上。

老师讲了一个故事：一辆旅游车在山间行驶，游客被美丽的风景陶醉了。有一对年轻恋人被自然风光迷住了，女孩请求司机停下车，她想拍几张照片。车停下，男孩女孩跳下车尽情抓拍着美丽的景色。车上的人开始催他们上车赶路。女孩意犹未尽，央求男孩与她一起步行。旅游车开走了。一对恋人在山间忘情地玩耍，晚上就借住在山村的农家。第二天他俩上路，看到了事故现场。原来，他们昨天乘坐的那辆旅游车在一个山洞前，被山上滚落的一块巨石砸中，翻进山涧，车上的人全部遇难，无一幸免。老师要求大家分成组来讨论，如果你就是男孩女孩，知道这件事情后有什么样的想法。

同学们自由结合成几个组讨论，没有人和管家婆组队，女人也不计较，自己拄着下巴冥思。

一个组说，女孩男孩后悔没有把大家都动员下车拍照，这样就可以避免灾祸发生。

一个组说，男孩女孩应该让客车再等一下，如果车上的人不急着催促司机走，就不会发生这种事情。

晓力说，老师，我们能说实话吗？我们真是太幸运了。

老师说，正确的答案是，女孩满脸泪流对男孩说，我们不该下车。

教室里一片沉默。

老师，我不同意你的观点。管家婆女人又举手发言，对一件意外事件的发生有诸多的变数，不可能有一个正确的答案。即便是那一对男孩女孩不下车，也可能有别人下车，比如有人要下车方便，比如有人晕车要停车，比如有人要下车买山里的山货，比如司机要停车抽一支烟，同样可以造成客车被砸事件。所以，让那对男孩女孩自责是没有道理的。

同学们有些愤怒了，太没有同情心了。瘦子同学与女人开始争辩，急得说起了汉语。

女人平静地说，这位同学，请用英语。

瘦子一时语塞，急红了脸，看着大家，向大家求救。

老师说，这个问题，我们在下一周进行一次专题辩论。希望大家积极准备，看看我们能不能辩过从美国回来的这位同学。

说不清是啥原因，大家上课学习的劲头足了。老师的提问，不待管家婆举手，大家早把手都高高举起来了，一个说不全下一个补充，就是不给管家婆女人显摆的机会。

学期培训结束了，大家从校长手中接过了结业证书。给他们发证书的校长，正是他们班里那个让人讨厌的想当管家婆的女人。

漂亮的女教师笑着告诉大家，她是我母亲。

1978 年的饺子

队长把我领到绪叔家时，是秋天的一个午后。

绪叔，这是咱队的下乡青年，姓刘，轮到你家派饭了。三天，要让青年吃好，老规矩，三天里得给青年包顿饺子吃。

绪叔四十来岁，已是满脸皱纹，头发花白。放心吧，青年是咱的亲人，自己吃不好，也得让青年吃好。

绪叔家有两个十来岁的孩子，婶婶腿有残疾，走路不是很方便。从家境看就知道日子过得艰辛。我在绪叔家里第一次吃饭，竟然吃到了野菜。以前总说过去如何如何艰难，吃不到粮食只好吃野菜，没想到绪叔家的野菜调拌得那么好吃。看到我吃得还好，绪婶放心了，说城里的孩子金贵，怕你吃不惯呢。

我刚下到队里，队长不让我开伙，说先要和贫下中农打成一片，吃派饭。每家三天，还规定三天中得让青年吃顿饺子。那是我一生中吃饺子吃的花样最多、最频繁的日子。

在绪叔家的三天里，我没吃到饺子。最后一顿饭是捞面条，浇蒜水，拌的苦苦菜。不同的是，在我的面条碗底有两个荷包蛋。绪叔一家吃的是红薯面条。绪叔拍拍我的肩膀说，青年，我欠你的。

晚上，队里记工分，队长大声问我，青年，是不是家家都给你包饺子吃了？谁家没有包，我扣他 10 分工。我说，都吃了，明天我就自己开伙了，谢谢大家。我看见绪叔把头放得低低的，烟袋锅子散着浓烟，呛得人想流眼泪。

绪叔是个很乐观的人。每天上工，他会把那只不拍就不会发音的半导体收音机挂在锨把或锄头把上。做活歇息时，他就现学现卖，开始"新闻联播"，宣讲天下大事。

绪叔家把着村口，吃饭时总是端着碗，蹲在门外的一只石磙子上，一边喝汤，一边和认识或不认识的人打招呼：吃了没有？没有？那赶紧回家吃吧，都晌午头了，可该吃饭了。

吃了没有？吃过了？噢，吃过我就不啰唆了。没吃，咱锅里有。

没有见到谁能吃到他家一口饭。一天，我们几个青年故意待在绪叔家不走。

绪叔说，你们也不回家招呼一声，家里人该着急了。

都和家里说好了，今黑儿在绪叔家喝汤。

绪叔磕磕烟袋锅子，今黑儿当真在叔家喝汤了？

我们几个点点头。

中！绪叔起身从大缸里挖出几瓢麦子，倒进一只布袋里，说，等着。我去磨麦，咱吃捞面条。

绪叔出去了。我们在屋里打扑克牌。

绪叔空着两手回来了，球，电磨那停电了，麦也磨不成。

我说，绪叔，咱不着急，咱等电来了再说。

绪叔打发绪婶，去，再去看看，我就不信后半夜还能不来电？

要等到后半夜啊，还不知道能不能吃到嘴里哪。我们就嘻嘻哈哈地告辞。

绪婶在门口悄悄地往我手里塞了个鸡蛋，鸡蛋还是热乎乎的。绪婶低声说，刘青年，你们以后别再毛捣你绪叔了，你绪叔心里难受呢。

1978 年 9 月，我参军入伍。离开村子的前一天晚上，我正在收拾家当，绪叔叼着烟袋锅子来到屋里，说，青年，走，跟我回家。

天黑，路也坑洼，只看到绪叔的烟袋锅子忽明忽暗，时不时映着绪叔那沧桑的脸。

屋里，绪婶正在捣蒜。油灯下，两个孩子瞪着眼，盯住方桌上两只对扣着的大海碗。

绪叔把上边扣着的海碗掀开，是一碗冒着热气的饺子。绪叔把海碗往我的面前推推，吃吧，青年，你婶包的。你婶说了，青年来了一年，帮咱家办了好些事。要走了，舍不得。

我就是给绪叔家带过几包凭票供应的洗衣粉，给绪叔家的孩子送过些作业本和铅笔。

绪婶把调好的蒜汁搁在我跟前，吃吧，锅里还有啊。

我夹起一个饺子塞进嘴里。萝卜油渣馅的，油渣搁置的时间久了，已经有股哈喇味了。

两个孩子眼巴巴地望着我。我心里酸酸的。

我把饺子分到另一只碗里，趁绪叔绪婶不注意，递给了两个孩子。

油灯下，绪叔一直闷头吸烟，不说话。

绪叔送我到门口，绪叔说，刘青年，叔家家境不中，别笑话叔。你去外头当兵，可不敢把叔的抠门气拿到外头去出息啊。叔欠你的。

黑暗中，我没有让绪叔看到我眼角的泪。

第二天，队里的人都出来送我。队长还端着一碗荷包蛋。队长说，咱队里穷，青年来了一年，有对不住的地方多担待啊。啥时候回来探家，来村里看看。

我给大家鞠躬，谢谢大家的关照。我说，昨晚在绪叔家吃的饺子，现在还撑得慌哪。

人群中的绪叔蓦地抬起头，满是皱纹的脸笑得跟花儿一样。

1977 年的兔子

"男子打兔上西坡，女子在家炖汤喝。"木欣哼着自己串了词的《花木兰》，扛着土枪摇头晃脑地唱，我们几个青年掂着棍子跟在他身后。农闲时，木欣就站到我们知青点的院子前吆喝：青年们，走，上坡撵兔子。

"男子打兔没打着，女子在家烙油馍。"木欣仍扛着土枪在前边摇头晃脑地唱，我们无精打采地跟着。经常是这样的情景，撵半天，连兔子毛也没见到。有时听到土枪响了，也只当是放个炮仗，与兔子无关。木欣却总是精神抖擞、喜气洋洋，跟打着了一群兔子一样。

木欣大我十来岁，身瘦脖子长。大脑袋一步两晃，像根细竹竿上挑着个葫芦。我总担心他那葫芦头随时都有可能从细竹竿儿上晃下来。

木欣有支自己造的土枪。截下一米多长的无缝钢管，刨出一只木质枪托，安装上打火机关，填充上火药和铁砂。这种土枪不中看中用，杀伤范围大，打兔子最合适。

那时的日子都过得紧巴，个把月也吃不到一次肉。野兔子对我的诱惑力太大，偏偏木欣的土枪几乎没有与兔子见面的机会。偶尔枪声响起，也是开枪为兔子送行。

时间长了，知青点的人就不再跟他跑冤枉路了。只有我还死心塌地跟着他，执着地幻想着红烧兔子的美味。

村里人给木欣编排出好多笑话。说他扛枪上坡打兔子时正赶上兔子开大会，放风的兔子报告说有人带枪来了，老兔子问是不是木欣？别人来了咱赶紧撤，他来了没一点儿事。于是兔子又继续安心开会。还有人说木欣总打不着兔子，手痒心急，就到集市上买了只野兔过瘾。解下裤腰带，把兔子吊在树杈上，枪声响过，兔子不见了，只留半截裤腰带在树杈上飘。

1977 年的冬天冷得邪乎，雪来得特别早，铺天盖地疯狂了两天。雪刚住，木欣就摇着大头说，青年们，走，上山打兔子。没人响应，谁也不愿跟他上山挨冻。我让红烧兔子勾引着，掂根棍子跟着他就走。

木欣兴致勃勃地说，刘青年，我跟你说，兔子可憨，在雪地上跳不动，越跳不动它越急。蹿越来越高，扎进雪里就越深，白拾都能抓着。今儿个，咱能拎回去一打兔子。

山上风冲，扬起的雪花扑在脸上，我紧缩着脖子。可木欣那细脖子缩不进去，冻得他不住地用一只手在脖子上搓。忽然，行进中的木欣喊道："趴下，趴下。"发现兔情了。我急忙卧在雪地上，木欣歪着大脑袋，瞄着前方放了一枪，清脆的枪声在静静的山谷间回荡。我刚要站起，木欣摆摆手："别动别动，兔子叫我打懵了，再来一枪。"木欣开始填药装砂，又一枪响过，我冲上前去，哪是什么兔子啊，半截露在雪面的断树桩。

空手而归，木欣还是兴致勃勃。我捂着冻红的耳朵问：木欣哥，总打不住兔子，队里人都笑话你，你咋还这么没心没肺地高兴。木欣大脑袋一晃：爱咋说咋说，咱上坡来转转耍耍，甩甩胳膊溜溜腿，散散心，看看景致，心里不透美？透自在？

公社组织修梯田。知青点的晓宇在运送土方中，架子车打滑，连人带车翻到沟底，受了伤。队长说，最好是弄点有营养的东西补补。木欣二话不说，拿起土枪就走，到门口才蹦出一句：等着，晚上就让青年喝上兔子汤。那天等到很晚，木欣的大脑袋才出现，抱着个瓦罐，果然是香气扑鼻的兔子汤。

"有福之人不在忙啊。我刚上山就看见这只兔子，又肥又大。我举枪就打，那兔子刚刚跳起，我的枪就响了，一枪撂倒。拿回家叫你嫂子给炖了。快喝，鲜着哩。"

队长捶了木欣一拳，这回你还中，我给你多记 10 工分。

木欣挠着大脑袋嘿嘿地笑。

第二天，我从工地回村里换车胎，走到木欣家门口，木欣的女儿抱着一张兔子皮在哭。我上前问，孩子委屈地说，我养的兔子没了，爸爸说让黄鼠狼给逮走了。

我心里酸酸的，对孩子说，妞妞不哭，过几天我去到黄鼠狼那儿把妞妞的兔子给找回来。

"男子打兔上西坡，女子在家炖汤喝。"去工地的路上，我忽然放开嗓子吼了两句……

妻子的逻辑

单位分了新房，家家都忙着安装防盗门，我家例外。

妻子说，我的逻辑，越是保险越是不保险，就咱家不安防盗门，比谁家都保险。我相信妻子的话，妻子的逻辑总是正确的比率大于不正确的比率。妻子爱逛商店。妻子逛游商场总爱往墙角旮旯之类的摊位上钻，说这类摊位的货价要便宜些。因为这类摊子地段不好，租金就便宜些，生意就淡得多。租不到好段位的主大都是没啥门子的老实人，买他的货是抬举了他，让利就大方些。果然，妻子的逻辑在逛商场时屡试不爽。去菜市场买菜，最厌恶的就是缺斤短两。妻子买，很少会有这种现象。一样菜，小贩要八角一斤，她不会去讨下三分五分，总是一句话，不与你讨价，只要够秤。妻子说，我的逻辑"堤内损失堤外补"，你压人家的价，当然得从秤星上补回来。我价钱掏得高些，买得心安理得，你价钱压得低些，买了也疑神疑鬼，心里不踏实，那不是省钱买罪受？我真佩服妻子。

我家不安防盗门，最着急的是对门二胖。二胖摇着扇子，光着膀子，短裤箍在肚脐一扎之下："我说刘哥，怎么着，买得起马配不起鞍？一个防盗门值几个钱？我有哥们儿，安个门比谁家的都便宜，我给你联系一个？"妻子说："胖子，你别费心了，我的逻辑，防盗门也是防君子不防小人，偷盗的人，博物馆的文物都拿走了。你信不，若真是有贼光临，准是先撬你的门。这就跟你们男人进舞场，总想请舞厅内最漂亮的小姐跳舞，上次在舞厅，你为了……"二胖摆摆手："得了，嫂子，嘴上留情吧，媳妇知道了中午的饺子也甭吃喽。"二胖出了门，嘴里还说好心换个驴肝肺呢。

后来发生的事，果然被妻子不幸言中。

那几天妻子就觉得不对劲。楼下一个收破烂的已经来过两次，每次啥也没收到。妻子说，楼下那收破烂的不地道，我的逻辑，收破烂应该去旧楼收，要搬家的人该扔的扔，该卖的卖，该送的送，人大方也不计较。咱这楼都是刚搬进来的，既然都搬来了，还有啥破烂要扔？没准是个踩点的呢。妻子拎着几个酒瓶、几本杂志，拉着我下了楼。妻子与那收破烂的咨询行情，在一只酒瓶是一毛五还是两毛上争来争去。妻子说，你不容易，我们也不容易哇，两口子都下岗了，吃喝都成问题，上楼去看看，家家都有防盗门，就俺家没有，咱不怕贼偷。哎，你刚才算得不对，四舍五入，你还欠我一分钱。妻子很在乎地要回一分钱，扯着我上了楼，回到屋，妻倒在沙发上笑出了泪。

楼里失盗了，七家的门被撬。我住的单元除了我家完好无损，其余四家都遭蒙难。派出所来了人，查看了现场，一民警特别详细地问了我家的情况，出门时摸了摸门框说，你家为啥不安防盗门？我竟一时语塞。妻子说："对门安了防盗门不是一样得劳你大驾跑来辛苦？"民警直了脖子、瞪着眼，嘴里却说不出话。

妻子为自己又一次的正确逻辑沾沾自喜，我却一点也高兴不起来，倒觉得欠了人家什么似的。我去找二胖主动帮助他分析案情线索，二胖爱答不理地摆弄自己的防盗门；我帮助马师傅将煤气罐抬上四楼，马师傅连个谢字也没说，关门的声音还特别响。常约我打牌的几个牌友另寻同盟，将我"开除"了，没事就找我"切磋切磋"围棋的小孙也另谋高人了。最可气的是晾晒的衣服掉在楼下，我下楼捡衣服的时候里，妻子那条白裙子上竟被踩上了两个大脚印。去单位上班，大家看我的眼神有些异常。三两人聚在一起叽叽喳喳，我一走到眼前，人便散开。下了班，从前和我一道走的同事总是找个借口或提前或拖后，把我孤零零撂在路上。妻子说，这是心理变态，我的逻辑，除非咱家也被盗一回。我就盼星星盼月亮地盼着梁上君子也能光顾我家一回。那次在菜市场与马师傅碰了个头顶头，我竟有些歉意地说："您瞧，这盗贼也不再来一回。"马师傅说："这叫啥话，你嫌我家丢东西还少哇。"我说我不是这个意思，可我那意思越说越没意思。我觉得只有我最有义务也最应该维护这栋楼的平安。我睁大了眼睛盯着每一个来我们楼上的陌生人。那天我在楼下乘凉，见一女的手里提着啥东西要上楼，我就蹑手蹑脚跟在后面一直上了五楼，那女的敲开了马师傅家的门，扭头朝后看了一眼说："舅舅，你楼下是不是有个精神病？"

有天下午，下着细雨，我从单位赶回家关窗子，上了楼就觉得不对劲，我家的屋门开着，锁是被撬坏了。被盗啦？念头一闪，我就兴奋地叫了起来。"我家被盗喽，我家被盗喽。"邻居们围了过来。丢什么东西没有？我查查箱子看看抽屉，没有，看来小偷还没来得及下手。可得多留神呢，最好还是安个防盗门，我连连点头。晚上，我找到二胖，跟你朋友说一声，给我安个防盗门，价钱高低不在乎，只要结实。二胖拍拍胸脯，包在我身上。第二天上午就来了人叮叮咣咣把防盗门给装上了。大家对我又像从前一样亲热。

夜，妻子枕着我的胳膊说："咱家的门是我撬的。我的逻辑，你会高兴的。"有泪落在我的胳膊上。

找我有事

门口站着个魁梧的中年男子，手里搬着一箱饮料。

"请问，您是……"自从当了人事局长，家里就经常光顾一些似曾相识的陌生人。

"怎么？当了官不认得老同学了，我那外号不是你给起的?!"

"噢，'老厕'吧，连升连升，现在还是一介庶民。"

俩人落座在沙发上。说实话，登门套完热乎的同学朋友后面都有一个某某难题，有的能推辞，有的应付一下。连升的事我是不能敷衍的。

我和连升是小学时的同桌。连升从小就是个大块头，学校开运动会时，他总是手榴弹、铅球之类的冠军。连升家境不好，从小就养成了犟脾气，打架也是个好手。在班里没人敢欺负我，连升护着我，因为我让连升抄作业。有回上观摩课，教室四周坐满了听教学课的老师，同学们都有些怯场。偏偏班主任王老师又提了个挺怪的问题让同学们回答。王老师问了三遍，同学们没一个举手，王老师有些窘，鼓励大家说，要敢于回答才能弄通道理，理解题意，加深印象。于是连升高高地举起了手。王老师没想到连升会举手，她想到了连升肯定回答不出这个题，当时的情况不容她拖延，便说："瞧，连升同学都举手喽，虽然他可能答得不对，但这不耻下问的精神却值得我们学习。连升同学，你来回答。"连升站起身："老师，我要上厕所。"班里哄堂大笑，班主任王老师也给气跑了。我就给连升起个外号"老厕"。连升也不恼，嘿嘿笑着说："我真的憋不住了，拉肚子呢。"高中毕业下乡后，就再也没见过连升，算来也有二十多年没见面了。

"连升，现在混得怎样？"我递给他一支烟。

"不怎么样。"他两手在兜里摸着，我递上打火机替他点燃香烟。他狠狠地吸一口，冲我点点头，又将口中烟雾缓缓吐出："现在还是凭力气吃饭，在建筑公司出苦力呢。你可混得不错呀，当上局长了，是不是早上坐现代，中午喝蓝带？哈哈哈……"连升仰头开心地笑着，整个屋子都是嗡嗡作响。

"你怎么打听到我这儿来了，找我有事？"我赶忙将连升的笑音截断，不然准吵醒刚刚入睡的孩子。

"你现在是咱同学们中的佼佼者，好找着哪。上礼拜天我在鸟市上见到王老师，她说你现在是手中有权的人物了，她儿子大学毕业分配的事就是你帮忙找的单位。说你有良心，记着师生之情。我就问了地址找上门了，看你还记得不记得我这个救命恩人。"

连升这小子也学得这么老道了，不显山不露水地就把"救命之恩"的事提出来了。

连升确实救过我的命。上高二时，下乡助民劳动，正是炎热天。我在水库边洗了洗脸，站起身时脚下一滑，人便跌入水中。我又不会游泳，人便朝水下沉下去，是连升即时发现，跳入水中将我救上岸。高中毕业考试，他拿"救命之恩"要挟我，替他答题。

"你找我有什么事？"我直接奔主题。

"没啥事，就来看看你，几十年没见面，怪想念呢。"这都是说要求前的客套话。

"连升，你孩子多大了，该上中学了吧？"

"今年考高中。这娃子也不争气，差个十几分没考上，他妈急得直上火。这有啥急的？考试得凭真本事，当年我不是考上了高中，名次不挺靠前哟。"

我有数了。

"连升，嫂子上火有她的道理。孩子是得多上几年学，多学点知识，长大才能成为有用之才。教育界我有几个朋友，还有几名高中校长的孩子在我局里上班，这事我替你办了。"

"不劳你操心，我已联系好了一所中学，多掏点费用罢了。现在的父母为了孩子啥都舍得。"

我迷惑了。

"嫂子怎么样，为啥没带她一起来玩？"我再次迂回。

"病着哪，厂子里效益不好，裁员，下岗了。你嫂子在厂里连年都是劳动模范，到哪儿说理去？"

是为这事。

"这也不是一家厂子的事，困难时期嘛。嫂子那个厂的厂长和我有交情，你算找对人了，明天我就去……"

"用不着，用不着。你嫂子有一手做面食的手艺。小店执照都办好了，过几天就可以开张喽。"

"你的工作怎样，还顺心吧？"我揣摸他是为调动工作而来。

"说不上顺心，还凑合。我知足，就这点本事能干啥事，有碗饭吃就行。哎，时间不早喽，告辞喽。老同学，好好干，再往上爬爬，咱这帮同学也觉得脸上有光。"

"有啥事尽管说。"

"没事，有事我会来找你的。"

我送连升出了大门。

"连升，你真的找我没事？可别客气。"许多人都是这样，有事求你不在屋里说，临近分手时好像忽然想起了什么事，让你帮帮忙协调协调这，通融通融那，似乎是搂草打兔子——捎带的事，其实早把一股劲攒在这上面了。

连升用奇怪的眼光看了我一眼，脸色有些暗："好吧，有件事。你认识人多，路子广，帮我批发一箱饮料。"说完头也不回地走了。批一箱饮料？他自己搬来了一箱饮料，还用我替他批发一箱饮料？他脑子是不是出问题了？肯定是。

主席台

　　莫明在长途客车上遭遇抢劫，眼瞅着辛辛苦苦为公司讨回来的钱被歹人抢走，心里的火就蹿了起来。吼了一声"老子跟你拼了"。软的怕硬的，硬的怕横的，横的怕愣的，愣的怕不要命的，莫明这不要命的一拼，不但保住了钱财，还死死压住一名歹徒，只是身上被捅了五六个窟窿。莫明勇斗歹徒的事迹在公司传开。公司决定召开表彰大会，并在广场的一角搭了一方主席台。

　　主席台有半个篮球场大，布置得庄严又不显呆板。秘书小马拿了一份主席台上就座人员名单送给公司头头过目。县委书记、副书记、县长、副县长、县人大主任、副主任、县政协主席、副主席、县武装部部长、副部长，公司在家的经理、副经理等四十八人，董事长批示道：主席台略小了些。公司要利用这次机会造造声势，不邀请新闻部门怎么行？

　　秘书小马根据董事长批示，将原有的主席台扩展了一倍。又重新拟定了主席台上就坐人员名单：新增县宣传部、广播电视局、县报、市报、晚报、市电视台、广播电台、有线电视台等七十余人。董事长批示道：请副董事长阅，看还有否遗漏。副董事长：声势还不够，明的成长是社会的关心和帮助，还应请明的小学启蒙老师、中学教师、高中教师、大学教师、居委会主任，别忘了幼儿园的阿姨。幼儿园的阿姨给孩子的影响太大了。

我儿子上幼儿园时，那个阿姨真漂亮，接送孩子的父母都想多看两眼，那也是一种美好的心境的陶冶嘛。你想想，如果孩子们整天面对的都是葛优、陈佩斯这样的名丑，孩子的幼小心灵会多么残酷。这是我个人意见，看看总经理有什么补充。总经理围着主席台转了一圈，对秘书小马说："将现有的主席台拆掉，重新搭个主席台，得有两个篮球场大。我们公司近年效益不好，企业形象也显得疲软。明不就是出去催讨货款才遭遇到抢劫的吗？如果我们公司效益好，明坐专车，或乘飞机不就不会发生这意外了吗？当然飞机也有被劫持的事情发生，可那个概率是大大地减少了。当然啦，这坏事也能变成好事，我们要借此机会大力宣传，提高公司的知名度。给我们的主要客户发出邀请，派一名代表来参加会议，邀请书上要有点诱惑力，告诉每位代表我们这里山清水秀，名胜古迹繁多，土特产丰富。如果有六十个客户单位来人，主席台上就得坐一百六十多人。你再问问工会主席，还有没有疏忽的地方。"长得五大三粗的工会主席，说话也粗声粗气，像是跟谁吵架："明是咱工人阶级的典型代表，又是咱工会委员会委员，要体现我们工人阶级主人翁的地位，各级工会代表要参加。明也是个团员嘛，团委不来人哪能行？明能舍生忘死保护国家财产，在成功的男人的后面都有一个了不起的女人，明的媳妇是他的坚强后盾嘛，明的媳妇这么贤淑达理，什么原因？妇联工作做得好嘛，试想一下，如果明的家庭不和睦，三天吵两天闹，明必然对生活失去乐趣，进而产生悲观厌世情绪，对社会也就有了消极的认识想法。面对持刀的歹徒，他怎么能义无反顾地扑上去呢？这正是宣传我们工青妇的大好时机。我看你搭的那个主席台还要扩大，没有二百人是打不住的，得有四个篮球场那么大。当然喽，我、你就不用考虑了，随便坐哪都行。"

秘书小马立即组织人员租来钢管、板材重新搭建台子，又跑了十个单位借来了桌椅，忙得两天没沾家。台子搭好后，小马拖着疲惫的身子推开家门，瘫倒在沙发上。妻于连忙端上热汤热饭，心疼地说："看你都累瘦了，忙乎啥呢？"小马长长吐出口气，说了这几天张罗请人搭台的事。妻子说："你这份名单还不完善，还得补充。"小马一机灵，又精神起来：

"你再给我提提，这么大的活动，我还是第一次搞，真要出点啥纰漏，那还了得。"妻子说："你主席台上为啥没有我们医务人员代表？我问你，是谁把明从死亡线上抢了回来？医院在没有弄清明的身份的情况下，在没有办理手续交押金的情况下，先抢救，时间就是生命。你说说，如果院长、医生、护士不被重视，而被冷落，再发生这样的事，谁还这样热心？"

小马点点头，掏出笔记本认真地记录。

小马妻子继续说："明受伤后是谁及时把他送进医院的？出租汽车司机，人家连姓名都没有留下。明失血过多，需大量输血，医院血库告急，是部队的战士们跑步到医院献血。伤害明的凶手为什么那么快就被逮捕归案？公安局的110巡警快速出击，这些部门的领导和当事人代表怎么能给人家漏掉呢？"

小马鼻子开始渗出汗珠。

明在医院里，每天都有大批素不相识的人前去探望慰问，为他捐款捐物，献上一份爱心，送上一份敬意。台上没有群众代表，岂不凉了普通百姓的心？

小马说："这样看来，主席台还是不够大，还得重新搭。"

妻子说："你干脆搭个大的主席台，有备无患嘛。"

小马又调集人马搭起个主席台，足有半个足球场那么大，只是参加会议的群众人员不多。公司头头说："全公司人员一个不留，统统参加大会。"小马说："公司一共就50来人，光在主席台上给嘉宾倒茶递水都忙不过来。"头头说："那就通知学校的学生参加，每人补助一袋方便面，一根火腿肠，一瓶矿泉水。"

表彰大会终于隆重举行。令人尴尬的是，因上级有文件不允许学生参加各类社会活动，结果主席台上密密麻麻坐了一大片，台下只有头上还缠着绷带、等待上台受奖的明和准备上台给明献花的一名少女。

实　词

　　新浪市与 M 国 K 公司关于城市燃气整体改造合作项目的洽谈会进展顺利。

　　K 公司首席执行官约翰先生对司马青衫市长十分赞赏：我们公司通过对贵市的考察和了解，有与贵市合作的意愿。除了对本次商谈的合作项目有兴趣，我本人对市长先生的学识作风和个人魅力也十分地赞赏。据我了解，市长先生是从公司的职员一步一步走上来的。市长先生上任后，对市政建设做了很大努力，深得市民的拥戴。

　　司马青衫温文尔雅地笑了：我们也了解到，贵公司是在约翰先生的精心经营下，从代理家用电器开关开始，20 年的创业跨入了世界 500 强。我在贵国读 MBA，贵公司是作为成功的典范写入案例的。并且我本人也略知，约翰先生是从卖报纸做起而成为贵国屈指可数的 CEO。希望我没有冒犯约翰先生的隐私哦。

　　严肃的会议厅响起一片善意的笑声，气氛轻松了许多。

　　秘书疾步走到司马市长跟前，与司马市长耳语。司马市长眉头一皱，又舒展开来：约翰先生，明天的议程大家可以观光我们这座文明古老的城市，相信会加深各位对新浪市的进一步了解。我有个紧急要事处理，先行告辞了。

司马青衫赶到事故现场，救援工作正在紧张地进行。崩塌的楼房像撕破的伤口，让人触目惊心。公安局长报告说，初步勘察是燃气管道泄露引起爆炸。目前已有8人死亡，6人受伤，4人失踪。52户居民遭受损失，需要安置。司马青衫一边系着安全帽，一边布置：速调集全市6家医院的专家赶往中心医院，全力救治伤员；向当地驻军求援，组织精干人员加速对失踪人员的寻救工作；公安人员加强警力，做好事故现场的警戒疏散群众；遭受事故的52户居民全部安置到市政府招待所，通知保险公司做好理赔；电力水利部门要在最短的时间内恢复周边居民的水、电、气的供应；把燃气公司总经理杜邦秋给我找来。一个怯怯的声音：市长，我在。司马青衫重重地剜了杜邦秋一眼，登上被掀掉了半边身子的楼房。公安局长拦住司马青衫：市长，前边危险了。司马青衫推开局长的手：有什么比还埋在瓦砾下的人更危险吗？司马青衫刚刚和杜邦秋搬挪杂物，电视镜头就探了过来，司马青衫发火了：拍我干什么？去拍在你身边救险的战士、老百姓！

杜邦秋跟在司马青衫的身后"呜呜"地哭。

司马青衫忽地转过身：哭？现在才知道哭？你们的安检工作是怎么做的？

杜邦秋小声说：我们每周都有安全会，各岗位都有安全操作规程，要求制度上墙，人人会背。

司马青衫提高了语调：那落实是如何抓的？仅仅上墙上嘴就万事大吉了？上个月就有市民通过市长热线反映事故地点有燃气泄漏的味，我是亲自打电话给你要去调查的。

杜邦秋声音更低：派人去了，说是不像液化气，像下水道的腐烂味，就没在意。

司马青衫沉痛哽咽：好一个没在意啊，没在意了8条鲜活的生命！

杜邦秋：我有责任，我有责任啊。当初我们铺设管道时就已埋下了隐患啊。为了赶进度，资金不到位，我们就降低了燃气管道的规格。这批管道就铺设在发生事故的区域。

司马青衫陡然想起，那时自己正是燃气公司的总经理，为了赶在人代会召开之前完成全市的燃气管道铺设工程，自己给下属下了死命令，杜邦秋是当时工程的副指挥长。在那届人代会上，司马青衫当选副市长。

司马青衫呆立着，两行冰冷的泪滑过脸颊。

救援工作紧张地忙碌到第二天清晨。

秘书递给司马青衫一条热毛巾，说 K 公司代表打来电话，今天要启程回北京，合作项目日后再议，估计是受爆炸事故的影响。

司马青衫重重地吐出一口气：通知接待办，请客人到迎宾馆，我随后就到。

会客厅的气氛如室外的天，阴蒙蒙的让人压抑，又感觉有股说不清缘由的不舒服。司马青衫同客人简单地寒暄后，微笑着说：各位这样急于离开，是与我市昨天的燃气管道爆炸事故有关吧？

约翰耸耸肩：恕我直言，市长先生。我们对贵市的市政管理状态存有疑虑，不知市长先生对此次疏忽或失职造成的事故如何理解。

司马青衫坦诚地说：这次事故确实暴露了我们在管理中的粗放和不足，这次事故也从反面证明了我市燃气整体改造工程的必要性和紧迫性。约翰先生，我本人以为这正是贵公司将其先进的经营理念和管理流程带入中国市场的大好时机。据我了解，本省大多城市的燃气工程水平与我市相同，如果我们合作项目能顺利实施，将给贵公司带来巨大商机。作为市长，对此次事故，我会承担应该由我承担的政治责任和法律责任。约翰先生，我真诚地希望我们双方能达成共识，使这个合作项目成为我向全市人民道歉的一份诚意。

司马青衫转身从秘书手中接过一只红匣子：约翰先生，中国有句俗话，买卖不成情意在。请把这件礼物带给您的父亲老约翰先生。

约翰打开盒子，里面是一个根雕：团团云雾中，一架二战时期的飞机昂首穿云而出。

司马青衫说：约翰先生的父亲在二战时期曾参加"飞虎队"，帮助中国人民抗击日本侵略者。老约翰先生负伤后，曾在我市茶山乡医治修养。

这座根雕就是用茶山乡的古树根雕制的。请转达我们对老约翰先生的敬意和祝福。

约翰激动地拥抱住司马青衫宽厚的臂膀。

次日的《新浪日报》刊登了两条引人注目的消息：

我市与 M 国 K 公司关于城市燃气整体改造合作项目签约。

市长司马青衫因燃气爆炸事故引咎辞职。

少年梦·青春梦·中国梦——中国故事
[刘建超] 别不把自己当回事

心　尺

　　萝卜白菜，各有所爱，郑祺喜欢搜集各式各样的尺子。

　　郑祺的父亲是个裁缝，在老街开着一家裁缝铺，手工缝制，工艺讲究，在老街有着很好的口碑。郑裁缝四十得子，生下郑祺，自然娇宠。老街有抓周的习俗，孩子周岁的那天，铺上席子，席子上摆了许多代表着不同寓意的物件，让孩子去抓，祈求孩子将来能有个好前程。郑祺面对着花花绿绿的诱惑，左看看右瞅瞅，绕过父母故意放在他眼前的"元宝"、"官印"，抓住了郑裁缝天天离不开的量衣软尺。郑裁缝不甘心，把软尺挂在自己的脖子上，让郑祺重新抓，结果郑祺竟然摇摇晃晃站起来，踉跄着迈出了他人生的第一步，还是去抓郑裁缝脖子上挂着的尺子。这孩子，莫非要子承父业，长大了也做裁缝？

　　郑祺喜欢尺子，自己在家有把尺子玩就不闹人。上学后，他书包里总放着个软尺，课间就拿出来量墙量树，量校园后墙根的小草。班里的男女生同桌，中间划开，谁也不能超过"三八"线。班里的王大头，仗着身高体壮，总是欺负同桌女生，把课桌霸占了一半还多。同桌只要过线，他就用胳膊肘顶人家。女同桌哭了，找到班长告状。班长也惧王大头，就推给郑祺，说郑祺有尺子，给量量谁侵略谁。郑祺马上拿出尺子，认真地量了两次，说王大头侵略了十五点四厘米。同学就起哄，郑祺潇洒地收回尺子，看也不看身后掐着腰瞪着眼的王大头。

放学路上，王大头把郑祺堵在了河边的木桥旁，手里拿着根枝条。王大头说，你不是会量吗？我说手里的枝条有一米二，你量量。

郑祺拿出尺子量过，说，一米一。

一米二！

一米一！

王大头的枝条抽在郑祺的身上。

一米二！

一米一！

枝条又落在郑祺身上。

一米二，你再给我量。

郑祺拿尺子量过，一米，你刚才把枝条打折了。

王大头气得"哇哇"叫，夺过郑祺手中的尺子，扔进了河里。

郑裁缝抚摸着郑祺的头说，你做得对，孩子。一就是一，二就是二，心正，尺子就正。

郑祺大学的专业是工程建筑，学业紧张了，收集尺子的喜好没有变。各式各样的尺子装了几个纸箱。

郑祺在宿舍里经常给大家表演量尺寸的游戏，屋子里凡能看到拿到的物件，郑祺就用手指来丈量，结果也和尺子量的不差分毫。更绝的是，他还能目测出你两眼之间的距离，手臂的长短，步幅的尺度。学校开运动会，宿舍的李子掷铅球。第三次投掷的距离刚报完，郑祺就提出质疑，认为测量有误差，至少有三公分的误差。测量的同学撇着嘴不服，重新一测，果然差了 3 公分。李子凭着找回来的三公分，拿了第二名，在学校食堂狠狠请了宿舍的哥们。

郑祺毕业分配到建设局，要和大大小小的开发商打交道。郑祺专业的知识、果敢干练的作风很受上级赏识，六年的历练，郑祺升任局长，成为同龄人中的佼佼者。

郑祺喜欢尺子，还将搜集的老木尺子包装成精美的礼品，送给同事朋友。尤其是朋友家只要添丁，他是必定要选个好尺子送给人家，还寓意为孩子长大会成为赤子，爱国爱家，孝敬父母，正直做人。朋友都说他抠门，他呵呵一笑，礼轻寓意重。

郑祺再次见到老同学王大头是个午后。王大头已经是财大气粗的开发商，手眼通天的人物。新经济开发区建设，王大头的公司拍下了好几个大项目。

枕云阁茶社布置的古朴典雅，悠扬的古琴曲缓缓缭绕，是个静心养性的好去处。在檀香氤氲的包厢里，郑祺和王大头品着茶，天南地北地闲扯。

郑祺知道王大头约他喝茶的缘由。王大头开发的几个小区竣工验收，有人举报单元实际面积与施工图纸有差异，却被王大头打通关节过了关。郑祺带着调查组去了现场，查看了情况。郑祺说，至少有百分之二的误差。工作人员测量的结果是百分之二点一，每个单元面积少了二点七三平方米，惊奇地咂舌。

茶过三泡，王大头沉不住气了，老同学，你就大度些，把此事置之度外。我不会亏待你。

郑祺呷了一口茶，老同学，你这两个小区，八百套住房就要昧下老百姓一千多万啊，这钱你就挣得安心？

王大头说，老同学，我这人喜欢直来直去。我也不为难你，误差总会有的。差一平方米，行了吧？给个面子。

郑祺摇摇头。

王大头拿出一个纸袋放在郑祺眼前，美金，五万。一平方米！

二点七三平方米！

王大头又拍出一个纸袋，一平方米！

二点七三平方米！

王大头的脸有扭曲，老同学，别把事情做绝。处世小心为妙。

郑祺站起身，说，老同学，我又不是没有挨过你的枝条，呵呵。谢谢你的茶，真是好茶啊。送你一把我收藏的木尺，告辞了。

郑祺步出茶社，正是秋高气爽的季节。

谁做主

　　大伙吵吵嚷嚷的争论声快鼓破屋子的窗户时，柱子说了一句话：别争了，我做主了，去花城。离家近，吃住便宜。眼下正搞开发，活多，好找。

　　大伙把眼睛都盯在了柱子身上，没了言语。

　　柱子喝干白瓷碗中的凉水，抹抹嘴说，回去收拾收拾，愿意去的，后半晌村口老榆树下见。散摊儿。

　　村里还穷，穷村子里的人也不愿出去。闲时，一群一帮地扎堆胡侃，说闲话，甩扑克牌。村子也有人出去，说是打工了，干个一年半载的都回来了，不说做的活比在家种地还累，拖欠的工钱怎么都拿不到手，混得连肚子都填不饱。回到村里，灰着脸，抬不起头，丢了大人似的。

　　柱子带着一群人出去时是雄赳赳气昂昂的，不像村里其他人出去都是天黑了再走，怕村里人笑话。柱子带人在村里最热闹的老榆树下集合出发，要让村人看看，这帮人是出去干大事，挣大钱的。

　　村口有人说，柱子，弄得动静怪势张，真能赚住大钱啊？

　　柱子的嗓门呼啦得震耳：靠，不赚钱出去弄球？

　　哈，口气怪大，有本事弄个城里媳妇回来。看你们出去的人，一帮光棍。

　　弄个媳妇有啥了不起。我做主了，每人带个媳妇回来，眼气死你们。

一帮人走出村口，村里沉静了许多。

去新区到底该坐哪趟车，大伙又有了分歧，怎么走一趟车都到不了花城新区。柱子不耐烦地摆摆手，中了，中了，听我的好不好。见车就上，上了再说，反正是往城里走，还能丢了不成。车来了，拿好东西，上！

一群人挤上了车，都带着行李，在车里的移动就难些，占用的空间也大，车厢里就有了不少不友好的目光。柱子可顾不了这些，不停地交代同伴，都睁大了眼看着些，别坐过站啊。

一伙人不知所措，谁也不知道该到哪下车。小个子苇子嘟囔了一句，谁也不知从哪下。柱子大嗓门说，我做主了。到头，坐到头再说。

城里的建筑哪都一样，路边都是高楼大厦，路口总是等待的车辆和人群。

车厢里的人越来越少，座位闲置的多了，一伙人都坐下了，看着窗外的繁华。

咋还不到，车坐得对不对啊？苇子小声嘀咕。

一位老人问苇子，你们是要去哪？

苇子说，去新区，打工。

老人说：去新区啊，那你们坐倒车了，这是朝相反的方向走哪。

一伙人呼呼啦啦下了车，互相埋怨着，多花了几块冤枉钱。

柱子说，咋呼啥，错了咋，不还旅游参观了街景了吗？下次坐车不是就知道咋走了吗？

柱子，找个地方吃饭吧，前胸贴后背了。

吃饭贵着哪，咱别让人给坑了。

就是，听说喝一杯啥鸡酒就要你好几百。

说来争去，谁也不知道该吃点啥好。

柱子说，别嚷嚷了，我做主，找家烩面馆，吃烩面。

苇子小声说，我，我不吃羊肉。

柱子训斥道，你想吃天鹅肉得能吃到呢。你不吃羊肉，把肉挑我碗里。

找到一家烩面馆，一人一碗烩面，吃了店家好几头大蒜，个个出了一头汗。

填饱肚子，人也精神了。柱子说，还是烩面得劲。

苇子和几个没有吃得劲的也不敢多说。

柱子，我做主了，咱就不坐车了，走着去开发区，省了车钱，还能看风景。

有人说，还是先找个地住下吧。都说城里落脚的地方不好找。

柱子说，找到工地就有落脚的地方。还没有找到活就贴店钱，有钱烧的？

可天都黑了啊。

天黑怕啥，在街头也可以凑合一宿。要住你住，我们走。

大伙便说着，笑着，闹着，走着。

忽然，从暗影中蹿出三个小青年，手里攥着明晃晃的短刀。

大伙愣了，遇到坏人了。

俺们是来打工的，还没找到活呢，没钱。柱子刚说了一句，屁股上就挨了一脚。废啥话，拿钱出来，不然老子捅了你。柱子不吱声，开始解包袱。

苇子小声嘀咕说，他们才三个人，咱六个人呢。

一个胳膊上刺着青龙的青年把刀在苇子的脸前摆摆，你小子活得不耐烦了。

苇子突然扑上去，紧紧抱住那青年，大声说，两个揍他们一个。

大伙忽地抡起身上的背包朝持刀的人就扑过去了，三个持刀人，一个撒腿就逃，两个被押在了他们的腿下。

从派出所出来，柱子兴奋不已，说，真痛快，咱们也是见义勇为了啊。

还见义勇为哪，差点把命搭上。真出了事，回去怎么和家里交代。

柱子说，这不是没有出事嘛。我做主了，咱找个地方痛痛快快地喝一顿，走啊？

大伙人不搭理他，大伙的眼睛都看着小个子苇子。

别不把自己当回事

　　尤路决定自己要去做的事情后，心情竟然如此平静。他只是换了一件自己喜欢的衣服。

　　尤路在做出决定前，屋外还是阳光灿烂的。他走出屋门，天空就如生气的孩子脸，一点都不知道掩饰。有意思，跟电影电视剧里的情节一样，剧中人物要有个什么大灾大难来临时，总是风雨交加，电闪雷鸣。尤路这样想着，嘴角往上翘翘。

　　街上熙熙攘攘，人流车海。不会有人注意到尤路的，尤路总是个不会被人注意的角色。

　　尤路走过街道区委会办的红花幼儿园，孩子离园的时间还早，大门外来等待接孩子的家长已经聚集了一群。谈起自己的孩子，个个眉飞色舞。

　　尤路也是从这家幼儿园走出来的。那时的幼儿园还没有这么繁华。只是几间瓦房，一个小院，两个退了休的老太太，看管着十几个孩子。尤路几乎总是最后被母亲接走的，为此，留下陪着尤路的老太太总是数落尤路的妈妈，耽误了老太太回家做饭，妈妈总是赔着笑脸给满脸褶子的老太太道歉。有一次，很晚了，妈妈也没有来接他。老太太都忍不住回家了，锁门时留下一条缝隙，尤路可以钻出来。尤路坐到天空映出淡淡的星星，觉得从小院子里到无边的夜空中，只有自己是个多余的东西。妈妈来接自己时，满脸泪痕，头发凌乱。他知道，爸爸和别的女人走了。

尤路的眼里流出泪来。他沾沾眼角，快速穿过人群。

尤路上学后，在班里也是个孤独侠。因为在家里没有人照顾，妈妈到处求人送礼让刚刚五岁的尤路走进了学校。尤路个头小，连女孩都不愿与他一起玩。课间尤路除了去厕所，剩余的时间就是靠着墙看同学们嘻嘻哈哈打闹玩耍。班里有什么活动从来没有尤路的份。只是有一次，学校跳绳比赛，每个班派一个同学去摇绳，谁都不愿去，尤路就举手报了名。那是尤路最开心的日子，摇绳最用心最用力。可是结果不美妙，班级没有拿到名次。参加跳绳的同学开始埋怨尤路，说他的绳子摇得不好。尤路就把自己的头埋得低低的。

尤路考上的大学是本市的一所三流学校，就是在这三流的学府里，尤路同样有找不到自己的感觉。大学毕业，有个同学留心，把班里几年的考勤找出来，竟然发现，从没有迟到早退、没有请过事假病假的仅尤路一人。真是个好孩子啊。尤路在大学唯一的收获，就是毕业时同学们送给他的雅号：好孩子。

尤路看到公司的大门，天空已经飘下零星的雨滴。

路上行人都在加快脚步。与尤路一起进公司的同学，几乎都是部门的经理主管了，一个个意气风发。尤路还是一个办事员，整日打点别人不愿意做的事情。尤路喜欢上了办公室做文秘的沙沙，沙沙也对尤路有好感。尤路与沙沙的温度开始上升，却有人硬插入一腿。沙沙的上司，尤路的同学。尤路自惭形秽，感觉自己哪点都不如对手。沙沙气恼地对尤路说，你呀，真是没用。沙沙赌气挽起了上司的胳膊，第二天，尤路就收到了沙沙的结婚请柬。

尤路走到了十字路口。雨下得稍大了，行人已经顾不得红绿灯，捂着头胡乱地穿梭。尤路安静地等待绿灯，只有他一个人在等待红灯的变换。绿灯亮起，尤路不紧不慢地走过通道，转弯，又是红灯。尤路安静地等待绿灯，雨水浇盖着他。路灯亮起，尤路不紧不慢走过通道。

一位老者拦住了尤路，同志，谢谢你，谢谢你啊。

尤路满脸疑惑，怎么了？谢我什么啊？

老者说，我带着小孙子出来玩，下雨了，都在往家走。我在等绿灯，孩子说爷爷，别人都在跑啊，是不是下雨了就可以不等红绿灯啊？我告诉他，什么情况下都要遵守交通规则。孩子说，可是没有人在等绿灯啊。我就看到了你，看到你在安心地等绿灯。我告诉孩子，那个大哥哥就在等绿灯啊。谢谢你，我一定要过来谢谢你，也替我那小孙子谢谢你了。

老人也没有打伞，衣服也被雨水淋透了。望着老人的背影，尤路不由得生出一种感动。

尤路站立在王城大桥的中端，望着桥下翻滚的浑水，原本平静的心情陡然间如桥下的河水，起了漩涡，扬了波。

雨停了，太阳调皮地露出了脸。两岸被雨水洗刷过的草木清新可人。

尤路用力地舒展着自己的手臂，回去换件衣服，明天去参加沙沙的婚礼。

尤路又走到人流车海中，没有人会注意到尤路。

只有尤路刚才趴过的栏杆知道，这个叫尤路的男孩已经来过几次了，他原本是准备从这里平静地跳下去的。

别太把自己当回事

　　张扬上了去乡下的长途汽车，才发现自己匆忙中忘记了带手机。张扬懊悔地直拍自己的脑袋。知道要去乡下，张扬昨天晚上还专门把手机的备用电池找出来，充满电。妻子说，明天晚上不是就回来吗？张扬说，我成天多少事啊，万一手机没电了，耽误了怎么办？早晨把电池都装好了，背着包出来了，手机却丢在家里了。浑啊。

　　张扬事多。别看张扬那个单位不起眼，张扬在那个不起眼的单位也不是个头头，连个不起眼的中层都不是，可是张扬的事就是多。

　　张扬每天就是汇总一张统计报表。上头要求每天十点半之前，把统计报表送到。统计报表的汇总也很简单，下面三个销售点，每天上班把昨天的销售额报上来，张扬加减汇合。统计报表汇总完，由坐在张扬办公桌对面的小赵送到公司总部。

　　虽然每天就汇总三组数字，张扬还是提前半个小时就到岗了。他先到卫生间排放利落了，再把办公场所的地面打扫干净。部门的人陆陆续续到岗，开始冲茶泡水开电脑了，张扬已经夹着电话开始要数字了。

　　小赵曾经说过张扬，老张啊，一天就报那几组数字，至于早来晚走把自己折腾得跟陀螺似的吗？

　　张扬说，工作不在乎多少，关键是要有状态啊。就我这状态，那是没有让位干，让位干了统计局长又算个屁。

张扬要数字的状态很是特别，常常是用一侧的腮帮子和肩头夹着电话，另一只耳朵听手机，这边老牛你的数字不准确啊，那边小马你的报送不及时啊，耽误了报送可是要误了领导的决策参考，可是影响公司在市场上的竞争时机，可是公司生死存亡的大事啊。

小赵揶揄地说，老张，有你说得那么严重吗？就几组数字就关系到公司存亡了？太搞笑了吧？

张扬说，别人看不起我们这个部门，我们自己再看不起这个部门，那我们这个部门还有存在的必要吗？如果这个部门不存在了，那你我不是还得去找饭碗吗？

小赵信服地点点头，老张，你说得有道理啊。你去告诉宣传部门最合适。

张扬不屑地说，那是我没去，我要是去了，宣传处长算个屁啊。

张扬在汽车里心急火燎，怎么就忘了带手机了，有一大堆子事等着自己办啊。

张扬做好报表的第二件事就是催着小赵去送报表。小赵往往都是打游戏正在兴头上。张扬一催，小赵就急，我说老张，你做完报表就行了，送报表是我的事，十点半之前送到就行了，你看看还有俩钟头呢。

张扬就喝上一杯茶，看着小赵在游戏里胡搅蛮缠。他不时地提醒小赵，该去送报表了。小赵刚想发火，张扬说，提前总比迟报好啊。这是咱俩的工作，你若迟报，上头还以为我做得迟了。你说是不是啊。咱们这部门不重要，如果咱自己……

小赵就赶忙说，好了好了，我去我去。真服了你了。

送走小赵，张扬一天的工作似乎也就告一段落了。其余的就是处理自己的事情了。

张扬每天都要给父母打个电话。父母在县城，年纪大了。张扬打电话也是问问今天怎么样了啊，哪里不舒服啊。然后，参谋参谋该找什么大夫，开些什么药，嘱咐二老按时吃药。

怎么就偏偏忘记带电话了呢？张扬有些上火。车里听到手机的铃声响起，张扬身上就起鸡皮疙瘩。同张扬坐在一起的一个土老帽，呲着黄牙，撇着地方普通话，不停地跟通话方讲着啥伊拉克战争，声音大得整个车厢都听得见，跟自己是去斡旋的联合国秘书长似的。

张扬看看表，该是妻子向自己请示午饭的时间段了。妻子每天都要打电话，问他中午有没有应酬啊，想吃什么啊，是做米饭还是下面条啊。好像如果没有他的决定，妻子就把米饭和面条一起煮了。

饭后是张扬给女儿打电话的时候。女儿在省城上大学，每天他都要叮咛女儿要多吃蔬菜，要多吃水果，要多喝水。

张扬还参加了一个业余合唱团，有一首歌是由张扬领唱的。张扬每天都要征求一位合唱团成员对他领唱的意见，探讨得还相当认真，有时就在电话里给人家演示。

偏偏就忘了带电话了。耽误多少事啊。

张扬从乡下办完事赶回家，已经是晚上九点多钟了。进门的第一件事就是直奔书房，拿起自己的手机，翻开一看，没有一个来电显示，也没有一条短信。怎么可能？张扬开始打电话，得到的回复是：小赵准时把报表做好送到，父母准时吃药还看了医生，女儿营养搭配合理，合唱团临时的领唱比张扬还到位……

怎么会呢？

电话响了，是头打来的。说公司改革，要精简一批人，张扬这个年龄段的要一刀切，叫他有个思想准备。

张扬蒙了，不会吧？切我？怎么会哪？

韦闲人

韦不拔也是老街闲人。他有过很风光的日子。

老街有个饲养场，韦不拔在饲养场做养殖员。饲养场的工作又脏又累，许多人都通过各种关系办理调动走了，只有韦不拔从年纪轻轻进场，直到结婚生子，四十来岁了还坚持在厂里养鸡喂猪。韦不拔白白胖胖的媳妇就问过他，为何死抱着饲养场不放。韦不拔眯缝着眼，捏着媳妇胳膊上的细皮嫩肉说，饲养场有啥不好，能吃上便宜鸡蛋，病鸡老鸡地时不时就能炖上几只。还有那孵不出小鸡仔的全黄蛋，厂长批条才能买得到，那里头塞的全是营养啊，咱随便吃。要不，自从你跟了我，怎么变得越来越胖，越来越白了。媳妇就很知足地倚在韦不拔的怀里。

在老街混的人都有自己的绝活。韦不拔有手绝活，就是能把刚孵出窝的雏鸡分出公母。就凭着这一手绝活，遇事连场长也让着他，场里的一些鸡毛蒜皮韦不拔也能当个三分家。

孵出鸡娃是饲养场最风光最热闹的日子。韦不拔席地而坐，一顶席子圈起二三百只雏鸡。韦不拔左右各放一只箩筐，两手各抓起一只鸡娃托在掌心，双掌轻轻往上一颠，便"男左女右"将鸡娃扔进箩筐。一会工夫，就把一圈子鸡分得一清二楚。这时，韦不拔就会悠然地叼起一支烟，惬意地吧嗒吧嗒吐烟圈。然后挪到另一圈子，继续分拣。场长在旁边端茶倒水，他知道，饲养场主要是养母鸡下蛋，如果不能及时分出公母，等到混养大了，饲养场就赔惨了，公鸡白消耗多少饲料啊。

热闹的日子也是韦不拔荣耀的日子。老街或乡下来的人都要到饲养场来抓鸡仔。来抓鸡的人围在韦不拔身旁，说好话赔笑脸，都希望能多抓几只母的，母鸡屁股里抠出的可都是百姓家的柴米油盐。场长不放心地嘱咐韦不拔，别做好人啊，都把母鸡给了人家，剩下一群公鸡蛋子，咱饲养场就赔死了。韦不拔心里有数，你抓5只鸡娃，搭配上2只公的，抓10只搭配上4只公的。你就来抓个一只两只的，韦不拔就闭着眼睛摸到啥算啥了。

韦不拔对一个新婚不久梳着长辫子的女人格外照顾。女人来抓鸡仔，韦不拔给挑的清一色母的，韦不拔喜欢女人的长辫子。女人的鸡仔养大下了蛋，女人还专门提了一篮子鸡蛋去感谢韦不拔。韦不拔也仗义，把饲养场的鸡饲料给女人装了一包，说这饲料鸡吃了下蛋多，个也大。韦不拔后来打听到，这女人是从西北嫁过来的，姓赛。韦不拔努努嘴，瞧人家这姓都稀罕，老街还没有姓赛的呢。韦不拔常搂着自己的老婆说，你要是有条大辫子多好。

韦不拔过了一段舒舒坦坦的日子。后来政策变了，集体个人都可以办养殖场，有的鸡鸭贩子干脆把鸡仔鸭仔送上门赊着养，鸡鸭养大了，母的收钱，公的白送。韦不拔的绝活没地方显摆了，饲养场也关门。韦不拔在家歇着，花销只出不进，日子就紧吧。胖老婆的埋怨话也从小心翼翼变得明目张胆，指桑骂槐说韦不拔没有本事。韦不拔就去找领导，找区里，反映困难。从区里回来的路上，韦不拔遇到了当年长辫子的女人。女人的长辫子已经剪掉了，齐肩的短发更显得精神。女人告诉韦不拔，她在老街租了门面，开了一家米皮店，就叫赛大姐米皮。女人听说了韦不拔的事，说她男人在区里管点事，给他说说看。没过几天，区里成立了管理市场的市容管理大队，通知韦不拔上班了。

韦不拔头一次穿上公家给发的衣服，还有带檐的帽子。他把帽檐往上推，高高直指天空，老街人开始喊他韦管。刚上街韦不拔心里忐忑，乱占街道摆摊设点的都是些龇牙人，不好惹。他先找慈眉善目的老太太吆喝，老太太说，你不是饲养场的老韦嘛，现在管事了？那年你给我抓的鸡娃一般都是公的，让我老伴好顿埋怨哩。老太太车一动，其他的也纷纷让道，韦不拔的声音就壮气了许多，还故意晃晃手里的罚款单。

有一次他对占道的一个小青年吆喝，嘴里还带着粗话，小青年不吃他那一套，撕了罚款单还推搡韦不拔。韦不拔知道碰上了硬茬地头蛇。老韦就学乖了，对街上摆摊的人逐个摸底，了解背景。对一些临时摊位他也先察言观色，该硬的时候就横，该软的时候就熊，知道惹不起的就睁只眼闭只眼。韦不拔最绝的是竟然看出了扮成商贩的上级检查组人员，他对其态度温和，道理讲清，执法还人性化，深得检查组好评。韦不拔的工作很有成效，被任命为组长，负责了三段街道。

这样的日子也没有过上两年，市里整顿，市容办被撤销，人员哪来哪去遣散了。可是区里却偏偏把韦不拔留下了。有人说，韦不拔有啥本事？啥本事，能把鸡仔分出公母来那不叫本事，可是能把个路人看出个子午寅卯那才是真本事，这种人，难得。

韦不拔就有了喝茶耍嘴皮子的闲人生活了。

秋　祭

我和红酒是朋友，红酒写小小说。

红酒笔下的故事，都是以相思镇为背景的。"小贱妃"是红酒一篇小小说里的人物。

当年，相思古镇有个唱青衣的女演员，饰演皇姑爱由着自己的性子来，她忘了自己是身穿日月龙凤衫的金枝玉叶，只要一出场，手端玉带侧身站定，就冲观众频频地丢媚眼儿，师姐给她起了个绰号"小贱妃"。"小贱妃"的戏格外出彩，观众喜爱，也惹得县里的一个头头儿春心荡漾。想对"小贱妃"非礼，岂料"小贱妃"戏里戏外两样人，义正词严地拒绝，全没了往日的妖媚惑人。

我赞叹红酒笔下的人物形象，也很想见识一下"小贱妃"的原型。

红酒认为我的想法可笑，那小贱妃是把舅舅讲的故事加工后虚拟出的人物，怎么能让你去现实中对号入座。

难道不可以吗？我还去拜访过你小说里的人物二功子呢。

红酒不再做声。

前年冬天，海外一个朋友看了红酒的小说《二功子》，专程从美国赶来要见见这个说书人。那天忽地飘起鹅毛大雪，去乡下的路很难走，车辖辘打滑，我们惊出一身冷汗。二功子听说是外国客人来访，高兴坏了，叫了几个朋友，就在土坯屋里拉开了场子，连说带唱表演了两个多小时，恨不得把自己的绝活都使出来，引得海外的朋友直翘大拇指。回到城里，我们全感冒了。红酒说只当是为申报非物质文化遗产做了点贡献，这个贡献的代价是她咳嗽了俩月，挂了十多天吊瓶。

周末，我和朋友相约去相思古镇寻访一座明末清初的古戏楼。时至晚秋，天已渐凉，道旁的白杨树在秋风中抖索着，枯黄的落叶在瑟风中飘零。垂暮泛黄的野草却显得精神饱满，摇曳着坚韧婀娜的身姿，不卑不亢地凄凉着。

古戏楼孤零零出现在村口，看上去比我想象的还要沧桑。戏楼是两层土木结构硬山式建筑，下面的一层据说是演员起居和放置道具的场所，二层就是演出用的戏台了。台子上的楼板已经破裂，围栏也腐朽不堪，两根柱子上有楹联一副，字迹依旧道劲飘逸：是虚是实当须着眼好排场，非幻非真只要留心大结局。

村里人见有陌生的面孔来访，便三三两两地聚过来，好像也是第一次看到古戏楼子，与我们一起转悠看。

这里唱过大戏吗？我觉得这不过是民间艺人的杂耍地方。

唱过！全本的《穆桂英挂帅》、《西厢记》、《铡美案》都唱过，你们不知道，听老人说，起先这戏楼子对面是东大庙和昭帝寺，再往前两里地就是清代商铺一条街，繁华的很。每逢大集这儿都唱大戏，一唱就是七八天，热闹着哩。

噢，那你们听没听说过，当年剧团里有个绰号叫"小贱妃"的在这里唱过戏？

村人摇摇头，这是明清的戏楼，几十年前被当做学校，后来成了危房，学校早搬走了。

我走到二层的戏台前，凭栏眺望，想象着当年的繁茂风华，禁不住唱了几句现代京剧。

我的朋友经不住我的怂恿，也来到台前，唱了一段《梅妃》：

下亭来只觉得清香阵阵，整衣襟我这厢按节徐行。

初则是戏秋千花间弄影，继而似捉迷藏月下寻声……

　　朋友喜欢戏曲，大学里曾修过此类课程，程派的韵味还是有的。我叫了声好。

　　村民都是在豫剧曲剧窝子里泡大的，对京剧没有多少概念。唯独一个背着柴草的老婆婆似乎听得很专注，还轻轻地点着头合着节拍。

　　婆婆，一看就知道您懂戏啊。我这位朋友唱得怎么样？

　　婆婆说，程派，唱得还中，就是神态不像。

　　哈，真遇到行家了。婆婆，您给指点指点。

　　婆婆环顾四周，犹豫着。

　　婆婆，我们从城里来，专门来访古戏楼。看这戏楼子多年没有琴鼓声了，它寂寞着哪。我看您老懂戏，也来一段吧，也不枉这戏楼子在咱村口矗立了几百年。

　　婆婆让我说动了心，放下柴草，掸掸褂子上的浮尘，伸手捋了捋头发，蹒跚着走上戏楼。就在她往台中央一站的那个瞬间，我们都惊呆了，只见她全无了不安和拘谨，一个亮相，开口唱的是《西厢记》里的红娘：

怨只怨你一念差，乱猜诗谜学偷花。

果然是色胆比天大，黑夜深入闺阁家。

若打官司当贼拿，板子打、夹棍夹、游街示众还带枷。

姑念无知初犯法，看奴的薄面就饶恕了他。

　　一曲唱罢，竟然往台下丢了个飞眼。我们大声叫好。

　　村民说，还不知道怡萍她娘会唱戏哩。她闺女怡萍在剧团唱戏，多少年也没唱出个啥样法。听说傍了个大款，立马就出名了。在城里买了房子买了车，要接她娘进城享福，她娘死活不去还把闺女给骂走了。

　　婆婆走下台，朝我笑笑，又佝偻着身子，背起柴草郁郁而去。

品咖啡时，我把经过告诉了红酒，我说她肯定就是当年的"小贱妃"，假如她当初能灵活些，别得罪了权贵，现在也不至于落到这种地步，没准还在舞台上风光哪。

　　人，总要活个气节吧。红酒不再搭话，凝神望着窗外，轻轻地唱了两句。什么词没听清，只是觉得那曲调除了低回婉转外还有些许惆怅忧伤。

秋 茫

　　我和蔡楠是朋友，蔡楠写小小说。

　　蔡楠送我的集子就放在案头，书名是《行走在岸上的鱼》。

　　我的孩子喜欢读小小说，他说他班里的同学都读，可以提高作文成绩呢。特别是班里的同学，知道蔡楠儿子的爸爸是个写小小说的作家，都羡慕晕了。

　　孩子看了蔡楠的小小说，问我："爸爸，蔡叔叔为什么让白洋淀的鱼都到岸上去行走哪，鱼儿离开了水还能生存吗？"

　　我告诉他："这是小说的一种表现手法，是寓言体的小小说。由于人们破坏了鱼儿生存的环境，逼得鱼儿不得不到岸上行走。这篇小说告诉人类要保护好环境，珍惜我们的家园，人类和各类动物植物要和睦相处，这样，我们这个世界才能更加美好。"

　　孩子对鱼的话题有了兴趣，说："爸爸，周末我们去钓鱼吧。"

　　"好啊，可是没有地方去钓。"

　　"鱼塘啊。对门二子他爸成天都去鱼塘钓鱼，那儿的鱼又多又大。"

　　"鱼塘里那也叫钓鱼啊。人家养好的鱼，故意饿鱼几天，钓鱼的人只要下钩，鱼就疯咬，有啥意思嘛。"

　　孩子不解，"爸爸，不去鱼塘钓去哪钓啊？"

少年梦·青春梦·中国梦——中国故事
[刘建超] 别不把自己当回事

我真的觉得城市里长大的孩子挺可怜的。我就给他讲自己小时候捉鱼的趣事。

　　我的老家依山傍湖，老屋的后面就是一条小河，河水蜿蜒而去，与远方的湖相通。大人担心孩子们出事，叮嘱不要去湖里玩。其实那条小河就足够我们玩的了。河里的鱼，没湖里的大，多是一尺左右的草鱼，还有河虾螃蟹。夏天跳到河里洗澡，会有鱼儿啄逗你的腿和脚丫子。生活最困难的岁月，东北的大姨大舅把表哥表姐都送到了我们乡下，吃饭前，我们用窗纱编制的网，沿着河边兜上一遍，就会捞起一大碗的河虾。大人用块猪皮擦擦锅底，把河虾往锅里一倒，鲜香的气味馋得人直流口水。河虾就着玉米面饼子，把我们都养胖了。

　　那时钓鱼根本就不用鱼竿鱼钩。折下岸边的柳条，把蚂蚱穿在枝头，放入水中，枝条一动，猛地一甩，就把馋嘴的鱼儿给拽出来了。有一年，六月天，连下了几天暴雨，河水涨了，屋檐留下的雨水也形成一道道的溪流蜿蜒着淌到了河里。第二天清晨，我们来到后院，看到屋檐下躺着一片白花花的草鱼。原来，产卵的鱼儿沿着小溪逆流而上，蹿到了屋檐下。

　　孩子被我讲的故事吸引了，放暑假，死缠硬磨地要我带他回老家。一天一夜的火车，两个小时的汽车，风尘仆仆赶到了老家。孩子顾不上歇息，拉着我就去老屋后院。清凌凌的小河不见了，只剩下一条黑乎乎散发着异味的水沟。

　　"怎么会哪，河去哪里了？"

　　母亲说："哪里还有河啊。村子四周建了几个厂，这河就成污水道了。"

　　孩子问："奶奶，那还有鱼吗？"

　　母亲说："哪里还能有鱼，作孽啊。"

　　孩子失望地撅着嘴。

　　我说："你知道蔡叔叔为什么让鱼都到岸上行走了吧？"

　　孩子不甘心，还是跳到水沟里寻觅着。"爸爸，你讲的故事都是编的，骗人的。"

我无言以对。

孩子忽然大叫起来："爸爸，鱼，快，有鱼。"

我急忙过去，草根处，两条指头粗细的小鱼半死不活地漂浮着。

找来罐头瓶，赶紧把它盛进去。

为了迎接两条鱼的到来，我专门去鱼市买了鱼缸。

孩子放学回家的第一件事就是趴在鱼缸边看。给鱼换水，孩子坚持去鱼塘里提水，说是家里自来水都是经过消毒的，不适合鱼儿的生长。有一次，我也懒了，就用自来水给鱼换上了。孩子不高兴，说鱼出了问题让我赔。

养了一段时日，鱼缸周围浸满了水渍，不太好清洗。孩子也不懂，拿着洁厕剂就往鱼缸里喷，等我发现时，鱼缸已经清洗干净了。我想，这鱼还不得给扒层皮。怕孩子伤心，我没敢吱声。谁知那鱼儿照样活蹦乱跳，跟喝了兴奋剂一般。

中秋节，我做了桌好菜，一家三口举杯邀月，大快朵颐。半夜，全家人上吐下泻，被120送进了医院，检查结果，食物中毒，都是凉菜上的残留农药惹的祸。三天的假期，一家人是在医院里度过的。

出院时，妻子忽然想起来了，说，不好。择菜时，觉得菜叶扔了可惜，就撕巴撕巴放鱼缸喂鱼了。这人都闹翻了，鱼还能活着？孩子大哭。

进了家，三人一起跑到鱼缸前，菜叶已被鱼儿吃的精光，两条鱼儿正悠闲自得地追逐嬉闹。

孩子瞪大眼睛说："爸爸，你告诉蔡叔叔，其实鱼的适应能力挺强，它们不用到岸上去行走的。"

我立即拨通了蔡楠的电话。

工　人

公司派人找到郑伟时，郑伟正在河边钓鱼。

郑伟，快，工地急事，叫你去。

郑伟扔下手中的鱼竿上了车，说，回家，换衣服。

来人说，工地有的是新工服，随你挑。

郑伟固执地说，回家，换衣服。

妻子见郑伟回来，问，鱼哪，答应给孩子炖汤喝啊。

郑伟不答话，从屋里拿出个衣架，塑料布下罩着个油腻腻的工作服。

套上工作服，郑伟立马就精神起来。

妻子说，他下岗回来就不让洗这衣服。

工地有事，走了。郑伟潇洒地一挥手，上车。

公司游总也在查郑伟的资料：郑伟，男，1960年生。1979年入厂，高中毕业，五公司电焊工。出身工人家庭，父母均是本公司的退休工人。郑伟是父亲退休后接替他入厂的，入厂后一直在五分厂（现为第五工程公司）做电焊工。该职工是厂里的技术能手，每年都被评为先进工作者。已婚，妻子也是本厂职工，生有一女，取名焊花，现在大学读书。郑伟去年分流下岗在家。

游总说，情况太简单了。他有什么背景吗？

罗主任说，游总，您到公司的时间不长，郑伟的情况我还是有些耳闻的。总公司以前发过简报，介绍过郑伟的一些事。两件事，也挺有意思。八二年，公司的一位职工得了肿瘤，住在咱公司的职工医院。医院治疗时，要把药物注射到肿瘤上，得用 200 毫米长的针头，可是医院的注射针头最长才 70 毫米，买都没有地方去。正好，那天郑伟他们来医院看病友，听说了这件事。这小子也真行，拿了几个针头看看说，我来焊几个试试。他把几个针头拿回厂子里，琢磨了半晌，就用电焊枪把 3 个 70 毫米长的细细针头焊接在了一起，天衣无缝。那技术还真是了不得。市里的医院听说了，也来找郑伟帮忙焊接了几个专用的针头，还给公司送来了感谢信，我们这才知道这事。那时郑伟进厂子才几年，二十多岁初生牛犊。

游总说，敢揽瓷器活，肯定手里有金刚钻。

是的，郑伟这小子爱钻研，听说就学习焊接的笔记都记了几十本。公司职工技术评定，一般来说，还是要论资排辈的，毕竟老同志多，也得有个照顾吧。可是郑伟这小子不愿意了，公开叫板，要和几个评为高级能手的老师傅比试比试。老师傅也不怵他，就和他比试。这小子提出的是要把像香烟锡纸一样薄的不锈钢波纹管和一指厚的不锈钢法兰盘焊接在一起。咱都知道，那两样东西的厚度相差大，焊接得使用专用设备，可郑伟就用他的手工电弧焊给完成了。当时就轰动了全场。后来听说，有家民营企业高薪来挖他，他说，我的技术是厂子里给培训出来的，我不能忘恩负义，给多少钱也不走。郑伟这小子有志气。

工程部来电话，正在安装的进口设备遇到了难题，工程受阻。游总急匆匆赶往现场，还不忘交代罗主任，再了解一下郑伟的情况。同学，老师，朋友，背景资料越详细越好。

罗主任有些纳闷，游总刚来不久，对中层经理们也没有表现出啥热情，怎么关心郑伟啊，郑伟莫非真有啥背景？都说水深鱼大，林大藏虎，郑伟是不是要走运了啊？

工程现场一片忙碌。

总指挥十分焦急，"游总，这套进口设备在安装中遇到了难题。SW 系列轮子需要加工的幅板间距小。可是，公司目前的工装设备只能加工1米以上的工件。我咨询了本市的好几个协作厂，都无法解决。如果到外地再购设备，少说也得3天，工期就得延后了。"

游总眉毛一挑，"我不管你遇到什么困难，工期一天也不能拖，拖一天就要损失几十万，你能负得起责任吗？"

总指挥额头浸满汗珠。

一位老工人说，总指挥，找五公司的郑伟来试试。

总指挥眉头紧锁，"郑伟？郑伟是什么人？"

老工人说，焊工。

你们不都是焊工吗？你们都解决不了，他行？

郑伟到达现场的情景很壮观。正是中午时光，整个工地都静下了，百十双眼睛注视着一身油腻腻，脸上还淌着汗水，黑乎乎的瘦高高的郑伟，一步一步朝工地走来。

郑伟脸上没有任何的表情，只是走到部件前仔细的观察，翻看着连技术员都有些弄不明白的图纸。郑伟把几个老师傅叫到一起，把自己的想法说了一遍，又和几个人演示了一番。

总指挥听了郑伟的建议，说可行是可行。但是在不足一米的管道内焊接，别说技术难度大，就是里面的温度也会把人烘烤干的。

郑伟说，总指挥只要同意我们的方案，焊接的活，我来，保准没问题。

连续5个小时，郑伟除了喝了几瓶水，一直卧在工件上。最后是师傅把他拖出来的。郑伟脸上挂着自信，说，解决了。

工地上一片欢呼。

游总握住了郑伟的手，"郑伟，市里要引进一套流水线，去西欧的考察组就给公司一个名额。点了名要你去。了不起啊。"

罗主任打来电话，说详细了解过了，郑伟没有啥背景，就是个普通的电焊工。

郑伟正擦着汗，红扑扑的脸膛朝阳一般灿烂。

秘　密

　　一个人的一生会有许多不愿说出的秘密。或是大秘密或是小秘密，或是自己的秘密或是发现了的别人的秘密。保守秘密是个很考验人的耐力和意志的事情。有些人宁肯把一些秘密带进坟墓，也不愿意把秘密公布于众，虽然有些秘密也许可以澄清事实的真相，也许可以解释某些折磨了许多人脑细胞的异象，但是，这些秘密就是不说，打死也不说。于是，就有了研究这些秘密猜测这些秘密的人，他们的猜测乱七八糟胡诌八扯七零八碎，可是他们凭此成为了学者，凭此著书立说赚了大钱，凭此在电视上云山雾罩糊弄老百姓。哦，扯远了。还是说说我自己保守的那个秘密吧。

　　我很头疼的事情是我那孩子整天不好好吃饭，还大手大脚爱花零钱，他不知道爸爸妈妈赚钱多么的不容易。

　　我这样教育他：你知不知道，爸爸小的时候，连稀饭都吃不饱，可是你呢，大鱼大肉的都不好好吃，浪费掉了。

　　孩子说，爸爸，那你小的时候为什么不去买方便面，大骨面，来一桶。

　　那时就没有方便面。你现在喝着营养奶、喝着优酸乳还皱着眉头跟喝药一样。我小时候，参加运动会也只能喝 8 分钱的汽水。

　　爸爸，你为什么不喝可口可乐？

那时没有可口可乐。

怎么没有？可口可乐牌子都一百多年了。

是的，但是那时我们国内没有。

得了吧，老爸。再过20年，我跟我的孩子说，爸爸像你这么大的时候，没有肯德基麦当劳必胜客，哈哈，谁信啊。

你说的那些快餐都是垃圾食品，知道吗？最有营养的还是家里的一日三餐，粗茶淡饭。

爸爸，你小时候连这些垃圾都吃不上吗？

孩子又说，老爸，给钱。今天我班小亮过生日，在必胜客。我们去打扫垃圾。

我瞪着眼答不上话。遇到这样的孩子，你说能怎么办？

初秋的一天，轻风荡漾。下班路过菜市场，看到有新鲜的水果上市，我走到卖香蕉的摊位前。

问过价钱，我在挑拣着新鲜的香蕉，看到旁边一位中年妇女，专门挑拣破皮和长了黑斑的香蕉。

看到我的疑问，小贩说，那些坏的，便宜。

我对那中年妇女说，香蕉不能放，你挑拣的虽然便宜，可是更容易坏。

中年妇女叹了口气，没办法，我儿子病了，受凉了，不怎么吃饭，就喜欢吃香蕉。可是，现在的价格太贵了，只能挑些不新鲜的，省钱啊。

中年妇女的穿戴很平常，说话并不抬头，只是在小心地翻弄着香蕉。

小贩吆喝她，行了行了，别翻了。好的都被你翻坏了。

中年妇女拿着挑出来的几个香蕉说，这也不够孩子吃啊。

我心里有种说不出的滋味。

我买了两袋香蕉，把其中的一袋子香蕉往中年妇女眼前一放，说，大姐，这香蕉带回去给你儿子吃。

中年妇女抬起头看看我，满脸感激，说，谢谢，谢谢啊。

我快步离去。一路上浮想联翩。

回到家，我剥开一只香蕉给儿子吃，儿子胡乱咬了几口就扔下了，"不想吃。"我火了，厉声令他捡起来吃掉。儿子没有见过我发这么大的火，立刻老老实实把剩下的香蕉塞进嘴里。

妻子说，怎么了，发那么大的火？

身在福中不知福啊。我给妻子和儿子讲了我刚才买香蕉的事情。

儿子低着头不做声。妻子也不好受，眼眶湿湿的。

晚饭，儿子大口大口地吃饭，把拨到碗里的饭菜吃得精光。

从那以后，儿子变了，吃饭不挑不拣，也不乱花钱了。

我把儿子的变化和买香蕉的故事说给同事听，同事又把故事说给自己的孩子听。这个生动的教材真的是改变了不少孩子。

中秋节，我们全家去公园看菊展。妻子和孩子去坐过山车，我在湖边散步。

忽然，我看到了那天买香蕉的中年妇女，我连忙问，大姐，你的孩子健康了吧？

中年妇女有些迷茫地望着我。

我说，那天，买香蕉。你说儿子病了。

中年妇女记起来了，说，瞧我这记性。那天真的谢谢你啊。

别客气，孩子健康了就好。

中年妇女满脸开花。"好了，早好了。"

她扭头朝树丛中唤着，一条黄色的小哈巴狗跳到她怀里，"贝贝，儿子，就是这位叔叔给你买的香蕉，快谢谢叔叔。"

我不知道自己是怎样逃离的。

人的一生有许多秘密，即便是小秘密也有隐藏的理由。我的这个小秘密，打死我也不说。

呦，这不是说出来了吗？

清　水

基德老汉病了，病得不轻。

村里人来看望他，说，叫你清水娃回来看看吧。

基德老汉轻轻摇着头，不用了，娃要招呼好多事，忙哪。

村里人从基德老汉屋里出来也摇头，这个老倔头，硬说自己的娃在省城做大官呢。都这劲了，还嘴硬哩。

"俺清水娃在省城做大官呢。"这句话不知被基德老汉唠叨过多少回。街坊邻居遇到个啥作难的事，这句话就会从基德老汉皱巴巴缺了牙的嘴里轻溜溜地滑出来。乡里乡亲的，谁家圈里几头猪，谁家母驴怀了驹，都再清楚不过了，你基德家的娃在城里当大官？歇歇吧。谁都知道，基德的娃是在外地，可从没有听说他娃当啥大官。这个穷乡僻壤的村里，当官的只有一个，东街的狗毛在县城啥子公司当科长。村里人就知道狗毛的官大，因为狗毛每次回村都开个铁壳子车，给村里人发长长的带把的烟。

基德老汉的话不是没人信过。那年县里化肥脱销，村里人眼瞅着田里的苗施不上肥，急得牙根子上火。基德老汉一句话，惹恼了村委主任，"老爹，你就别添乱子了，你娃真当的是大官就让他给批点化肥来。看看人家狗毛家的地，早上了肥了。"基德老汉就背了个包搭车去了省里，三五天过去，还真拉回一车尿素。价钱大了可田不等人，肥用了，闲话也有了。还说娃在省里当啥官呢，连平价化肥都搞不到。基德解释说，俺娃说，尿素上着比化肥好呢。庄稼人不愿听，庄稼人图的是实惠。

基德老汉每年地里活闲的时候，就背着杂粮去省城娃家住些天。回村里也给大家带些各种各样的吃的。

村里人就问，你娃清水就不给你带点高级烟？

基德老汉说，俺娃不吸烟呢，说吸烟不健康。

村里人又问，你娃也不捎点好酒？

基德老汉说，俺娃也不喝酒。娃媳妇说了，喝酒也不健康。

村里人就撇嘴了，那烟酒都不健康，国家卖它做啥？基德老汉也答不上来。

纳着鞋底子的媳妇们就问，城里住着好好的，急着回来干吗？

基德老汉说，城里，咱乡下人住不来。上楼下楼都关在个铁壳子里，忽悠得人头晕。地上铺着木实块，油光光的直想打筋斗。进屋还要换鞋，七老八十的人喽，娃媳妇还逼着他喝酸奶。连上茅池都是坐着，干使劲就是屙不下来。

年轻人逗趣说："吹球吧，你娃清水要是个大官，肯定也坐那铁壳子车。叫你娃开铁壳子车送你回来。"

基德老汉再进城还真是坐着铁壳子的小车回村的。

基德老汉说，在城里两天就待腻了，对清水娃说俺要回村呢。娃说去打火车票，俺说火车坐着头老晕。娃说那就打汽车票。俺说汽车开不到村里。爹老了，腿脚不利索了呢。你就用你成天坐的那种小车把俺送回去，村里人都应记着哪。娃没说二话，打个电话就要来车。瞧瞧，排场不，红颜色，娃说吉利。基德老汉脸上堆满了欣慰。

一青年围着车转了一圈认出了车上印的字，"老爹，你坐的是出租车，要花大钱雇呢。"

基德老汉说，俺一个子也没掏。

那是你娃给掏的呗。问问师傅从省城到咱村得开多少钱？

开车师傅伸出指头比划了个八。

"赁贵，八十块钱?"基德老汉瞪圆了眼。

八十块钱? 哈哈，八十块钱只能摸摸。给了八百我还不愿跑呢，回去得赶黑路呢。

基德老汉张大了嘴巴。

老爹你也真舍得，八百块钱可以买半吨化肥呢。你娃这是充啥胖子啊。

基德老汉像一下矮了许多，见到大人小孩都低着头。从此不再说娃在省城做大官的话。

村里遇上了干旱，地里的庄稼都蔫了。村主任急得满嘴起泡。村主任来找基德老汉，"老爹，你娃不管当啥官，能不能找找人帮咱村里打几眼井啊。"

主任交代的事就是天大的事。基德就进城找清水娃，没两天就回来了。村主任问，打井的人来没有?

基德老汉说，清水娃说了，这旱的咱全省，要那啥，统筹解决。

村主任说，球哩，等到统筹，咱全村人都喝西北风了。

基德从布袋子里拿出一摞子钱，"娃说了，让咱自己先打井干着。这是娃自己的五万块钱。你干不干?"

干，全村人砸锅卖铁也得打井抗旱。

基德老汉病了，病得不轻。迷糊中的基德嘴里念叨着井，水。

基德老汉去世了。清水娃从省里回了村，第二天村里来了一排溜大车小车，有省里、市里、县上的，村里人才相信基德老汉的娃真是在省里当大官呢，管着全省人的吃喝拉撒呢。清水娃挨家挨户感谢乡亲对老爹的照顾，然后带着媳妇女儿在基德老汉的坟前跪了很久很久。

基德老汉的坟前摆放着几个大腕，碗里盛的是刚刚从机井里打出来的清凉清纯的泉水。

儒　雅

　　沙先生身材修长，面相白净，鼻梁上架着一副老式的黑框眼镜，手里拿着一把长两尺的绸面扇子，扇子一面是《朱子家训》，另一面是《增广贤文》，小楷行书，如他本人一般飘逸清静。扇子一年四季都在沙先生手中把玩着，即便是数九寒冬，沙先生与人谈话时，也要偶尔地摊开扇面，摇上一摇，遂即收起。

　　老街的人都挺羡慕沙先生，走起路来四平八稳，不急不火，说起话来不紧不慢，温文尔雅。老街的女人们更是夸赞，说在老街一起住了十几年了，就从来没有见沙先生发过脾气红过脸。

　　沙先生有个好脾气。夏天，雨水来得急，轰隆隆一串雷，劈头盖脸地就是一场雨。老街热闹的景象便被这突如其来的雨水浇得无影无踪，做生意的忙着收货关窗，行人都躲在房檐下或门店里望着街上的雨帘。沙先生雨雾中依旧是不紧不慢在石板路上往家里走，只是把手中的扇子藏进了袖筒。

　　有人吆喝，沙先生，快跑几步吧。

　　沙先生面部微微一笑，照样我行我素。

　　沙先生的媳妇给他换衣服，揩身上的雨水，埋怨他。

　　沙先生说，跑什么，都在下嘛。有人做过实验，说在雨中跑的人，身上所淋的雨水要比走的人多百分之二十哪。

媳妇才不管什么百分之几十呢，唠叨着去涮衣服择菜做饭，沙先生就搬个竹椅坐在门厅下，捧着不是四书就是五经类的线装本有滋有味地读起来。

夫人把浆面条端到沙先生的脸前，吃吧。沙先生两眼放光，接过碗坐在门口的石凳上，先慢慢地把面搅一搅，深深地吸一口气，浆香扑鼻直浸肺腑。轻轻地喝一口，细嚼慢咽，满口馨香，心旷神怡。沙先生爱吃面，尤其喜好浆面条。

老街的浆面条可谓中原一绝。沙先生的夫人做浆面条的手艺在老街也是赫赫有名。浆面条儿主要材料是浆汁，浆又分绿豆浆和黑豆浆两种。据说，沙夫人做浆面条的手艺，得到过西街三代王氏浆坊的秘传。浆面条关键是制浆。做浆时，先把绿豆或豌豆用水浸泡，膨胀后放在石磨上磨成粗浆，用纱布过滤去渣，然后放在盆中或罐里。一两天后，浆水发酵变酸。把酸浆倒在锅里煮，浆水的表层泛起一层白沫。这时，要用勺子轻轻打浆，浆沫消失后，浆体就变得细腻光滑，放入香油、五香粉等调料。浆水煮沸时，把面条下锅，勾入面糊，再放入盐、葱、姜、花生、芝麻、黄豆、芹菜、辣椒等调料，浆面条就做成了。老街有民谚："浆饭热三遍，拿肉都不换。"

沙先生有滋有味地呼噜着浆面条，忽然一盆污水劈头盖脸从天而降，不说把沙先生刚换的衣服弄湿了，喝了半碗的浆面条也被注水溢出了碗沿。

二楼的窗户探出一张结实的脸，"哎呀，沙先生，对不起对不起啊，我以为下面没人哪。"

沙先生住的是个两层小楼，灰砖青瓦。楼上租给了个叫雷子的小伙子。沙先生认识雷子还颇有些意思。端午节刚过，整条老街还飘着粽艾的余香，沙先生摇着扇子在一家新开张的门店前看楹联。

个头不高，长得敦敦实实的雷子走到跟前问，这位师傅，请问附近哪有厕所？

沙先生看着雷子脸上焦急的神态，说，莫着急。我带你去。

沙先生慢步走着，雷子火急火燎在他身边转着。走到个街口，沙先生把手中的扇子一收，往前一指，"这里。"雷子急匆匆就跑了过去。

沙先生摊开扇子轻轻摇摇头，安静地等在原地。

雷子又急火火地返回来了，说，里面没有厕所啊。

沙先生扇子又一收，"这里以前是有个公厕的，后来也改建成门店了。"

雷子那个火啊，横着脖子想发怒。沙先生又指着另一侧说，这里是我的住处，到家里方便吧。老街最难找的就是公厕。寸土寸金，谁舍得啊。

沙先生知道雷子是来老街找住处的，自己的二楼正好闲着，就租给了雷子。雷子在一家快递公司打工，每天都是骑着那辆突突得半条街都听得到的破摩托车进出。有时半夜回来，车震得屋子都颤悠。雷子给一个女孩送快递时，与女孩擦出了火花，俩人好的如胶似漆。雷子经常把女孩带到住处玩，女孩长得小巧玲珑，说话的声音甜甜的。有时半夜，楼上就传出雷子和女孩嘻嘻哈哈的笑声，搅得沙夫人睡不着，就让沙先生去提醒提醒雷子。沙先生吁口气，说，有缘的人做快乐的事情，莫扰。

雷子擦着湿漉漉的头发，跑下楼，给沙先生陪着不是。

沙先生摆摆手，"罢了罢了。只是可惜这碗美味的浆面条了。雷子，你吃了没有？来吧，坐下一块吃。"

一日，沙先生去西城看朋友，见许多人围在一个高层建筑下看热闹。说是一个小青年被女友甩了，想不开，要寻短见。警察都来了，怎么也劝不下。沙先生用扇子遮挡着阳光往上看了一眼，这一看吓了沙先生一跳，那个站在边缘上的人竟然是雷子。

沙先生把扇子一收，朝雷子大声骂道，雷子，你这个孬种混蛋。你还是个男人吗？为一个负情的女人你至于吗？混蛋，要死你就跳，你别脸朝下，否则摔得你没脸没皮，家里人都不敢看。要摔你就摔死啊，别摔个半死瘫痪，一辈子吃喝拉撒都在床上。雷子，你个混蛋，你要是个男人就下来跟我回家！

沙先生说完背着手就走，走得依然是不紧不慢。手中的扇子一摇一摇如同展翅的大蝴蝶。

众人正惊诧着哪，却见雷子一步一步地退下去了，抹着眼泪垂着头跟在沙先生的屁股后。

后来有人问雷子，怎么就被沙先生给骂下了？

雷子说，沙先生那么儒雅的人都被我气得骂人了，那肯定是我做错了。

老街就又有一个民谚：沙先生发怒——肯定你错了。

戏　霸

老街的戏园子不在老街的繁华处。

沿着老街往东走，出了丽京门，走上两里地，有一搭桃园，桃园对面就是老街的戏园子。

老街是商贾之地，三教九流，人物繁杂。听戏是个清静事儿，在嘈杂喧闹的地界里是不能安心听戏的。老街的戏园子在丽京门外，去戏园子听戏，就成了老街人闲散怡情的乐趣。有戏班子来，站在丽京门城墙上，就能听到戏班子人咿咿呀呀的喊嗓子，影影绰绰地看到戏班子人练功跑圆场。

老街人爱听戏，在老街发生的梨园趣事，过去了多少年，老街人也能如数家珍地念叨个细细致致。最让老街人津津乐道的是"戏霸"洛半城。

说起洛半城，大凡上点年纪的老街人都记忆犹新。洛半城原是开乐器铺子的，卖锣鼓铜镲古琴竹笛，也是半路出家喜欢上唱戏。玩票也玩出了精彩，嗓音亮丽，粗犷豪放，唱花脸能声穿半个洛阳城。洛半城进老街戏班子时已是二十多岁。跟着戏班子，开始只是唱唱折子戏，后来就排全本的《铡美案》《霸王别姬》《西厢记》。洛半城既可以扮花脸演唱他最拿手的包拯爷，也能来悲愤颓唐的《卖马》里的老生秦琼，还能变身《西厢记》里尖音假嗓的小生张君瑞，更绝的是他反串大破天门阵的穆桂英。老街人把十八般武艺集于一身的洛半城称为"戏霸"。

洛半城读过几年书，识字不多，脑子特别好使，尤其是听戏有过目不忘的本事。那年，河北来了戏班子，唱的是连本的评剧《穆桂英大破洪州》。老街人听着过瘾，洛半城也想把戏给留下来。他买了厚礼去见了戏班子的老板，人家把礼收了，就是不给剧本，说的话也不中听。同行是冤家不说，也根本没有把老街的小戏班子放在眼里，连个正儿八经的角儿都没有，别说不给你，就是给了你本子怕也是糟蹋了。洛半城也不计较，连看了三个晚上的戏，把《穆桂英大破洪州》从头到尾一字不差的背了下来。河北的戏班子到附近几个地点唱了半个来月的戏，再回到老街，竟然看到洛半城带着老街的戏班子在演出《穆桂英大破洪州》，惊得戏班老板连声叹道，霸道，太霸道了。

戏霸洛半城在他最红火的时候，忽然就不再登台唱戏了。谁也不知道是啥原因，传的最广的一个版本说是因为看上了他的小师妹梨花白。住在怡心胡同的梨花白却又不知何原因要独守其身终身不嫁，洛半城因情所困，便不再登台。老街人都摇头唏嘘，感叹不已。

洛半城不登台唱戏，在老街八角楼旁开了一家小店，半城水席园。门面不大，生意却是不闲。老街的人怀旧，来此吃饭多半是为看看洛半城，谈谈往昔，期望着洛半城能再出江湖。洛半城只是热情地招呼顾客，从不提唱戏之事。老街人就说，谁要是能让洛半城给唱出戏，那真是得有天大的面子。

岁月把"戏霸"演化成了一个美丽的传说。

老街经过改造，八角楼焕然一新。半城水席园也发展成了古典风格的二层小楼，生意依然火爆。

九月天，秋高气爽。半城水席园来了一桌客人，点的是最贵的菜，喝的是最好的酒。五六个光头健壮的小伙子，要见老板洛半城，非要洛半城来给哥几个唱上一段，否则就砸了这店的招牌，满嘴酒气的几个年轻人把服务员吓得不敢靠近。还没有听说过，有人在洛半城的店里闹过事的。洛半城不但有当年戏霸的声誉，为人处世也是极其厚道。洛半城每年都要出资，奖励老街考上大学的孩子，70 岁以上的老街人，来店里办寿宴的一律免费，他也因此深得老街人的赞誉。听说有人在半城水席园闹事，围观看热闹的人就把楼上楼下挤满了。

有人说，洛半城不在店里，别闹了。

不在店里我们哥几个可以等，等多长时间都行，反正我们这酒也还没有喝够哪。

有人说，别闹了，再闹就报警。

报警，报吧。哥几个天天来这里吃饭，你就天天报，哥几个奉陪。

就是，前些日子，家里办事，出钱请这个当年的戏霸给走个场子，嘿，还不给面子。今天，也别怪我们哥几个不给面子啊。

明眼人知道，这是被街上的小混混给缠上了。老街不怕别的，就怕难缠的小混混。别的事情是可以用钱来摆平的，小混混要的是面子。

正僵持着哪，忽然听到一声吆喝：圣旨到——

众人诧异，却见洛半城身着朝服，手持一方锦缎，大步走来。身后跟着个小厮，抱着一罐杜康贡酒。

洛半城走到青年人的桌前，展开锦缎，朗声念道：奉天承运，皇帝诏曰，时乃国泰民安，秋风送爽之日，朕闻众位爱卿在此雅聚，甚感欣慰。望众位爱卿爱国守法，体恤民情，共建老街和谐之城。特赐美酒一坛，佳肴埋单。钦此。

片刻的沉默，接着便是暴雨般的掌声，叫好声。几个脸红脖子粗的年轻人也不好再说什么，接过酒坛，结了饭钱，抱拳说，戏霸，哥几个服了。走人。

安静下来，洛半城坐在二楼窗前，望着远处怡心胡同出神。

戏　迷

　　老街人爱听戏，老街人也懂戏。街角旮旯，花园广场，只要支起家什，拉起弦子，就会有人聚在一起开心不开心地都要唱上一段。老街人懂戏，一般的戏班子不敢来老街演出。你的名气不大没关系，只要卖力精心，老街人也会叫好。你的名气再大，敷衍了事，老街人会把你懒散奸猾不尽力之处宣扬得人人皆知，任你满大街的敲锣打鼓油状重彩地宣传，老街人就是不买账。据说，当年最红火的常香玉剧团和杨兰春剧团来老街演出，也是格外的小心和卖劲。

　　丽京门下有一个裁缝店，名字特别，"贵妃醉裁缝店"。而裁缝店的主家，却是个双腿不能行走，坐着轮椅的男子，大家都喊他程裁缝。程裁缝爱听戏，才把铺子安在并不热闹的丽京门下。这里能看到老街的戏园子，能听到来的戏班子啊咿呀的喊练声，能看到桃林里人压腿、拧旋子、踢腿、练小翻。程裁缝剪裁做服饰，还修鞋擦鞋。活做得细致，价钱公道，生意也不错。程裁缝有个规矩，凡是戏服剧装到他这里来剪裁修整，免费。一些让程裁缝办过事的戏班子，会给程裁缝送上戏票，邀他去听戏。

　　程裁缝听戏听得认真。那日程裁缝听相思古镇的戏班子演《古城会》，散了戏，程裁缝却不走，要见见扮演马童的演员。戏班子有人诧异，这《古城会》演的是关公关二爷，戏迷追的都是演关二爷的名角，还没有见到有戏迷要见饰演个马童的翻扑武生的。演马童的武生叫孙成，长得剑眉高扬，举手投足，英气勃发。听说有戏迷等他，妆也没有卸净，一声"俺马童来也——"，一个跟头从台上翻下，来到程裁缝面前，双拳一抱，"敢问这位大人有何见教啊。"

程裁缝笑了，说我看你给关老爷牵马那一串跟头翻得不得劲啊。

孙成吃了一惊，自己在这串跟头上是打了折扣。老街人不得了啊。

程裁缝又说，我知道不是你不用心，而是你的服装不得劲，你那裤子兜裆，不舒服。拿来，我给你改一下就中了。

孙成更是吃惊，确是新做的裤子不太合体。小戏班子，手头紧，服装布料也是将就，负责服装的是个姑娘，孙成也没好意思提出来。被程裁缝修改过的服装可身舒坦，孙成的跟头翻得又飘又稳，台下掌声一片。孙成携了重礼去拜访程裁缝，两人成为挚交。

程裁缝在闲暇时，一个人便闭上眼睛，嘴里轻轻地哼起《贵妃醉酒》的曲调，手指在膝盖上有节奏地打着拍子，沉浸在一个自己臆想的情景中。老街当年的名伶，被称作梨花白的女人，会常来裁缝店里看望程裁缝，总是给他带些自己亲手做的松软香酥的洛阳饼。老街人说，程裁缝和梨花白有故事，程裁缝年轻时就给梨花白拉过车，梨花白最经典的戏就是《贵妃醉酒》。故事的具体内容，谁也说不清楚。

老街的戏园子始建于明初，是一个雕梁画栋的木质二层楼。在古戏楼的对面，还有个土石搭建的小楼，是专门用来唱对台戏的。动乱的年代，古戏楼被砸毁，那土戏台被当做大批判的战场给保留下来。后来，在古戏楼的遗址上重新建了新戏楼，虽然赏心悦目，却是少了古朴厚重，令人扼腕。老街戏迷之间经常是打擂唱个对台戏取乐，但是在戏园子里真的鸣锣打鼓唱对台戏的事情还没有发生过。

九十年代末，有一家剧团来老街唱戏。戏园子正被老街的戏班子占着演出《花木兰》。要说同行不橇行，没有了台口，你先到别处转悠，等人家演罢转场了你再来。可是这家戏班子老板很是嚣张，根本不把老街的戏班子放在眼里，声称要唱对台戏。按老街的规矩，攻擂者只能在新戏楼的对面那个土戏台子上唱，吸引的观众多，那新戏楼演戏的戏班子就得让位走人。敢与当地的戏班子叫板打擂台，可见人家也是有功夫的。

后半晌，那家戏班子的一个红角儿，拿着一双厚底靴找到程裁缝修理。程裁缝认真地看看，细致地修补。那红角儿也是闲等无事，就哼起了一段戏。埋头走针的程裁缝，抬起头支棱着耳朵听了听，一笑说，您这位先生唱的不得劲，少了霸气。

那红角儿斜睨着眼，不屑地说，你老也懂戏啊。你倒是给我来段有霸气的听听。

程裁缝也不瓢劲，说，我只是个戏迷。来一段也中，你给个调。

那红角儿就嘀个隆咚给了个《铡美案》的快板。

但见方才还木讷低沉的程裁缝瞬间腰板挺直，双目圆睁，双手扎起架势，一脸正气，开口唱到：

驸马爷近前看端详，上写着秦香莲她三十二岁，状告当朝驸马郎，欺君王，藐皇上，悔婚男儿招东床，杀妻灭子良心丧，逼死韩琪在庙堂。将状纸押至了爷的大堂上，咬定了牙关你为哪桩？

字正腔圆，声如鸟鸣，颇有裘派风范，引得围观的人一片叫好。那红角儿也是颇感震撼，接过程裁缝修好的厚底靴，给程裁缝鞠了一躬，说，老街戏迷了不得。

戏班子撤走了，那场对台戏也没有斗起来。

戏　混

　　戏混没爹没妈，确切地说是不知道爹妈是谁。那年，老街来了个戏班，在老街戏园子驻扎了两个来月。戏班撤走后，在戏园子底楼发现用戏服包裹着的孩子。老街戏班子的班主洛半城收留了他。

　　孩子趔趔趄趄刚会走路时，谁闲谁抱走。被青衣抱走，便跟着咿咿呀呀地学，女人还会给他勾脸贴片子，化成个小青蛇；被花脸抱走，便跟着哇呀呀地喊，吃饭时，孩子就变成了小张飞。孩子也给戏班带来了快乐。不知谁先叫了一声"你这个小戏混混啊"。洛半城听到说好，这娃他生在戏楼，长在戏班子，姓戏再妥帖不过了。

　　戏混第一次登台才五岁，在《铡美案》里饰演秦香莲的孩子馨儿，小家伙演的还有模有样，伤心之处，他竟然真的"哇哇"痛哭，眼泪鼻涕都出来了，引得台下一片叫好，抢了秦香莲的戏。

　　戏班子里缺少花脸，洛半城有意让混子学净，混子也拜了师，学了一年半载就不干了，又要去学青衣。都知道他不当真，想跟谁学跟谁学，也没有人当真的教他。戏混脑瓜好使，学东西快，会了点皮毛就转兴趣。洛半城总是摇着头说，混子啊，我看你这一辈就只能跑龙套了。

　　戏混不在乎只能跑龙套，他图的是高兴。只要有戏演，他就特开心。跑龙套他也是最忙活的一个，不但会反串青衣、花旦、刀马旦，也会老生、红净、文武小生多种行当。临时救个场啥的，他换了装就上，居然也能舞得像模像样。

后来，传统戏不让唱了，要唱现代样板戏。老街戏班子也正名为老街剧团。戏混一会儿某兵甲，一会儿某军乙，死了爬起来，爬起来再死，忙活的整台戏就跟他一个似的。散了戏，别人都紧忙活卸妆吃夜宵休息，戏混还在帮着管服装的奶妈叠烫衣物，装箱倒柜。到外地演出，戏混也被派去看门收票。收票的戏混早早就换好了戏装，该自己上场了，匆忙跑上舞台，一枪被八路给毙了，又跑到门口看门。有人看到就说，这剧团厉害，怎么有小鬼子把门啊。

戏混长到十八岁，谈了个女孩。女孩秀气水灵，知道混子是唱戏的，很高兴，问都唱过啥戏，戏混说，《沙家浜》《智取威虎山》《红灯记》……只要是样板戏都演过，还要请女孩去看戏。女孩去了，从头到尾也没见到混子。戏混说，就是被英雄郭建光一枪撂倒的那个匪兵啊。女孩还是茫然地摇摇头。戏混第一次感觉到跑龙套的悲哀了。

第二天，戏混又请女孩看戏。洛半城饰演的郭建光挥手一枪，扮匪兵的戏混没有像往常应声倒下，而是一个跟头又站起来，跟跟跄跄晃到戏台子前，瞪眼看着台下，就是不倒。郭建光急了，抬手又是一枪，偏偏剧务没有准备第二枪，哑火。郭建光也机灵，把枪插到腰间，上前就把戏混踢倒了。剧务反应过来，砸响第二枪，可怜郭建光把自己给废了。女孩倒是看清楚混子了，戏混子被洛半城骂得狗血喷头。戏混一点也不生气，因为那女孩真的和混子好上了。

每年春节前，是剧团最忙碌的日子。要到外地去找台口，唱戏赚钱准备过年。不分昼夜，只要联系到了台口，立马装箱，雇车先运到，人员随后跟上。戏混总是第一批跟车搬箱，为团里人先打前站，张罗着装台，再上街张贴海报，卖戏票。再累，戏混也高兴，有戏唱就有收入，有收入就能把喜爱的姑娘娶进门啊。

这次，当戏混他们打前站急急忙忙赶到时，才觉得有些傻眼了。前一个剧团是正规的地区剧团，连演了五场《沙家浜》，刚刚离开。偏巧老街剧团带来的也是《沙家浜》，一天没卖出十张票，全团人马随后就要到了。一向不知愁的戏混也急得嘴上起泡。

第二天，天刚蒙蒙亮，县城有人就发现了情况，说有日本鬼子进城了。果然，见到戏混一身日本鬼子军服，扛着枪挑着膏药旗在街上转悠，还满嘴开路开路，死啦死啦的有。有人报告了派出所，来了几个公安，把戏混给带走了。这可是个大是大非的问题，谁也不敢马虎。消息立马传遍了县城，好奇心重的人们打听缘由，弄清楚后，纷纷涌向剧院排队买票。老街剧团的人唱得格外起劲，竟然场场爆满。

老街剧团要答谢观众，公演一场。第二天就是腊月二十三，过小年了。

公演的地点在城北街口，正对着看守所。搭起的戏台子灯火通明，老街剧团的人把拿手的戏活都亮出来了。戏混的奶奶多年不唱戏，只是管理服装，也非要登台，唱了一段李铁梅的《都有一颗红亮的心》。

谢幕时，全团的人都在台上，一起喊着：混子——过年好——

蹲在看守所里的戏混，知道大家在为他唱戏，听到大家的拜年祝福时，从没流过泪的戏混，跪在地上"爹啊娘啊"号啕大哭，"砰砰"地磕着响头。

孩子，咱有钱

都说尝得苦中苦，方知甜上甜。韦老贵是深有体会的。

韦老贵出生在豫西的山沟沟里，从记事起就知道自己的肚子总是填不饱。父辈面对黄土背朝天，日升而作日落而息，换来的总是糠菜半年粮。韦老贵清晰地记得，六岁那年，天旱无收，家里的半坛子咸菜就是一年的陪伴。没吃的，就出去讨饭。

那天，韦老贵讨要到傍晚，饿了累了，靠在墙根昏昏欲睡。忽然觉得手里多了个东西，睁开眼睛，看到个和他差不多大的男孩。韦老贵手里的是个细细长长的圆棒棒。男孩说，是火腿肠。男孩走了，韦老贵拿着那东西看了又看，他搞不懂这是什么玩具，那男孩为啥不给他个馍馍，给他个玩具做什么。是城里的孩子给的，就应该是好东西吧。韦老贵就把它装在口袋里带回了家。没事的时候，韦老贵就拿出来那根棒棒，看看，玩玩，再放起来。他想，这不会是爷爷讲的那个会七十二变的孙悟空的金箍棒吧。时间长了，那根棒棒的外衣就破了，有汤汤流出来，已经臭烘烘的了。他才知道，原来这个东西是可以吃的啊。那天，韦老贵坐在村口的榆树下伤心地哭，直哭到太阳落山。

韦老贵15岁就跟着村里的人到南方去闯世界，在建筑工地做小工。拿到工钱的头一个月，别人都存着，或者是往家里寄，韦老贵却是到商店买回了一大包火腿肠，在床上把它们摆起来，摆起来，统统吃掉。结果吃撑住了，被工友送到医院。以后的工钱都垫付预支的医药费了。韦老贵发着狠说，将来我有钱了，天天吃火腿肠。

韦老贵有钱了。老贵的家乡发现了煤矿，正规不正规的矿口开的到处都是。老贵年轻力壮，组织了一班人也土法上马，开了一口井，挖出了优质的原煤。当大把大把的票子落叶一般堆挤在老贵家的炕头时，老贵又坐在村口的老榆树下哭了，哭得轰轰烈烈。老贵说，他的后代再也不会拿着火腿肠当玩具，他的孩子再也不会受穷了。

老贵在城里买了房子，还是别墅。请人装修也不讲价钱，咋豪华咋来。花在装修上的钱比买房子的还多。就因为媳妇随口说了句欧式的怪时髦，老贵就把刚装好的房子统统拆掉，要装成意大利风格的。咱有钱了，咱在乎啥，花呗。

老贵的媳妇怀上了娃，老贵激动得夜不能寐。专门又买了一套靠近医院的房子，请了专职的营养师给媳妇制订营养菜谱，还请了胎教专家，提前介入培养教育。咱老贵不说多大吧，起码将来也要培养个部级干部吧。老贵建议胎教专家要经常放些官员讲话的录音，让胎儿接受官场的熏陶。

老贵的孩子还没有降生，家里的婴儿用品已经堆积如山，连换的尿布都是从日本进口的。孩子出世后，吃穿用的，整个是个"联合国"安理会成员国。

孩子，咱有钱。想要啥，说。老贵常常在孩子的耳边说这句话。

孩子是要啥有啥，娇惯的没样。

据说，有一次老贵的孩子骑着儿童车在园子里玩，碰到了一辆宝马轿车。车主也是个刚搬来的暴发户，见车给划了一下，非常生气。掐着腰大声呵斥孩子，孩子也不服软，撅着小嘴说，让我爸爸赔你好了。车主更火了，赔？你爸爸能赔得起吗？把你卖了也赔不起。

孩子就委屈的大哭。老贵穿着大裤衩就下来了，看到孩子哭，心疼得不得了。不就是一个破车嘛，也值得跟孩子计较。老贵打了个电话，不一会，从工队调来几个扛着大锤的民工。老贵指着那辆宝马说，你们给我砸，砸完了每人1000。民工二话不说，抡起铁锤就喊哩喀喳地砸。老贵开来车，把车主带到市里宝马专卖店，说，最高档的宝马，随便挑。车主换了宝马，也卖掉了别墅，搬到别的地方去了。

老贵的孩子上的幼儿园是贵族式的，费用能吓死人。孩子上学，也是最高级的学校，上学放学都有专车接送。

老贵的孩子要学开车，年龄太小。老贵说，去找人办个照，咱有钱。果然就把照给办下了，十岁的孩子也成了十八。老贵的孩子就经常在院子里学开车，老贵觉得挺自豪的。

那天老贵正和几个朋友在搓麻将，就见家人急匆匆跑来，喊着，老贵老贵，出事了，孩子把车开出去了。老贵不耐烦地说，咋呼啥？开就开呗。警察罚多少给多少。

出事了，撞了，撞人了！

撞人了？死了？伤了？要多少钱，说。

车钻到大货车的屁股后头，孩子，孩子不行了。

老贵刚想站起来，又瘫倒在桌子下。

远逝的牛犄角

　　一九七零年的夏天，也就是我十岁的那年，队里的一头水牛死了。队里有五头水牛，死的那头水牛是最老的。早就说那头水牛有病，已经瘦得皮包骨头了，可是还得去地里干活。在坡上干完活回来的路上，那头老水牛就栽倒在坡下了。大人们去了十几个人才从坡下把水牛抬回到场院里。水牛死了，大人们好像挺伤心，尤其是饲养员陆大爷，还流泪，坐在磨盘上"吧嗒吧嗒"地抽着水烟。

　　水牛死了，孩子们是高兴的，我也高兴，可以喝到牛肉汤了。那时的年月生活还艰苦，一年到头也吃不到几次肉。家家户户都在准备着碗筷，孩子们更是把家里最大的碗都占着。

　　剥割水牛的活在场院里干，围观的人比看电影还热闹。操刀的屠夫是王二蛋他爸爸，他爸爸天天骑着个破烂自行车，车把子上系着一个红布条，走街串巷给人家阉猪。二蛋的爸爸很神气，对旁边帮忙的人吆来喝去还捎带着骂，对小媳妇老婆子们开着荤骚的玩笑，女人们回敬的话语更恶毒，场院里过年一般热闹。

　　病死的牛，内脏不能吃。村里的医生把大堆的牛下水统统装入推车里，倒入挖好的大坑内给埋掉了。队里人议论着可惜啊，知道这样，早就该在牛还没病的时候就宰了它，还能落下一副下水。二蛋的爸爸掂着尖尖的刀说，废话，牛不死，你敢宰？集体的牛，宰杀是犯法。议论的人搭着笑，哎，只是说说，只是说说。

炉灶刚垒好，大铁锅里的水"哗哗"地翻滚着。牛肉被切成几大块，放入锅里，合严木锅盖，等着喝汤。

剔下来的牛骨头和牛皮，要卖到供销社的废品收购站。队里派了两个年轻壮汉，拉着板车去八九里地远的供销社卖掉废品。反正牛肉煮熟的时间还早，我就跟着卖废品的青年一起去了废品站。一车东西，卖了不到十块钱。在街上买了些花椒大料就往回赶，青年嫌我走得慢，怕耽误了喝牛肉汤，就把我放在车上拉着，颠簸的土路把我的屁股都磨破了。

那是一场声势浩大的喝汤运动啊。队长敲响了一截铁轨钟，"喝汤了，喝汤了"。男女老少几百口子人，端着碗排着队。会计给每个人的碗里放葱花，妇女队长给碗里放几片牛肉，队长挽着袖子，操着一只铁皮大水勺子，把一只只递过来的碗盛得满满当当，"吃，使劲吃，管够啊。"那一夜，家家户户都打着饱嗝，泛着牛肉味。

美好的时刻总是短暂的。七八天过去，少油寡水的肚子就又想牛肉汤了。越是想那天喝牛肉汤的过瘾场面，越是觉得肚子里有个馋虫在爬在叫。我脑子忽然灵机一现，那天去废品站卖牛骨头，好像就看到一只水牛的犄角。另一只牛犄角哪里去了？这个问题让我兴奋了。

第二天的课我都没心思听，满脑子都是牛犄角的想法。杀牛的时候没有注意到牛犄角，去废品站的路上也没有丢掉，因为我一直跟在架子车后面，掉个打牛犄角我肯定会发现。那就是说，这牛的犄角在摔下山坡时就掉了，没有被人发现。

放学的钟声一响，我就兔子般地窜出去，撒开腿就往队里那块山坡地上跑。我沿着水牛走过的路线，仔细跟踪到了它摔下的坡边。坡很陡，有三四十米深。我先绕到坡下，在沟底的乱草丛里寻找了好几遍，没有牛犄角的踪影。会不会是掉在半坡上了呢，坡上长满了乱草和带刺的酸枣树。我顾不上手脚被划破，从坡地往坡上艰难地攀爬，在两块石缝之间，我终于看到了那只牛犄角。一定是水牛在滚落的时候，一只犄角正好卡到了石头缝中间，牛犄角给掰断了。我拔出牛犄角，像是挖到了人参，像是捡到了大元宝，冲着夕阳嗷嗷地大喊。

我不敢把牛犄角带回家，怕被别人看到，说我拿公家的东西。我把牛犄角藏在一处草丛里。明天是星期天，我可以去废品收购站把牛犄角卖了。

回到家天已经黑了，母亲见到我灰头土脸的样子，什么也没有说，端了一盆水说，洗洗干净，快吃饭吧。

第二天真的是阳光灿烂的日子。吃过晌午饭，我把布袋塞在书包里，对母亲说去同学家做作业了。绕过村子，我就往山坡上跑。在草丛中找出那只牛犄角，装在袋子里，我就把袋子抱在怀里往供销社走。一路上，我把自己会唱的歌都唱了一遍，那只牛犄角肯定从来没有听到过这么多的歌曲。八九里地的崎岖路，我走得一点也不觉得累，看到废品收购站就像是见到了亲人一样。

我走进供销社，对着一个梳着长辫子的阿姨说，我要卖废品。

阿姨问，你卖什么废品啊？

我打开袋子，说，水牛犄角。

阿姨指着里面说，到那个院子里去过秤。

我走到堆放废品的院子里，磅秤的是一个大胡子叔叔。他把牛犄角往秤上一扔，给我一张小票，说去柜台找阿姨拿钱。我小心地接过那张白票，清楚地看到上面写着 0.1 元，一毛钱啊，对我来说已经是很大一笔钱了。

我拿着小票又回到长辫子阿姨跟前，阿姨接过票看了一眼，然后从抽屉里拿出一元钱放在了柜台上。

我吃了一惊，给了我一元钱？是不是给我的？是不是没有一毛钱，要让我找开啊？是不是考验我？

我的手放在柜台上，离那红红的一元钱有个短短的距离。不知道该怎么办。

阿姨看看我说，小孩子，你的钱，拿着走。

我把钱攥在了手里，心"扑通扑通"地跳。我不敢转身就走，万一阿姨发现给错了，找我怎么办？我慢慢转身，耳朵时刻准备着听阿姨唤我的声音。背后没有声音，可是我的背后如同有针在刺，麻酥酥热辣辣地。我不敢走出供销社的屋子，怕人家再追我，会把我关起来。我就假装在柜台前看东西，布匹、锅碗、盆罐、耙子、镰刀、饼干糖果、书本、鞭炮，我几乎把所有的东西都看过了。我还在磨蹭，又很认真蹲下身子仔细看标签上的价钱。平日里看看就能流口水的饼干，我也对它毫无兴趣，我不时地用眼光扫描那个长辫子阿姨。

　　阿姨似乎没有注意我，她招呼着来买东西的顾客，没有顾客时，她就和另一个短头发的阿姨说说笑笑。

　　我不知道在供销社里待了多长时间，直到那个长辫子阿姨对我喊，小孩，都快下班了，还不回家吃饭，快走吧。

　　我如同得到了特赦令，转身就跑。

　　一块钱啊！天啊，一块钱！我把钱捏在手心里，一路跑啊，手心里攥着的钱都被汗水浸湿了。一毛钱，我敢花掉，一块钱，我不敢花。

　　远远看到家里的土屋了，我发疯似的喊着妈妈，妈妈——

　　我的声音肯定是与往常不一样，正端着盆子洗菜的妈妈以为出了什么事，丢下盆子就往屋外跑。

　　我上气不接下气地说，妈妈，钱，一块钱，卖牛犄角。

　　妈妈听完了我的叙述，拍拍我的肩膀说，孩子，你多拿了钱，那个阿姨就会短钱了，那个阿姨是要自己补齐公家的。

　　妈妈擦擦手，解下围裙，说，你先吃饭吧，妈妈把钱给人家送回去。

　　我不知道妈妈什么时候回来的，我太疲惫，睡着了。

漂亮小姨

　　一九七零年春天，我们部队大院的孩子们，都知道了一个消息，二胖的小姨来了，是一个漂亮的小姨。二胖和我家是门对门的邻居，两家共用一个厨房，小姨和我在一起，嫉妒死那些比我大比我小的男孩子了。

　　小姨叫程国英，从吉林四平来的。小姨十六七岁，比我大四五岁吧，其实是个大姐姐。她是二胖的小姨，我们也都跟着叫小姨了，二胖还咿咿呀呀地不会说话哪，小姨就是来帮着姐姐照看二胖的。

　　小姨漂亮，中等个头，大眼睛双眼皮，长睫毛，白里透红的脸颊上有浅浅的雀斑。小姨梳着短辫，额前的刘海弯弯曲曲像海浪，我们都觉得小姨比电影里的那些女演员还好看。小姨总是面带微笑，见谁都是高兴地模样，浅浅的酒窝让笑容更加迷人。母亲说，小姨的眼睛里是一汪清水，纯净得没有一点杂质。

　　小姨漂亮，大院里的孩子都喜欢和小姨玩。男孩子更不用说了，小姨要去取牛奶，小姨要去买豆腐，小姨要去买菜排队，都让男孩给包了。有的家属就奇怪地唠叨，孩子在家里啥活都懒得做，给小姨跑腿比谁都机灵。

　　小姨漂亮好看，不光我们小孩这样说，好多大人也盯着小姨看。有个年轻的小参谋，总是爱到小姨家给小姨的姐夫汇报工作。每次去，都是皮鞋擦得贼亮，脸上还抹着雪花膏，路过他身边都能闻到女孩子身上才有的胭脂味道。看着他是在和小姨的姐夫说话，那双不大的单眼皮的眼睛却总是悄悄地往小姨身上看。我把发现的情况告诉了小欧，小欧说，他会不会是想找小姨谈对象。他不要脸，想抢咱们的小姨，咱们要打击他。

那天，又发现小干事去小姨家，中午还留他吃饭。我和小欧在他回去的路上，挖了一个陷阱。我们先挖一个土坑，有一尺深，把坑里灌满水，用树枝条把坑口棚起来，铺上树叶，再薄薄地撒上一层土。我和小欧故意地走在没有铺陷阱的一边，看着小干事一脚踩入了水坑里，新皮鞋灌满了黄泥水，我和小欧欢叫着撒腿就跑。我把事情告诉了小姨，小姨"咯咯"地把腰都笑弯了。小姨用指头点着我的额头说，就是你调皮，会出歪点子。以后不许这样了，人家大人是说工作，办正事哩。

小姨心灵手巧，可能干哪。每天除了三顿饭，她还要用煤油炉子给二胖热奶、蒸鸡蛋。部队有午睡的习惯，小姨的姐姐、姐夫吃过饭就午睡休息。小姨一只手抱着二胖，一只手用抹布把锅台炉灶擦洗干净，然后坐在屋外的阴凉地里，怀里抱着二胖，手里拿着厚厚的一本书，看得非常投入。

我问小姨，看的什么书？

小姨悄悄地说，《林海雪原》，受批判的书。

我说，受批判的书你还敢看，不怕人家说你反动？

小姨笑了，说，我边看边批判啊。不看怎么知道它哪里反动？

小姨说得有道理啊，我说，那我也看。

小姨说，闲的时候我看，我忙的时候你看。

《林海雪原》是我看的第一部长篇小说，尽管有些地方还不大懂，但是惊险刺激紧张曲折的故事情节，深深地吸引了我，也影响了我。

我问小姨，《林海雪原》受批判，那样板戏《智取威虎山》为啥受欢迎？不都是杨子荣、少剑波、座山雕吗？

小姨摇摇头，我也说不清，一个是戏一个是书吧。

我说，小姨，我长大了也当作家。

小姨说，好啊，有志气。这本书，你没有白看。

小姨喜欢看书，可是能看的书真是不多，我就去同学家借书给小姨看。记得也就是那段时间，我看了《苦菜花》《南方来信》《河北民兵斗争故事》《小无知和他的朋友历险记》，这些书是我文学写作的启蒙，小姨也是我文学写作的启蒙。

小姨对我们小孩子很好，我就见小姨生过一次气，而且火气还特别大。

秋天，小姨的弟弟程国泰从四平来部队看望小姨。小姨的弟弟只比我大两岁，我叫他国泰哥哥，小姨笑了，说在外随便叫。部队大院外，有个香瓜地，我们出去玩的时候总路过那片瓜园，诱人的瓜香拖着我们的脚步。国泰哥哥来的时候，还有买车票余下的几元钱，看到我们的馋相，国泰哥哥说，走，买香瓜吃。一群孩子兴奋了，围着瓜棚又喊又叫。每人手里捧着两个香瓜，坐到小河边，在河水里把香瓜洗干净。一个香瓜分成两瓣，先把瓜瓤吸溜进嘴里，咂干瓜汁，吐出瓜子，再满满地咬上一大口瓜，口水和瓜汁一起顺着嘴角往下淌。忽然发现，我们买的香瓜有一半都是坏的。一定是卖瓜的人看着我们小孩好骗，把坏瓜也趁机塞给我们。国泰哥哥很生气，说，走，找他算账。国泰哥哥把我们分成两组，一组有国泰哥哥带着找卖瓜的人说理，一组有我和小欧在卖瓜人注意力分散的时候，从瓜地的另一端偷瓜。哈，计谋成功了，我们偷摘了十几个香瓜拿回家。我绘声绘色地给小姨讲战斗经过，小姨开始还笑着，后来脸就挂住了，最后小姨就狠狠地说国泰哥哥，"他们小，不懂事，你也不懂事？你给他们做的什么榜样？你是要教孩子们学坏，学不诚实吗？"

小姨说完我们，就去了瓜棚，赔给了人家瓜钱。晚上，我开始拉肚子，小姨刮着我的鼻子说，看看，做坏事就会遭到惩罚，她赶紧带着我去卫生队看病拿药。

小姨很勇敢，我记得小姨的手上长了个大疖子，去卫生队做了手术，她是吊着一只胳膊回来的。小姨笑着说，我成了王连举了，但是我没有叛变。小姨用一只手照样烧火炒菜做饭洗衣服，啥事都不耽误。

冬天，天气很冷。我和小欧在厨房里玩，实在太冷了，小欧说，我们用小姨的煤油炉子烤火好不好？我两人就悄悄地把煤油炉子点着了，嫌火苗太小，就转动捻子，还打开油盖看油多不多，结果把煤油弄洒了，瞬间大火就燃烧起来。我和小欧大叫着着火了，撒腿就往屋外跑，整个厨房已是黑烟滚滚。小姨从服务社买粮回来，扔下米袋就窜进了浓烟火光里，把在里屋炕上睡觉的二胖抱了出来，小姨把二胖往我怀里一放，说抱好。她敏捷地跑到电闸处，拉下闸刀，抓过铁锨和竹篮，往篮子里装炉渣，还对端着脸盆的小欧说，不能泼水。小姨提着炉渣一次次冲进火里，用炉渣控制住了火势，大人们赶来扑灭了大火。

小姨的脸和鼻子尖都沾了黑，额前浪花一样的刘海被火燎没了，长长的眼睫毛也燎焦了，我和小欧吓得哭了。小姨搂着我俩说，没事了，知道吗，油着火了是不能用水泼的，要用泥土来压。

小姨要离开大院回四平老家了，大院的孩子都去送行，把部队的班车都给挤满了。我哭了，小欧哭了，小姨哭了，孩子们都哭了。没过多久，我也随同父亲转业，从大连回到了中原洛阳。四十多年过去了，再没有小姨的消息，想来小姨也是子孙满堂的年纪了。

小姨，你还好吧，我想你。

流泪的水

　　一个游人迷了路，无意中走入了深山里的村寨。村寨人很好客，拿出最好的山珍野味、自酿的陈年老酒款待他。游人很感激，可是他没有什么东西可以回赠，包里只有一瓶矿泉水，他就把矿泉水送给了这家的大眼睛孩子。游人回去的路还很长，大眼睛孩子的爸爸，把一只葫芦里灌满了自己缸里的水，让游人带着路上喝。

　　村寨的孩子没有见过塑料瓶瓶里装的水，都很稀奇，一瓶水在孩子们的手里传来传去。

　　城里人喝的水就是高级啊，别说水了，就是这瓶瓶也得值多少钱啊。

　　打开尝尝呗，咱也当当城里人。有孩子提出建议，十几双小眼睛流出渴望，眼巴巴地看着大眼睛。

　　大眼睛慢慢拧开了矿泉水瓶子的盖盖，小心翼翼地往瓶盖里倒满了水，"每人就这么多，谁也不准多喝。"

　　从最小的孩子开始，一人一瓶盖。先喝了水的孩子在吧嗒嘴找滋味，等待喝水的孩子咽着口水。

　　每个孩子都喝过之后，大眼睛才自己端着小瓶盖喝了一口。品品，自己又喝了一口，大眼睛哭了，泪水流进嘴角，咸咸的。

　　城里喝的水就是有种味道，和村子里的泉水不一样，不一样就是特别，特别就是好，好就令人向往。大眼睛希望自己也像那个游人一样，去到遥远的大城市，去喝这种装在瓶瓶里的不一样的水。

大眼睛有了城里人的水，每天都会有孩子围着他，每天都想尝一瓶盖城里人的水。几天，那瓶子里的水就喝完了，大眼睛就把自家水缸里的水灌入瓶瓶里，好像还是满满一瓶。孩子们知道，大眼睛瓶瓶里已经不是城里的水了，他们不再围着他讨要，也不来和他玩了。

大眼睛时常带着那瓶水，坐在山崖上，遥望天际，他鼓励自己，一定要走出大山，去到遥远的城市。

从大山里走出来的游人回到了城市。游人的妻子做了丰盛的晚宴，游人的朋友都被邀请来家里庆贺。推杯换盏之间，有人看到了挂在墙上的葫芦。说那是你说的山里人自己酿制的陈年老酒吗？

游人想开个玩笑，说就是，你尝尝。

朋友就打开了葫芦的塞子，倒了满杯，一饮而下。

游人忍住笑，故意问，味道怎么样，浓烈吧？

朋友没有说话，又倒满一杯喝干，泪水便从朋友的眼角流下。朋友说，甘露，甘露啊，天啊，这是神水吧？神水。

大家好奇，都倒了一杯饮下，果然神奇啊，山林里的原始风味，沁入肺腑，仿佛能看到那清澈晶莹的山泉，能嗅到遥远儿时记忆的味道，个个禁不住泪流满面。

朋友说，快去找到这个山寨，咱们大家入股投资办个天然饮用水厂，直接灌装就行啊，这水的牌子就叫老家的味道，准保火啊。

一拍即合，众人开始筹资注册，项目评估。建筑大军开始修路架桥，寂静的山寨首次迎来机械轰鸣声。

大眼睛孩子走出了山寨，到繁华的都市上大学，毕业后就留在了都市。大眼睛谈恋爱了，女孩是在城市里长大的，她教会了大眼睛怎样在都市里忙碌生存。

大眼睛已经习惯喝装在瓶瓶里的城市水，城市的水麻木着他舌头上的味蕾神经。他开始怀念家乡山寨的山泉，怀念家乡水清凉透彻沁人肺腑的甘爽。

女孩来了，带来了一瓶天然水，牌子是老家的味道。

女孩说，你尝尝，新产品，喝了你就不想家了。

大眼睛喝了，说这比我家乡山寨的清泉水差远了。

女孩不解地问，水还有什么区别，除了卫生不卫生，水是透明无色无味的啊。

大眼睛说，那是教科书上对水的定义。一方水土养一方人，水不但有味道还有情感，有知觉。啥时候我带你去我的山寨，喝我们山寨的清泉水，保证你一辈子都忘不掉。

女孩说，我才不相信呢。

大眼睛真的就带着女孩去了山寨。山寨已经通了公路，有了公共汽车，原来居住的村子已经搬迁，修建了宾馆度假村。空气中弥漫着混合的味道，各种加工厂正在把山寨的资源变成花花绿绿的钞票。

山泉已经不见了踪影，山寨的那口老井还破烂不堪地废弃在那里。

大眼睛把瓶子系上绳子，从老井里提起一瓶水，他把瓶子递给女孩说，尝尝，尝尝，什么叫刻骨铭心。

女孩啄了一口，又啄了一口，茫然地看着大眼睛。

大眼睛夺过瓶子，仰头"咕咚咕咚"几大口，泪水顺着脸颊流淌，流进嘴角的泪水也比这瓶子里的水强一百倍啊。

女孩问大眼睛，你怎么了？

大眼睛看着老井，这是怎么了?!

老街说客

老街有说客，老街说客也分着等级，跑细腿的，磨破嘴的，糊弄鬼的。

说个故事。

顾老大看中了冠家一处宅院。冠家在老街是个大户人家，在老街置有多处宅院和几十间店铺。顾老大看中的这处宅院并不在老街的繁华路段上，而是相对较背游客稀少的最东端，老街自古就有"宁要西端一砖，不要东端一间"的说法。

顾老大央人去给冠家说事，都被碰了回来。顾老大愁闷，有人就说，你去找找糊弄鬼的闷子看看。顾老大就提着重礼，登门拜见，说明来意。

闷子捋着下巴上稀稀疏疏的几根胡子，说，你诚心要？

顾老大拍着胸脯，诚心。

闷子：砸多少钱都值估？

顾老大：值估，都值估！

闷子不咸不淡地说：那中，一年后给你准信。

闷子来到冠家，说有人要租用冠家东端的那个宅院开个买卖，买卖不大，火烧铺子。你那地段冷清，租金要给让一让。

冠家答应了，院子闲着也是闲着，有生意总比没生意好。

火烧铺子就开张了。这家铺子卖的火烧个头大还便宜，店家服务周到，生意很快就打开了，人们宁愿多绕些路来东端买火烧。有同行算了笔账，照这个做法是赔钱赚吆喝，支撑不了多久。

入冬，一场大雪捂盖了老街。火烧铺子传来哀嚎声，雪大生意冷，老街人就跑来看热闹。是火烧铺两口子晚上生煤炉取暖，通风不好，煤气中毒，送医院抢救不及时，人没了。这家的儿女披麻戴孝在铺子前哀号痛哭，做了三天的祭奠，惹得临近几家店铺都没了生意。

开春，闷子又来到冠家，说是有个做鼓乐买卖的老板要租用冠家的宅院，那院子先前不干净，这租金得让一让。冠家也是想冲冲晦气，租金多少也不在意。鼓乐店开张，敲敲打打，弹弹唱唱也挺热闹。没过多久，就传出铺子里闹鬼的事情，相邻几家店铺的人都说，半夜里听到咚咚鼓声，还有瘆人的曲调。接着一天夜里，鼓乐店的老板大呼大叫，披头散发跑出来，疯了。

有人请了风水先生，风水先生说那一片是凶地，街坊就开始出售房屋。冠家也觉得那处宅院坏了风水，家业资金周转遇到了困难，也准备出售那所闲宅，只是价格开得大，没有人接得住。

闷子找到顾老大，顾老大二话不说，拨现钱，并给了闷子两成的酬劳。

顾老大如愿拿到宅院，扒掉旧屋，盖起了三层大宅，欢天喜地住进去。

没几年，老街改造，东端很快就成了黄金地段，而冠家卖掉的宅院，被顾老大拾掇得耀武扬威，很是风光。冠家老爷子每次路过，都悔得唉声叹气，临终前留下遗嘱，要把自己这把老骨头埋进那所宅院。他攥着冠老大的手说："不拿回那所宅院我死不瞑目啊。"

冠老大带着重礼拜见闷子，说明来意。

闷子捋着下巴上稀稀疏疏的几根胡子，说，你诚心要？

冠老大拍着胸脯：诚心。

闷子：砸多少钱都值估？

冠老大：值估，都值估！

闷子说，把老爷子葬入宅院和拿回宅院这可是两档子事啊。

冠老大，两档事两笔酬金算，不惜倾家荡产。

闷子不咸不淡地说，那中，一年后给你准信。

中秋，顾老大六十大寿，在家中设宴庆贺。

冠老大和家人，抬着一坛老酒，带着响器班子吹吹打打来给顾老大祝寿。

顾老大既意外又惊喜，起身迎接。抬着老酒坛子的人，忽然一个趔趄摔倒了，坛子摔碎在院子中间，老酒晒了一地，酒香四溢。冠老大喝退家人，呈上大额礼金。

顾老大也不介意，"碎碎平安，岁岁平安嘛。"

入冬，闷子来顾老大的家里，说明冠家想再置回宅院的意思。

顾老大哈哈大笑，说糊弄鬼的，你说个由头让我听听。

闷子说，简单简单，你顾老大总不能给冠家老爷子当守墓人吧？

顾老大瞪大了眼睛，此话怎讲？

闷子说，还记得你六十大寿那天，冠家来送酒祝贺之事吧。顾老板可否知道，那摔碎在你院子里的那坛老酒里浸泡的是冠家老爷子的骨灰啊。那也就是说，你这里葬着冠家老爷子的陵墓，你不是守墓人是什么？

顾老大脸都红了，冠家的手法也太不地道了。

闷子说，算了，你这宅子得来的也不地道。如果老街人知道你这是个墓宅，谁还敢来府上，影响了子孙后代的前程，那可是大事。再者说，这些年你这房价也翻了几番，出手你也赚大发了。

顾老大软了。

冠老大拿回了宅院，拜谢闷子。

闷子捋着胡子不咸不淡地说，该谁是谁，自有天定吧。

闷子用酬金在老街购置地皮，也盖起了一处像模像样的大宅院。

老街说客，了得！

老街神算

在老街，占卜算卦，人也分着三流。

一流大宅院，二流租门面，三流坐地摊。有自己大宅院的主家，都是名声在外。上门求见的也都是财大气粗的达官贵人，一般老百姓人家是近不得的。老街能租个门面等客上门的主家已经算是混得不错了，买卖不算稠密，却是半年不开张，开张吃半年。老街最多的还是摆地摊的卦先，脚前铺上一块布，摆上卦签，坐个小木凳，摇着一把扇子，招呼来往的客人。

有大宅院能够租门面的主家，都有真真假假虚虚实实玄玄乎乎的传奇故事。摆地摊的就平淡无奇了。闷子也是坐地摆卦摊，摆地摊的卦先闷子可是个有故事的人物。

闷子初中辍学，在家中游手好闲，吃不得苦。无意中在箱子里翻出一本《麻衣面相》，便对相面算卦起了兴趣。

闷子第一次在老街摆摊才刚刚十八岁。一个娃子蛋竟然敢来老街摆卦摊混吃喝，老街人自然是不买账，没人问津。正是集市上热闹的时辰，闷子对一个匆匆赶路的中年人说道，这位老哥迟缓两步走。看你家有难事，我说的不准，你尽管扇巴掌，说得准了也分文不要，赏个肉夹馍就中。

中年人犹豫着停下了脚步。

闷子大声吆喝道，这位老哥，屋漏还招连夜雨，船迟又遇打头风，这几年来事不顺，好事无成反成凶。看你夫妻官相不合，家中内室不安。

中年人坐在闷子递过来的小马扎上，你说说看。

闷子说，说了你可别不高兴，糊涂婚姻最可怕，三天两头总吵架，一生夫妻不和睦，活着骂，死了嫁。

中年人说，就是娃子不争气，天天兑架。早上她回娘家了。

闷子神气了，脚踩棒槌转悠悠，时运不及莫强求，冷手抓不住热馒头，心急喝不得热米粥，单等来年时运转，自有好运在后头。我说个法子，准灵。

闷子的生意就此开张。

闷子收摊走到暗角处，等在那里的中年男子给了闷子一巴掌，这是你占你爸便宜的报应。老子也成你兄弟了。

闷子挠挠头，爸，这不是给你赚回了一百多元了，我在老街也能站住脚了。

凭闷子的聪慧，在老街站住脚了，还渐渐地闯出点名声。有人说，闷子也该去租个门面，开个易经堂之类的场子了。闷子乐呵呵地说，我不费那劲。开个门面还得天天有人支应，我这想来就来，想走就走。不交税也没有管理费。

闷子在老街摆卦摊，摆到了结婚生子、孩子该上学的年龄了。因为不是本地的户口，孩子报不上名。

闷子找了校长，校长也为难，说孩子多，校舍不够，想改造也没有资金。

闷子说，我找人帮你改造了，孩子上学的事你给接着。

闷子不摆摊了，围着学校四周转悠。

学校的北边，有一家开发商，同当地的群众有些利益上的问题，整天一帮人扯着白横幅堵住院门，影响施工，也有损公司形象，老板急的满嘴起泡。

闷子找到老板，说你的大门开错了，犯了风水。若想解难，就得重新修盖大门。按你这风水看，门朝东，顶头凶，门朝南，鸿运传。你现在大门朝东，你得改向南门。

老板说，那边是学校，改大门要占用学校的地，学校能愿意？

闷子说，你改建大门的占地是学校的二层旧校舍，你再帮着学校建起五层新校舍就行啊。学校也没吃亏。你的建房，拿出部分优惠售给学校的教师，当地的人的孩子也得在学校上学吧？他们再闹，教师不上课，孩子不上学，那才是天大的事。虽然有些花费，却除去麻烦，换得清静啊。

老板咬牙，干了。找学校商谈，一拍即合。结果和闷子说的一样。

老板买了好酒看望闷子，说，让我咋感谢你都成。

闷子说，不用谢。你的事情要彻底干净，还差一道。你把每间房都挂上一米二长的桃木剑。避凶化吉，事业大兴。

老板信闷子的话，在老街一家装饰店买了五百把桃木剑。桃木剑不但辟邪还能保佑生意的传闻，让老街人把桃木剑都买空了。

卖桃木剑的米老板见到闷子就拜，说闷子真是神算啊。他从外地订一批桃木剑，因为粗心多写了个零，结果五百把成了五千把。大笔资金被压，走投无路，找闷子算算这生意咋样，闷子就掐着指头说，钱财常达心里去，可惜眼前难到手，不如意时要忍耐，遇到闲事莫开口。安心等待，三个月后，货准出手。

米老板说，我要兑现当时的承诺，红利分你一半。若不是你，我就得倾家荡产。

闷子摆摆手，事由也起自学校，你就给学校捐些课桌吧，也是做了善事。

米老板慷慨地说，那没问题，咱的孩子也在学校上学。

闷子孩子的老师来家访，说，闷子，你太神奇了。你送孩子来上学，我埋怨学校的课桌太破旧了。你说，三月后自有贵人相助。今天就有人捐助了一批新课桌。你孩子就坐的新课桌。

闷子媳妇给闷子打酒炒菜，说，闷子，你还真行啊，一石三鸟。

闷子美滋滋地抿一口酒，哈，大狗叫小狗也要叫。有吃有喝，活呗！

神 话

那绝对是一场空前绝后的激战。明德哥说起那场赛事，总是要先抚摸一下那条残腿。

明德哥在老街开了一家牙科门诊。没有病人来时，明德哥就会坐在诊所的门口，阳光暖暖地抚摸着街道，抚摸着街道上来来往往的人流。只要街道上有孩子坐在他的身边，他就会端出好茶，在石板桌上摆上几杯，放几样小点心，开始讲他的那场赛事。

你们想象不到，那是怎样的一场决赛。快二十年的事了，至今我还记忆犹新，历历在目啊。明德哥说到此时，就会眯起双眼，仿佛在追回那场渐渐遥远的记忆。有等不及的孩子就会问，明德哥，是省运会的足球决赛，对吧？明德像是被激醒了，端起茶杯，慢慢地抿上一口，接着说。

是省运会足球决赛。当时的情况非常严峻。咱们市队和省直代表队的金牌数量持平，都在等着最后一块足球决赛的金牌了。市里带队的副市长出征前就立下军令状，要夺得金牌数和总分的第一名，可人家省直代表队是连续三届的金牌老一，也是信誓旦旦要捍卫人家的霸主地位。足球，咱可是没有把握，省直队员中有好几个都是省队的球员，有一个还是入选过国家队的国脚。咱们是啥，清一色的业余干家，集训了不到 3 个月。可就咱这些业余干家成了运动会上的一匹黑马，一路过关斩将，干倒了上届的亚军、季军，硬生生和上届的冠军碰上了。

明德哥，你是踢什么位置的？

什么位置？前锋。知道吗，我那时的速度，那叫一个快。百米在 11 秒，我要是抢断突破对方的后卫防线，那就没有人能够追上我，除非他犯规。

明德哥见到有病人来了，就连忙放下手中的杯子，挂起拐杖，把病人往诊所里让，对孩子们摆摆手，你们先坐着喝茶，咱一会接着说。

等明德哥送走了病人，出门时，孩子们已经把点心消灭干净早走人了。明德哥就会慢慢地收拾起杯子，自言自语地说，好汉不提当年勇，当年勇噢。

明德哥关了店门，晚饭总是在赛大姐米线店喝一碗鸡汁米线，吃两个肉夹馍。然后回到他那小房间里，打开电视，等着看足球节目。明德哥的屋子里没有啥摆设，一台电视却是老街上最好最高级的，每天的选台几乎都是固定在体育节目。墙上粘贴着大幅的足坛明星的画，半面墙堆积的全是体坛内容的报纸杂志。

我常去明德哥的小屋子里找资料，我喜欢篮球，喜欢 NBA，喜欢乔丹、麦蒂、约翰逊。只要是有他们的画页，明德哥都让我撕下带走，但是有足球的文字是一点也不能动的。明德哥常看着我带走篮球明星的画页，说，足球才是男人的运动啊。篮球都是个人在表演花里胡哨的技艺，足球才是完美展现男人勇敢和激情的现代战争啊。

明德哥也是三十几岁的人了，还是单身一个。我问过明德哥，干吗不给我找个嫂子。明德哥嘿嘿笑着说，我这个样子谁能看上我啊。再说了，娶个媳妇多一口人，还不得跟我抢电视啊。结过婚的人都知道，遥控器啊，永远都在女人手里拿着，不信，回家去看看。我还真的回家看看，家里的遥控器还真的总是在母亲的手里，偶尔在父亲的手里，也是母亲一努嘴，父亲就赶快换频道，直到母亲选中了满意的台。有时，父亲想看的台被母亲占着，自己就出去到街口看别人下棋。我还真的羡慕起明德哥了。

我不知道听过多少次明德哥讲的故事了。那次两军对垒，一方是有着骄人战绩根本不把对手放在眼里的省直队，一方是全凭着一股冲劲闯进决赛的黑马。比赛一开始，省直队就凭借天时地利人和的优势，大兵压境，轮番朝对手的门前轰炸。上半场没有结束，就攻进了 2 个球。主场球迷的呐喊助威声震耳欲聋，把黑马队的队员都给喊晕了，自己还玩了个乌龙球。上半场结束 0 比 3 落后。中场休息，带队的副市长亲临球员休息室，给大家鼓劲，教练啪啪啪地拍着自己的胸脯，激愤得热泪盈眶。队员的火气被点燃了。下半场一开始，个个就跟上足了发条，满场横飞。省直的队员体力明显不支，一个接一个倒地抽筋。黑马队越战越勇，竟然连扳 3 球，打成平手。加时赛，明德哥快如脱兔，对方后卫根本就阻拦不住。禁区内，在明德哥准备起脚时，对方后卫狠狠地蹬踹在他的左腿上，可以听到骨头咔嚓的断裂声。

点球。明德哥艰难地站起来，稳稳地站在了罚球线上。明德哥说，当时几万人的球场忽然静得能听得到钢针落地的声音。他已经没法助跑，就在原地起脚，球划出了一道优美的弧线，直挂对方球门的右上角。明德哥没有听到欢呼声，他眼前一片黑暗，倒在绿茵场上。队友们去抬他时，看到他的右脚已经整个扭了 180 度。

明德哥的故事让老街的孩子们很佩服。市里只要有足球赛，明德哥就会被孩子们簇拥着去体育馆，和明德哥一起欢呼一起呐喊。

我父亲在体委工作，父亲说，市里在历届省运动会上，足球从来就没有进过前四名。母亲说，明德哥打小就害了小儿麻痹症，从没有离开过双拐。没事多去帮帮明德哥。

我还是爱听明德哥的故事，爱听他讲那段神话时的神情。

——那绝对是一场空前绝后的激战。明德哥又在讲他的那场赛事。

名　嘴

　　老街是个生意场所，家家户户大小都开着买卖。做买卖嘛，免不了和各类人打交道，察言观色能说会道是做好自己买卖的最起码的要求了。只要你走进门店，主家的话就兜着你走，天气啊气色啊穿着啊到自己买卖的优势啊，直到给你送出店门，慢走啊再来。你耳朵旁就别想清静了。听进去听不进去是您的事，说不说可是主家的事。买卖不成情意在，情意哪来的？两片子嘴吧嗒出来的，是吧。

　　运动员的腿，老街人的嘴。老街人的嘴厉害，能够被老街人称作名嘴的人，那嘴上的功夫该如何了得吧。那不，他来了。墩子左手掌心里不停地转动着两只核桃，也不知捏拿了多少年，核桃打磨得油光锃亮，能影影绰绰映出人影；右手端着一只精巧黑明的紫砂壶。对襟的蓝色马褂，镶着金边，千层底的方口布鞋白底黑面，走在青石板上，没有一点声响。方脸大耳，头发往后背着，打了发胶的，一缕一缕隐约可见光亮的头皮，别以为他有多大年纪了，满打满算，才三十有五。这幅打扮，那叫派儿！

　　墩子现在可了不得，凭着两片子嘴，经常被市电视台邀请为嘉宾，评说足球现场直播的赛事。墩子每天在街上绕上一圈，是来接收街里人的恭维和祝贺的。昨天的赛事转播，墩子又预测灵验，主队取得了胜利。

　　墩子走进了"天织锦"绸缎行，老板正在招呼生意。几个顾客在挑选布料，看来还拿不定主意。墩子把紫砂壶往柜面上一放，说道，看人看的是心肠，买货看的是质量。你看这布，手感光滑，温柔似水，既不是纯棉也不是腈纶，而是最新技术两样混纺，纯棉穿着舒服却易起褶皱，腈纶直挺却不舒身，两者混纺，各取所长相得益彰。未来要靠小字辈，买货还是老字号。这天织锦绸缎行，祖上六代专营此行，诚信为佳，童叟无欺，积德行善，四邻夸奖。一条老街，十里绵长，专营布匹共二十五家店铺，从东数这是第五十九家门店，往西去还有一百二十五家店堂，唯此一家百年老号，历经三个朝代变换沧桑，唯一不变的是信誉至上。您手里这块布，老人穿着舒坦，中年人穿着端庄，年轻人穿着漂亮，孩儿们穿着阳光。做冬装保暖，裁夏衣凉爽，春秋服时尚。看看店家，慈眉善目，菩萨心肠，主家让让利，买家抬抬手，一桩好买卖，心情都舒畅。

客户被说得咯咯地乐，一单生意也做成了。主家连忙给墩子的紫砂壶泡上茶，添上水。墩子的紫砂壶里向来不在自家泡茶的。

墩子自小嘴巴就乖巧，越是人多的时候越是爱显摆嚼舌，说出话来都是一嘟噜一嘟噜的。墩子十五岁那年夏天，母亲和冠家起了纠纷。冠家是老街的大户人家，人多势众。本来占理的事，被冠家抢夺的理屈词穷，回到家生闷气抹眼泪。墩子放学回到家里，问清了事由，放下书包就去了冠家，在冠家门外的古槐树下开始辩理。冠家开始就没有把个毛孩子放在眼里，没承想墩子口若悬河，说古论今，旁引博论，一开口就刹不住车了。大热的天，一口水不喝滔滔不绝三个小时，两片子嘴唇上下翻飞不知疲倦，直把树上的蝉都给噪走了。老街被堵了半条道。冠家自知理亏，连忙托人去墩子家说和赔礼道歉。墩子是一骂成名。

若只是嘴巴会说，也担当不了名嘴的雅号。墩子的嘴还有一绝就是"毒"。那日老街来了个挑担卖货的，货色不好，却打着老街的旗号。墩子就去摆布，那卖货的也不是瓢茬，两人就叮咣起来。墩子就说，坏了老街名声，出老街五里路就不得好死。结果，那货郎果真在出了老街的路中被一辆货车给撞到了沟里。你说这是瞎猫撞着死耗子了吧，可还有一件事，老街马家一个儿子自幼学坏，娶了媳妇后就虐待老母，墩子抱不平前去理论，说你不忠不孝，会遭报应。那小子还犟，说我会遭啥报应？我等着。墩子大声说，你小子得遭雷劈啊。夏季的第一场雷雨，那小子坐在自家的床头喝酒，就被一声闷雷给击中了。没要命，却给打哑巴了。

墩子的名声从老街走向全城是因为足球赛。市里成立了足球队，墩子的一个外甥入选球队踢前锋。电视台做了期节目，采访墩子的外甥，捎带采访了墩子，墩子不但说了外甥的优势，还大胆预测外甥将在开始的比赛中大玩帽子戏法。比赛的过程果然如墩子所言，外甥独中三元，球队获得首场胜利。墩子成了名副其实的名嘴，只要有比赛，墩子就被请去电视台做解说嘉宾，而且每次预料都在八八九九。

一天，墩子被一伙人请到了狮子楼，皇家水席伺候。吃饱喝足，墩子也明白了他们的底细，是一伙地下赌球的家伙。墩子从衣兜里掏出一叠现金，往桌子上一放，说，对不起哥们，饭钱我付了。你们这一路，墩子不伺候。说罢，转着核桃，握着紫砂壶，走人了。

第二天，老街人看着头上绑着绷带，嘴角缝着针线的墩子，都吓了一跳。墩子也不解释，说，从小卖蒸馍，啥事都经过，从小卖核桃，啥事都知道。明日起，咱不说球了，说戏。哈哈，听戏去。

戏 神

　　常河在老街唱戏，常河唱的戏是地方戏，叫曲子。曲子戏起源的时间并不长，清朝末年间，从老街民间踩高跷曲演变而来，不过百十年的光景。老街是曲子戏的发源地，老街人爱听曲子戏，被称为曲子窝。曲子戏的调门也都是几代的曲子艺人从老街各行各业的叫卖声、读书声、吵骂声、哭诉声中提炼出来的。曲子一响，忘了爹娘。可见老街人对曲子的痴迷。

　　常河最擅长的是哭戏，在曲子代表戏《卷席筒》里，常河饰演小仓娃，小仓娃在大堂上诉冤里那一大段八十五句的"哭诗调"，最让老街戏迷魂魄出窍。

> 唉咳——我的大老爷呀，
> 你稳坐在察院，
> 我把这前前后后，
> 左左右右曲曲弯弯，
> 星星点点一点不留一齐往外端……

　　常河嗓音洪亮，吐字清晰，就是戏园子里没有扩音设备，常河照样能

119

让剧场里坐在每个角落里的戏迷听得清清亮亮，舒舒坦坦。尤其是最后一句的甩高腔：我的大老爷呀，你看我浑身上下，上下浑身都是冤哪——更是伴着叫好声掌声和泪水飞舞。

有人说常河唱得好，是因为常河敬拜戏神。有人看见常河在唱戏前总是要恭恭敬敬地对着戏神的画像作揖敬拜，十分虔诚。常河拜的戏神是谁？有人说是汤显祖，有人说是曲子戏的创始人朱天水，可谁也没有见过。

老街有个传说。老街有个富商的女儿貌美如仙，却患上忧郁症，茶饭不思，寝食难安，闭门不出，家人多方求医不见好转。有人建议富商带着女儿去听常河的戏。富商虽然觉得玩笑，无奈之下也只好试试。便让家人硬把女儿带到了老街戏园子。谁知，常河的戏一开场，女儿就随着常河戏中人物的喜怒哀乐如醉如痴。戏散场，女儿竟然在老街"不翻汤"小店里喝了两碗"不翻汤"，到家一觉睡到天亮。富商的女儿相中了常河，非要以身相许。这个传说没有经过考证，不过富商连包了十场戏却是真的。

常河唱曲子是卖了命的，每次唱完"哭诗调"汗水都会湿透戏服。管理服装的云袖姑娘，不管戏啥时候散场，她都要把常河换下的戏服洗过，熨烫晾干，收拾停当。一来二去，常河和云袖有了交往，几年后两人结婚成亲。

常河和云袖的儿子常小河八岁那年，老街的剧团解散了，剧团的人各找门路。常河和云袖在老街开了个馄饨铺，生意不好不坏，勉强维持生计。

有人建议常河在铺子里唱戏，可以招来客户。常河不允，常河说，曲子是艺术，我又不是个卖唱的。日子清贫，常河两口子却很踏实。闲暇，常河就教儿子常小河唱曲子，儿子极聪颖，一招一式有模有样。儿子参加省电视台的戏曲大奖赛，获得了少年组的第一名。

常小河考入京城的一所戏剧学院，常河的媳妇云袖得了重病，卧床不起。家里的负担一下子沉重起来。

一天傍晚，常河当年的同门师弟登门拜访，言左右而顾其他，心不在焉。常河说，师弟，有话直说吧。

师弟磕磕巴巴地说，汝州有个老板父亲去世了，正办丧事。去世的老人是个曲子迷，当年听过常河的戏。老板想请常河去唱一场，给两万报酬。

搁在往日，常河非摔了杯子和师弟翻脸不成。看着重病在床的妻子，常河应允了，"只要不在老街唱，我去。"

灵棚搭在街口人车过往的热闹地界，排场很大。

戏台子搭建在灵棚的对面。看热闹的人不少，乱哄哄嘈杂杂。

唉咳——我的大老爷呀——

常河一亮腔，人群立刻安静下来。有懂戏的人立马就认出了常河，消息一出，街里的男女老少都跑出来看热闹。

常河的"哭诗调"唱的看热闹的人泪流满面，更是让出丧的人愈加悲痛。办丧事的老板长足了面子，多给常河塞了一万元。

常河回到家里，把钱拿给妻子看，"咱有钱看病，有钱供儿子读书，你安心养病，咱这个家塌不了。"

常河漱洗过后，对着戏神的画像默默不语，泪水直下。

有了开头就收不住了，来请常河去唱红白喜事的人也越来越多，价码也越给越高。常河来者不拒，只是有一条，绝不在老街唱。

常小河在京城举起全国的戏剧梅花奖奖杯的时刻，他的父亲常河在老街訇然倒下。

唉咳——我的大老爷呀——

常小河在父亲的葬礼上，唱起了催人泪下的"哭诗调"。

送走了父亲，常小河在父亲常常敬拜的戏神像前深深地鞠躬，那戏神的画像上是父亲常河的照片。

大漠里的旗帜

　　她来看他，是为了离开他。

　　他不知道，兴奋紧张地搓着一双皲裂粗壮的手，"这么远，天啊，你怎么来了？"

　　她看着他，看着相恋10年，那个曾经帅气充满诗意的小哥，如今粗犷得像工地上的装卸工，她还是没有忍住泪水，晶莹的泪珠在白嫩的脸颊冰冷地滑落。

　　她下了火车乘汽车，走了三天三夜，又搭乘过往的大货车颠簸了一天，才在一望无际的荒漠中看到了他居住的那个小屋。西部边陲的一个养路站，只有一个人的养路站，养护着近百公里的国道。

　　她和他在大学相识，他们都是学校野草诗社的铁杆，酸不拉叽的诗常常让他们自己骄傲的忘乎所以。他俩相恋了，就因为都喜欢泰戈尔的诗，生如夏花，死如秋叶，还在乎拥有什么？在校园的雁鸣湖边，他轻轻地吻了她，说过不几年，我将成为中国诗坛的一面旗帜。

　　浪漫似乎只在校园里才蓬勃畸形疯狂地蔓延。当毕业走上社会，才知道校园的美好都被现实无情的铁锤砸得粉碎。为了寻找工作，他和她早把诗意冲进了马桶。

　　他的父亲是养路工，在西北。父亲生病期间，他去了父亲生活的城市照顾他，父亲去世后，他竟然接过了父亲手中的工具成为了一名养路工。

大漠荒烟，千里戈壁，他给她写信，描绘着他眼前的风景，天空虽不曾留下痕迹，但我已飞过。我真的感受到泰戈尔这句话的含义了。

她感受不到那些诗意，没有他在身边的日子寂寞无聊。家里人给她介绍男朋友，她都拒绝了。可是，她也不确定自己究竟能等到个什么样的结果。

一年一年的春花秋月，把他们推向了大龄的边缘。经不住妈妈的哭闹哀求，她妥协了，去见了妈妈公司领导的儿子。小伙子很精干，谈吐也很睿智。她就模棱两可地处着，心中还是牵挂着远方的他。

她要了断同他的情缘，这样下去对谁都不公平。

她给他带了大包的物品。他笑着说，我这啥都不缺，啥都不缺。

她环顾四周，煤气炉，木板床，米面油，咸菜。

他笑了，似乎恢复了校园里的碎片记忆，玩笑说，孟子曰天将降大任于斯人也，必先苦其心志，劳其筋骨，饿其体肤，空乏其身。这些我都具备了，就等着天降大任了。

晚饭，稀饭，馒头，她带来的熟制品。

他居然端出了一盘鲜绿的青菜。在这一抹黄的沙丘，见到鲜绿的青菜，她都舍不得动筷子。

你一个人不寂寞吗？她说。

不寂寞，白天养路，晚上看书，看你的信。我能背下来泰戈尔诗集，也能背下来你写的每一封信。

夜晚，她躺在床上，他躺在床下。荒漠的风狼一样嚎。

我明天就走吧，看看你，我也就放心了。她说。

嗯，谢谢你来看我。好好生活吧。他说。

她伸出手，他也伸手，细嫩的手被粗糙的手握住。

她哭了，翻下床卧在他怀里哭了。

第二天风和日丽，天蓝如洗。她搭上了一辆过往的货车。

司机是个很健谈的小伙子，踩上油门也打开了话匣子。小伙子说，这个养路站就像是他们跑长途司机的驿站，加油加水，填饱肚子。养路站就他一个人，他还学会了修车补胎。几千公里的路段，就他养护的这段路最好。

在一个大拐弯处，司机停下车，提着一只袋子下了车。

她伸头望去，路基的远处是一个低洼带，竟然有一片十几平方米的小菜地。菜地里的绿色格外养眼。怕菜苗被飞鸟或小动物侵害，菜地的四周插满了树干，树干上挂着五颜六色的布条，像是挂满了万国旗。

司机把袋子里的土倒在菜地边，回到车上说，经常走这里的司机都知道给这块菜地带点土。这地方风沙大，就这一块是个避风的港湾。他每天都要骑车几十里来这里种菜浇水。来场大风暴，菜地就没了，风暴过去后，他重新再开。我们司机每次经过这里都要鸣笛致意，我们把它称为大漠里的旗帜。那些布条上都写着一些字，有人说是诗，我也不懂，反正我记得其中一个上面写着，生如夏花。

她的眼泪夺眶而出，她的名字就叫夏花。

她回到家，眼前总是飘舞着大漠里那五颜六色的旗帜。

她又准备动身去看他，她带了一挎包土。她要告诉他，大漠里的旗帜下不该少了家乡的泥土。

宫灯李

曹大疤瘌给宫灯李下帖子的时候正是老街晌午热闹时分。

一骑快马急促奔行到宫灯李的铺子前，扔下一份书信，要宫灯李在阴历七月十五前，做好五十盏一米高的宫灯送到青要山山寨口。寨主曹大疤瘌五十大寿要用，如误了时辰，就灭了你李家铺子。

老街人都把目光盯住了宫灯李。青要山寨的曹大疤瘌，老街人哪个不恨得牙根痒痒。曹大疤瘌占山为王，带着一股土匪打家劫舍，欺男霸女。老街人没有不被他坑害过的。青要山地势险要，易守难攻，曹大疤瘌仗着地形熟悉，几次逃过官府的围剿，气焰嚣张。上月，老街一家闺女出门嫁人，半道上被曹大疤瘌的人劫了花轿带上山。曹大疤瘌糟蹋了闺女，还要逼迫人家做第三压寨夫人。那闺女宁死不从，跳了山崖，曹大疤瘌竟然要闺女双方家人带着钱财去赎尸。这样一个孽障，要过五十大寿，还要老街宫灯李扎灯笼。

宫灯李制作宫灯的手艺在河南山西一带是远近闻名。宫灯原本就是起源于洛阳老街。东汉光武帝刘秀建都洛阳后，为了庆贺统一天下的功业，在宫廷里张灯结彩、大摆宴席，盏盏宫灯，各呈艳姿。"宫灯"之名，由此而生。隋唐之后，每逢元宵节，家家宝灯高挂，处处明灯璀璨、人人提灯漫游，盏盏争奇斗艳，老街的宫灯生意也就此红火起来。当年老街宫灯制作的匠铺占了半条街，全国各地来老街订货的客商络绎不绝。在数十家宫灯制作的匠铺中，尤以李家的宫灯制作精细品种多而广受客商青睐。

相传，宫灯李第三代传人曾经为慈禧制作过一对宫灯。当年慈禧为躲避八国联军，被迫离开京城，途径洛阳时，当地官员献上一对宫灯。情绪低沉的慈禧见到宫灯精巧祥瑞，十分喜爱，便赐给宫灯李铜牌一枚，宫灯李从此更是名声大震。

宫灯李答应给曹大疤瘌制作红纱灯，推掉了所有客商的订单，铺中灯笼一个也不再出售，还专门从竹林寨购进了生长期五年以上的绝佳竹料。对曹大疤瘌的这五十盏灯，宫灯李格外上心，他先将竹子放在蒸气上加热半个时辰，置阴凉处晾干，用竹刨精细地刨去竹面粗糙的表皮。裁取竹条长度不但比曹大疤瘌要求的还长，灯架中间扎的竹圈也比往日的多出几根。他还亲手制作五十个灯笼圆托，不允许徒弟插手。老街的人背地里骂宫灯李，走到他的铺子前便故意咳嗽吐吐沫。

老街贤士朱先生来找宫灯李理论，宫灯李只是搓着手说，人家给了定钱哩。

朱先生破口大骂，你这是助纣为虐，伤天害理啊。

宫灯李不恼，反而对着朱先生拱手作揖，只管高声招呼伙计们加紧赶活，别误了时限。

宫灯李在老街人的唾骂声中，按时制作完了五十盏红灯笼，且质量上乘。

宫灯李派伙计将灯笼送往青要山寨，又收购了老街制作灯笼匠铺的所有灯笼。

七月十五，夜静月清。青要山寨给曹大疤瘌办的寿宴阵势排场，五十盏红灯笼悬挂在宴席四周，夜幕下的深山里更显得璀璨喜庆。

曹大疤瘌身着团花红袍，端着黑瓷碗和手下的弟兄们吆五喝六。

酒正酣时，忽听得噗噗的爆裂声，只见悬挂在身旁头顶的大红灯笼的圆托个个脱落，灯架间扎绑的竹条如脱缰野马瞬间向四周迅疾射去，曹大疤瘌的手下死伤十几个，曹大疤瘌也被一支竹条射中了左眼。

曹大疤瘌捂着淌血的眼睛，半个时辰后才明白自己原来是中了宫灯李的算计，于是带领着剩下的几个弟兄骑着快马杀气腾腾直奔老街。

老街丽京门前，曹大疤瘌忽然收住了缰绳。今晚是十五，也是花好月圆之时，老街人不会这么早就安歇了。此时，不但丽京门城门不关，大敞四开，而且街上静无一人。

曹大疤瘌正踌躇之间，忽然丽京门上亮起了数十盏红灯笼，月光下的丽京门灯火通明。接着，街道两旁都亮起了大红灯笼，老街更显得幽静而神秘莫测。

曹大疤瘌的手下见到大红灯笼高高挂，腿已经打起了哆嗦，不敢靠近。老大，看来老街人早有准备，设套让咱们钻哪。

曹大疤瘌心有余悸，加之伤痛难忍，只得对着老街空放几枪，狼狈退去。从此，山寨气数渐败，官兵乘机围剿，把这窝土匪尽数灭掉。

从此，宫灯李名气大噪，在老街备受尊重，哪家有喜庆之事，都以能悬挂宫灯李的红灯笼为幸，不光喜庆，还降魔驱邪。后来，老街人有很长一段日子没见宫灯李。据说有神秘人专程从京城赶来，邀宫灯李北上。开国大典时，数以万计的白鸽扑棱棱地绕着天安门城楼飞舞，有人眼尖，认出那一溜儿红灯笼就是老街宫灯李的手艺。

黑脸卫士

将军站在崖下，威风凛凛。

崖山站着一群大汉，彪悍强壮。

军士说，最后一关，谁能以最快的速度到达将军的身边，谁就是将军的贴身卫士。

令旗一挥，大汉各自寻路急速往山下奔跑，只有一个黑脸的壮汉没有动身。他四处看了看地形，又看看崖下屏气凝神的将军，大喝一声，将军，黑牛来了！纵身从几十米高的山崖跳下。

将军上前扶起壮汉，壮汉的一条腿已经折断。

军士吃惊地说，你不要命了？

壮汉一脸轻松，说，俺看了地形，下山的路崎岖险要，最快也得一个时辰。只有从崖山下来最快捷。将军，俺愿跟随将军左右去平定叛乱。

将军赞叹，好一个黑脸壮士。

黑脸壮汉成为将军的卫士。

黑脸卫士跟随将军东讨西征，屡建战功。

将军话不多，方脸剑眉，英气逼人，身上却泛着儒雅风度。将军喜欢画画，尤其擅长画马。

将军对自己的画作大都不满意，总是画完之后，递给黑脸卫士，说烧掉。

卫士就把画置入火盆，化作一缕青烟。

有一次黑脸卫士舍不得，就把画卷收起。将军说，留下看看也罢，万不能外传。微毫瑕疵的画，流到世上也会被人耻笑，贻笑大方。

黑脸卫士称诺。

将军作画有个特点，越是大敌当前兵临城下，将军越是能进入忘我的状态，所完成的画卷上的骏马也是精气十足。将军每次作战前，都会把挥就的画作送于对方将领。闲暇之余，将军就失去了激情，画作也就大多归入火盆。将军自嘲说，我满意的画作都在敌方手里。

将军曾经以一幅威勇无敌的骏马图，退了敌方十万大兵，在疆场传为佳话。将军的骏马图的价格也陡然飙升，收藏者都以能得到将军的一幅画卷而为幸事。

洛河一战，将军杀得兴起，竟然孤身杀入敌中，没想到一支冷箭射来，击中将军左眼，将军猝不及防掉下马背。敌将奔来，举刀便砍。黑脸卫士赶到，千钧一发之际，举起胳膊挡住飞刀。"咔嚓"，黑脸卫士的一段臂膀飞落，鲜血四溅。黑脸卫士毫无惧色，大喝一声，独臂扛起将军杀出重围。

将军扶着黑脸卫士空空的袖管，说，你可以提出任何要求。

黑脸卫士说，以后不能跟随将军了，希望能得到将军的画作留个念想。

将军拍拍黑脸卫士的肩膀，伤好后，我会画一幅最好的送你。

将军把家中的一个女侍梦儿许配给黑脸卫士，两人在军中帐内完婚。军队开拔，黑脸卫士带着梦儿回到了洛河老街。

在老街的日子里，平淡安逸，第二年梦儿生下一子，取名俊逸。

不知将军征战何方，但总能听到将军大捷的消息。黑脸经常坐在门口，给刚刚会走路的孩子讲将军的故事，也不管孩子能不能听得懂。

思念将军的时候，黑脸壮士就会小心翼翼地从箱子里取出那副没有丢进火盆的画卷细细观看，耳边就有骏马嘶鸣，号角响彻，眼前就有刀光剑影，战火硝烟。

有消息传来，说将军旧伤复发，双目失明，已经卸甲还乡，回了浙江。

黑脸卫士和梦儿唏嘘不已。

将军不能再挥笔作画，将军的画卷价格顿时高得令人咂舌。

老街有人知道了黑脸卫士藏有将军的画作，便来出高价收购。

黑脸卫士一概推辞，"绝无此事，绝无此事。"

梦儿说，家里也需些银两，既然价格公道，出手也无妨啊。

黑脸卫士说，当初将军允许我留下此画就说过，不能流传到市面上，微毫的瑕疵都会坏了将军的名声。不许再提此事。

一日深夜，黑脸卫士被轻微的窸窣声惊醒，几个蒙面人在屋里晃动，黑脸卫士一跃而起，扑了过去。毕竟上了年岁，又是独臂，赶跑了贼人，自己也被打伤。黑脸卫士知道这些人是冲着将军的画卷来的。

为了躲避麻烦，黑脸卫士带着梦儿和孩子离开老街搬到了乡下。

没过多久，就有人探听到了黑脸卫士的行踪，麻烦接连不断。黑脸卫士怕事情伤及了妻儿，就把梦儿和孩子送回了娘家。

黑脸卫士把将军的画卷随身携带。

又逢战乱，强盗乡匪泛起。

一日，一伙强盗围住了黑脸卫士的草屋。逼着他交出将军的画卷，否则就烧了草屋。

黑脸卫士朗朗大笑，自己点燃了草屋。熊熊大火中，黑脸卫士仿佛又置身于战火狼烟的杀场，画卷上的骏马呼啸而来，驮着黑脸卫士腾空而去，化作一缕青烟……

家有阳光

夏日的河滩对孩子总是充满了诱惑。

颐河水流清澈，一条玉带般依偎着老街。两岸垂柳依依，绿草茵茵，树上蝉鸣鸟叫，水里可以看见自由欢快游动的小鱼。对孩子来说，最喜欢的就是玩水游泳。

颐河看似平静，但是每年都有小孩子在这里溺水身亡，没有大人带着，家长是不允许孩子去河滩玩水的。

阳光就敢自己去河滩游泳。阳光去河滩不像我们只是在河边小心翼翼地扑腾，阳光很潇洒，可以横渡颐河，在颐河的另一岸边四仰八叉地躺在鹅卵石上晒太阳，然后一个猛子扎进水里，蛟龙般扑腾回来。惊得那些女孩子又喊又叫，跟屁虫般地围着他。

我羡慕阳光，也嫉妒阳光。阳光是高干子弟，爸爸是老红军。阳光长得方脸盘，双眼皮，浓眉似剑，气宇轩昂。他总是穿一身绿军装，戴绿军帽，尤其是带有八一五角星的军用皮带，腰上一扎，威武像电影明星。

我看不惯阳光被女生围着追着，有啥了不起，就是游泳嘛。我也试探着往河中间游，马上我就意识到自己错了，湍急的河水推着我下沉。在孩子们的惊叫声中，阳光跃起跳入水中，把我扯上岸。

阳光说，想中流击水浪遏飞舟啊，学会了本事再显摆。

阳光带着我们去玩水遇险的事被家长知道了,阳光挨了爸爸的柳条,眼角贴了块膏药。女同学说阳光贴着膏药更潇洒,弄得我们一帮男同学也跟着满脸贴膏药。

我和阳光一起参军。新兵训练,阳光看到几个干部在练手枪瞄靶。阳光也蹭到跟前,看到枪就手痒。一个白脸干部嫌阳光碍事,说新兵蛋子,一边玩去。阳光脖子一拧,说,新兵蛋子咋了,咱来蒙眼装卸枪,还不知道谁输谁赢哪。

这几个人是要代表团里参加军区比赛的,一个新兵蛋子竟敢来挑战。白脸干部哪里把阳光放在眼里,披上外衣和阳光比试拆装枪。阳光把帽檐往后一转,帽子向下一拉,遮住了眼睛。他们太小看阳光了,阳光从小就跟着爸爸练枪,拆装枪是滚瓜烂熟啊。

阳光在新兵蛋子一片欢呼声中潇洒地站起来,说,要是实弹射击,左右开弓都能上 10 环。

阳光真的被抽到团里去军区参加了比赛,还是个新兵就得了第二名,立了三等功。

我退伍回到老街,阳光已经是训练参谋了。

阳光带着女朋友回老街探亲,让那些对阳光充满期待的女同学顿觉失落。阳光的女朋友燕燕也是高干子弟,在军区文工团是个舞蹈演员。燕燕高挑苗条的身材,漂亮高雅的气质,把整条老街都嫉妒得沸腾了。有传闻说,几个女同学说起阳光和他的女朋友,嫉妒委屈地抱头大哭。

我的女友也毫不忌讳地说,阳光当年就是她心目中的白马王子。

我有些酸酸地问,那我是啥?

女友叹口气,笑着说,仅次一级,你是白驴王子。

阳光的婚礼上,他的新娘燕燕却是坐在轮椅上的。燕燕下部队演出时,在一个高山哨所发生意外,双腿失去了知觉。为了照顾好燕燕,阳光也申请转业,他们回到了老街。

推着轮椅的阳光依然帅气,坐在轮椅上的燕燕依然气质高雅。经常看到他们一起去看画展,看演出,在颐河彼岸踏青。

同学聚会，阳光和燕燕都去了。舞会开始，当年的校花，对阳光独有情钟的女同学来邀请阳光跳舞。

阳光笑着说，好啊。不过，我的第一支舞要和我的妻子跳。

大家都诧异。

阳光把轮椅推向舞池中央，牵着燕燕的手，竟然跳了一曲美轮美奂的轮椅探戈。

许多同学都感动得流泪，泪水包裹着说不清的情绪。

燕燕说，为了参加同学的聚会，阳光提议我创编这套轮椅探戈。真没想到，我坐在轮椅上依然可以舞蹈，依然可以延续我的梦想，我要谢谢阳光。

有同学把阳光和燕燕的轮椅探戈视频发在了网上。都市电视台的春节晚会，专门邀请他们登台表演。

在掌声和鲜花丛中，女主持人噙着泪问燕燕，你从一名专业的舞蹈演员，忽然间就失去了腾飞的翅膀。有没有最难熬的日子。

燕燕灿烂地笑着，没有，真的没有。我的生活里从来就没有灰暗过，因为我们家有阳光。

老街的青石板路上，阳光推着燕燕安静地走着。阳光依旧帅气潇洒，燕燕依旧气质高雅。

我羡慕阳光，也嫉妒阳光。

风沙掩埋的情仇

几个牧民在荒丘放羊，忽然发现有两具木乃伊静卧在半坡上。各路专家闻讯纷纷赶往现场。

两具木乃伊保存完好，面部轮廓鲜明，是一男一女。男的胡须清晰可见，女的面容姣好，皮肤纸一样薄，黑发向脑后束在一起，。令人惊奇的是，那具女木乃伊伏在男尸的上面，张着的嘴吻着男尸的脖子。专家认为两具木乃伊在地下埋藏有两千年以上，之所以保存完好是因为当地沙漠干燥的盐碱地造成的，很具有研究价值。

当地人不在乎有没有研究价值，只知道这是一个卖点，是开发旅游产品的一个好噱头。两具木乃伊被移进了博物馆，并用玻璃罩封起来，博物馆的票价也随之提高。

来参观的人不少，但是大家都觉得意犹未尽。两具木乃伊是什么关系，为什么会依偎在一起，他们有什么故事？

博物馆出高价征集有关两具木乃伊的故事资料，最后，一名历史小说家演绎了这样一段爱情传说。

故事发生在西汉末年。伊和木是青梅竹马的好朋友，伊端庄可爱，美貌绝伦，木英俊潇洒，才华横溢。两家也是世交，伊的父亲和木的父亲同朝为官，从小就给伊和木订下了亲事，长安城里的人都夸赞两人是天造的一对地就的一双。

岂料，木的父亲因上奏折举报地方大员贪腐行为，得罪了权势，遭到小人诬陷，被罢免官职，贬为庶民，驱出长安城。伊的父亲怕受连累，要伊解除与木的婚约，断绝与木家的一切往来。伊不从，被父亲软禁在阁中。伊在丫鬟的帮助下，逃出了府邸，前往西域，寻找被贬配的木一家人。伊父亲派亲兵寻找女儿，为了了断女儿的念想，命令亲兵对木一家格杀勿论。

伊和木终于相见，两人抱头痛哭。伊发誓要和木不离不弃，生死在一起。为了躲避亲兵的追杀，两个人逃进了黄沙大漠。逃亡了三天，吃光了干粮，喝光了水。两人筋疲力尽，倒在沙漠中睡着了。木被窸窣的声音惊醒，看到一条毒蛇爬向熟睡中的伊，木用尽气力护住伊，双手攥住毒蛇，毒蛇在木的脖子上咬了一口。醒来的伊，看到木手中攥着的死去的毒蛇和他脖子上的伤痕，明白了一切。她呼唤着木，用嘴在木的伤口上用力地吸吮着毒液。远处风沙卷起，淹没了这里的一切。

讲解员声情并茂的讲解，让参观的人哀叹唏嘘。

博物馆的夜晚很静，不同朝代的器物都有着灵性，在默默追忆久远岁月的往事。被讲解员演绎成爱情故事的木乃伊，也在还原着自己的记忆。

故事发生在西汉末年。伊和木是青梅竹马的好朋友，伊端庄可爱，美貌绝伦，木英俊潇洒，才华横溢。两家也是世交，伊的父亲和木的父亲同朝为官，从小就给伊和木订下了亲事，长安城里的人都夸赞两人是天造的一对地就的一双。

王莽篡位，伊的父亲被杀害，木的父亲也被免去官职，发配边关。伊和娘寄住在木的家里。生活虽然贫苦，伊木两个人心心相爱。木发奋读书，立志有朝一日重振家业。

王莽的一员将军，巡查中看到了在草地上采集花朵的伊，垂涎伊的美貌，夜不能眠。他以招天下贤士为由，把木纳入麾下，格外器重。整日酒筵不绝，美女簇拥，木开始堕落。

一日，将军设宴款待木，木喝得大醉，骂当朝皇上昏庸，贬父为民，发誓报仇，重振家业。木酒醒后得知自己的言行，大惊失色，前往将军府上请罪。将军以此为由，要挟木把伊骗到府上，供其享乐。木不敢不从，便把伊骗到了将军府，看着伊被将军强行欺辱。木怕事情败露，杀害了伊的母亲。

伊被囚禁在将军府，遭受了将军的百般欺凌。在一个丫鬟的协助下，伊逃出了将军府。将军派木带领士兵追杀，伊被逼上断崖，纵身跃下。

伊被山中道士救起，伤愈后就拜道长为师习武强身，练得一身本领。王莽暴戾专横，民不聊生，纷纷揭竿而起。伊告别道长，加入了农民起义军，伊骁勇善战，起义军连战连捷。

带兵来镇压起义军的正是当年欺凌伊的将军和他的副将木。长达数月的转战厮杀，伊率领的起义军大破敌阵，伊亲手把将军斩于马下。木带领着残余仓皇逃窜，伊一骑绝尘穷追不舍，三天三夜，打光了一兵一卒。又是三天三夜，跑死了胯下骏马。沙漠里，只剩下木拼命地逃，伊拼命地追。两个人都已筋疲力尽，丢掉了盔甲，扔掉了兵器，木在爬，伊也在爬。

木哭了，羞愧难挨，伊，我对不住你。

伊哭了，咬牙切齿，木，我要杀了你个败类。

木爬不动了，瘫在沙漠上，仰面朝天，我罪有应得。

伊爬到木的身边，张嘴咬住了木的脖子。

远处风沙圈起，淹没了这里的一切。

讲解员还在演绎着爱情故事，因为人们崇尚爱情，追求美好，宁愿相信一个虚假美丽的传说，也不愿相信一个真实的仇恨结局。

风沙又起。

完美交代

　　妻子温柔贤惠，漂亮秀美。相夫教子，还通晓诗琴书画。朋友都嫉妒，说老天不公啊，好事怎么都落到你一个人头上了。

　　妻子在家里也是独生女，从不娇惯。她小的时候就跟着妈妈学做家务，学习优秀，还弹得一手好钢琴。艺术学院毕业后，本可以留校或进机关的，但是为了我，跟我回到了县城。

　　妻子勤劳，我几乎是饭来张口，衣来伸手。偶尔，动手擦擦地擦擦窗户，也是自己觉得要活动活动舒舒筋骨。妻子从无怨言，她说见到我在案前写东西，她心里就爽快。

　　妻子怀孕，生下女儿，也没有让我忙乎什么。孩子上幼儿园，上小学，上中学，接送孩子开家长会都是她一人大包大揽。我要去开家长会，妻子说算了吧，你一个文人，平时与凡人不搭腔，老师要是说点什么你脸上也挂不住。别的家长和你交流点啥你也不知道该怎么办，还是好好写你的文章吧。

　　我们家里经常的景象是，我问，老婆明天早上我穿哪件衣服？女儿在喊，妈妈，我的第二套校服放哪了，急着用哪。妻子不慌不忙，笑着给大人孩子要的东西摆放在面前。

　　说来惭愧，我不过是业余时间喜欢写字，在市报上发几篇小文章。妻子就把我奉为圣明，列入文人圈里。我的文章只要见报，妻子都会精心地把报纸整理好收藏起来，积攒多了就给装订成册。朋友亲戚来家里，妻子会在很适当的时机拿出简报，替我炫耀一番。

温顺的妻子，有一天发脾气了。她要去给学校的女儿送双鞋子，让我把鞋子送到大门口。我也不知道孩子的鞋子放在哪。妻子说，鞋子能放在哪？不是都在鞋柜里吗？你就不能动手找找？

可是，以前都是你来处理的，我从来没有收拾过。

这是我一个人的家吗？女儿是我一个人的女儿？我就不会老嘛，我也是人到中年了，我也要有我自己想做的事情。我少年时期就梦想着成为一名画家，成为张玉良那样的女子。我找了一个老师，跟着他学画，这个家，你来管。

妻子真的就撒手不管了。第二天早上，几乎没有吃成饭，我跑到门口的小店买了豆浆油条。

妻子说，总不能一年四季都去买油条，喝豆浆吧。今天我教你做面汤，蒸米饭，明天包饺子，还有女儿最喜欢吃的东坡肉。

我也不是个笨人，其实从小也是跟着母亲做家务的，不过是结婚成家后，妻子把我给惯坏了。做饭，我上手很快，并且把深藏不露的几个拿手菜也显摆出来，女儿直夸老爸的手艺比老妈的强。

以前，有点时间，妻子就会安静地看书。现在不一样，她总是拉着我逛街转商场。在超市里，她推着购物车，指点着要啥要啥，我就动手往车子里装。尤其是在购买女人用的一些东西，她也让我一个大男人去挑。还告诉我女儿用的是什么牌子的护垫，要加厚的还是加长的，女儿穿多大号的文胸内衣。我说这可都是你当妈要负责的事情。妻子说，女儿也不是我一个人的。我要出差去外地写生，十天半月也可能一两个月，女儿谁照顾？

中央电视台有个节目叫"购物街"，一家老小回答问题，在超市里寻找指定的商品。妻子也把它照搬到家里，她坐在沙发上，提出问题，让我和女儿回答。

女儿穿多大腰围的裤子，裤长是多少？

爸爸的腰围多长？穿多大号的衬衫？

我家经常换洗的内衣内裤在第几个柜子的第几个抽屉里？

几月几号交水电费？煤气费？物业费？

妻子把我和女儿支应得晕头转向，还美其名曰是西点军校训练。

女儿放暑假，妻子说要和一帮画家外出写生，女儿和家就交给我了，也算是一次结业考试。如果不及格，将会好好收拾我。

妻子外出了一个月，每天都要来电话，听我一天的汇报，然后给予点评，提出改进建议。

妻子回到家时，验收了我和女儿的作业，满意地笑了，说合格。

十一是我和妻子的结婚纪念日，我两人又到了经常约会的地点，山涧石桥。妻子拉着我的手，深情地望着我，说，亲爱的，我要告诉你，我得了病，很难治愈的病。女儿暑假期间，我就是去北京又确诊复查，医生建议我尽快动手术。假期结束，我就去手术，放心吧，我很坚强。如果手术后，我活着，还和以前一样，家里的一切都不用你操心，如果我回不来了，你已经可以照顾自己和女儿了，我会安心地在天堂看着你们幸福地生活。

我抱紧妻子，说，我的作业才刚刚及格，我要做得更优秀，离不开你的指导，你要回来，你会回来，我们全家人一起幸福地生活。

妻子没有哭，我也没有哭，生活不需要眼泪。

汤王马一鲜

　　老街最明显的建筑就是钟鼓楼。钟鼓楼是用以报时和报更之楼，晨钟暮鼓。钟鼓楼所悬挂的大钟与距其 30 里外的名寺白马寺所悬挂的大钟同时铸造，因铸造参数相同而产生共鸣，有了"东边撞钟西边响，西边撞钟东边鸣"的奇特景观。

　　在老街与钟鼓楼同样齐名的是距钟鼓楼百米开外的"马一鲜羊肉汤馆"。汤馆的主人叫马善明，长得脸宽口阔，慈眉善目，犹如一尊活佛。

　　据说马家羊肉汤馆的创始人就是明朝万历年间，在钟鼓楼打更的一个马姓更夫。老街的冬季干冷，马更夫便架起锅台，煮些肉汤填肚子驱寒。慢慢地，煮汤煮出了工夫。南来北往的人也常到他的锅台边讨碗汤喝，有的就告诉他一些煮汤的配料。马更夫索性辞去公差，开了家羊肉汤馆。马更夫的汤鲜香味美，名声传遍豫西，被赞为"马一鲜"。

　　老街人爱喝汤，早上喝羊肉汤、牛肉汤、驴肉汤、臭杂干汤为主，晚上多喝丸子汤、不翻汤、豆腐汤。老街人每天要是不喝汤，就同犯了烟瘾一样没着没落的。在各种各样的鲜汤中，老街人大多还是喜欢喝羊肉汤，而羊肉汤馆里马一鲜又是汤中头一绝。马一鲜羊肉汤馆，每天五点准时开张，一百五十碗汤卖完就打烊，一天也就个把钟点的生意。马一鲜羊肉馆每天的生意有限，因此，老街人要喝马一鲜的汤，也得起早不能贪睡。外地人只是知晓马一鲜的名气，能喝上一碗马一鲜羊肉汤的极少。

马一鲜的羊肉馆每天只做一只羊的生意，一只羊，150碗汤。马一鲜羊肉汤讲究炖功，还有独家的汤料配方，出锅的羊汤浓郁鲜香，不带膻味，色白如玉，稠似乳汁。站在钟鼓楼上能闻到羊汤的鲜香，这羊汤才算炖出了锅。马家几代单传，到马善明，一气养下三个儿子，马老大，马老二，马老三。老街扩建，生意多了，各式各样的汤馆也开得多了，竞争也来临了。三个儿子都长大成人，老祖宗的这点玩意传给谁，让马善明有些为难。

老祖宗的东西总得传下去。马善明把三个儿子带到钟鼓楼上，用手指着远处自己家铺子的招牌，说，你们哥仨我谁也不向。明天开始，你们每人轮流一天掌勺，三天后看结果。谁中，谁就接手我马家的生意。

马善明把生意交给儿子，和老伴每天都到钟鼓楼上喝茶养神。

三天过去，马善明坐在堂屋里，三个儿子把各自经营所得全放在案桌上。马老二和马老三的收入明显比马老大的多。

马善明摇着蒲扇，说，这三天的生意我和你妈都有数。要说汤炖到了工夫，还数老大，只有老大炖的汤我们在钟鼓楼上嗅到了香味。老二老三，你哥俩炖的汤都还没能够到咱老马家的味道，你俩的收成却比老大的好。你哥俩给我说道说道？

老二吭哧说，汤没有炖到工夫，可是省了一些煤钱。快收火的时候，又来了一拨客人，汤不够了，我就又兑了两瓢水。人家客人也没有说啥。

老三侃侃而谈，我看了看咱这街上的几家汤馆，他们给碗里配的肉都比咱的少。我就把每碗的料都减少了几片肉。咱这也是公平竞争嘛。

马善明也没再说啥，摇摇扇子，大家就散了。

马善明给三个儿子分家，其实就是分那一缸老汤。

三个儿子每人抱着一只瓦罐，站在那只大瓦缸前。马善明神情严肃，面对着一缸老汤，好似面对着列祖列宗的神灵。马家的这缸老汤不知流传了多少代。反正到马善明接过大勺时，就遵循着煲汤的家训。每天煤火上锅里的汤煮到火候了，要起出第一瓢汤倒入这瓦缸里，再从这瓦缸里盛出一瓢老汤兑入锅里，锅里的汤立马鲜香四溢。而这缸老汤如何养煨，只有马善明自己清楚，自己操作。

马善明一只大瓢轮流给三个儿子的瓦罐里分汤，剩下最后半瓢汤，马善明脸上挂出了几丝凄惨，说，祖宗流传下来的家业我都分给你们了。是生是灭，你们自己闯荡吧。说罢，将半瓢汤倒入了老大的瓦罐里。

老大留在原处，老二老三在城西、城南开了新生意，一时间，马家羊汤红遍了洛城。

老街人的嘴叼，只要是老辈留下的东西，都能品出个名堂。对汤的品尝更是刁钻到了极致。你的啥子汤少放了什么佐料，熬得不够火候或者煨过了头都能品出，对店家说一道二。美寡妇杂货店的黄花，就对马老大说，你兄弟的店不咋着，那味道总觉得错点啥。还是喝你马老大的汤感觉更适口更有回味。渐渐的，老街人就只喝马老大的汤，每天喝汤的人排成长队，马老二马老三的生意只能勉强维持。

马家弟兄闲时聚在一起谈论生意，马老大总是要教导两个弟弟做生意要诚信，要周到。要对得起过世的父亲。两兄弟便垂着头，闷劲吸烟。

马老太太临终前，把老大叫到跟前，说，老大，你厚道，为人诚实，你的汤好还因为你爹在分家的时候，多给了你半瓢老汤根啊。把祖宗留下的生意打点好，不难。把弟弟带好，不给马家丢份也是正理啊。

马老大把两个弟弟带到钟鼓楼上，用手指着远处自己家铺子的招牌，说，明天开始，你们每人轮流一天掌勺，看咱有没有本事名扬马家的生意。

马老大在钟鼓楼上喝茶，每天都闻到自家铺子里飘来的馨香。

一个月后，马老大把老二老三叫到一起，重新分自己的那一罐老汤。

将军泪

将军不流泪。

将军 12 岁那年，揣着两块烤红薯，翻了三十里山路，参军报仇。他牙齿咬破了嘴唇，鲜血顺流而下。村口的老槐树下，白匪肆虐，树上还吊着他父母的尸首。

队伍上很苦，大人都受不了，年少的他受得了。风餐露宿，酷暑严寒，他从不叫苦。在队伍里长大的他，听到枪声就振奋，托起枪把子手就痒，打仗就知道往前冲。

暮秋。他带领的一个连，在岐山山坳中与日本鬼子一个中队遭遇。两天两夜，枪炮震聋了山谷，硝烟熏黑了黄土。

硝烟散尽，活下来九个人，他和被他俘虏的八个鬼子。一身伤痕的他，脸上已经没有任何表情，依然精神抖擞，大声吆喝着俘虏前行。在一个山包前，俘虏开始叽里呱啦地大声说话，显得有些兴奋，前边的一个鬼子也越走越快。如果前边的鬼子拐过山包，就不在他的监视范围了。他急了，端起枪，大声喊："站住，我命令你们站住。"鬼子依然往前走，前面的一个鬼子还跑了起来。他沉不住气了，手中的枪响了，跑在前面的鬼子趴下不动了。后来从其他鬼子口中知道，跑在前面的鬼子是看到前面的岐水河了，想去洗一洗。

他受了处分，被降了职。他不后悔，拿了一瓶酒，坐在烈士坟墓前，喝得酩酊大醉。

战火硝烟中，他成长为一名师长。因为他总是把"我命令你"挂在嘴边，大家都叫他将军。这时的他早已过了谈婚论嫁的年龄，还是孤身一人。在一次恶战中，将军负伤住进医院，肩膀上还镶嵌着一块炸弹皮。

医院没有了麻药，伤情又不能拖延。

将军对院长说："别啰嗦了，我命令你，挖！"将军嘴里咬了块毛巾，汗水小溪一般从将军脸颊流淌下来。被疼痛扭曲面庞的将军，循着为他擦汗的小手，看到了白口罩上面的那双美丽的大眼睛，心中竟涌动一丝柔情。

窝在医院的将军脾气越发暴躁，可每次大眼睛给将军换药的时候，将军就会温顺得像只猫。大眼睛手中的棉球在将军的伤口处仔细地抹擦，鼻中的气息缓缓地抚摸着将军的脖子，将军就恍惚。

那次大眼睛给将军换完药，将军对大眼睛说："我命令你，嫁给我。"

大眼睛的眼神中瞬间有些慌乱，脸涨得潮红，说："你，你不讲理。我干吗嫁给你？"

将军怔了，说："那好。我命令你一个月内爱我。"

大眼睛有些恼怒："你，你霸道！"

大眼睛找到院长诉说，院长笑了，和大眼睛讲了许多将军的故事。

大眼睛不再去给将军换药，将军也耍脾气，大眼睛不来就不换药。院长讲道理下命令，大眼睛才噘着嘴去给将军换药，就是不和将军说一句话。将军在大眼睛走出房门前，说："还有二十八天"。大眼睛被气笑了，老大的人了，还跟孩子似的。

敌机又来轰炸，好像是有备而来，一发炮弹已经在医院旁边轰然炸响。人心慌乱，形势危急，医院必须立即转移。

大眼睛焦急地说，院长开会去了，怎么办哪。

将军一把扯下吊针，疾步走向院子中间，大声吼道："现在听我的命令，先把重伤员往后山转移，快！"他指挥着大家有条不紊地快速撤离。

最后一个离开的将军，竟然快步走到院角的一棵树下，小心翼翼地捧起一只被炸弹震落到地上的雏鸟。

将军轻抚着惊恐万状的小生灵，喃喃地说："它应该有美好的明天，带着它离开吧。"轻轻地把雏鸟放在大眼睛的手里。

小院顷刻间笼罩在了炮火之中。刚才好险啊，大眼睛充满敬佩地望着从容不迫的将军。

将军伤愈，要归队。大眼睛给将军收拾行装。

大眼睛说，沟上的桃花开得正艳，好看呢。

将军说："大男人看什么花花草草啊。明天我就归队了。你能不能再给我换一次药。"

大眼睛笑了，"你伤都好了，还换什么药啊。"

将军说："你甭问，给不给换嘛？"

大眼睛不笑了，拿过棉纱轻柔地给将军换药。

将军一走，再无音讯。大眼睛从前线回来的伤员口中得知，将军下了江南。

疗养所建在风光旖旎的南国海滨。将军坐在轮椅上，面朝大海，手里攥着一团泛黄的棉纱。海风吹来，将军的一条裤管随风舞动。

将军身边传来抽泣声，将军怔了，是年轻漂亮的大眼睛。

"你来干什么？我命令你走开，走开。"

大眼睛笑了，"我转业了，你的命令我可以不执行。我是来给你当拐杖的。"

将军沉吟许久，最后冷冷地说："你来迟了。"将军用有力的手移动了轮椅的方向，缓缓离去，给大眼睛留下岩石一样的背影。大眼睛呆呆地站在海边，海风吹散了她的一头秀发。

此时的将军，胸前正落下大滴的泪水。

将军印

两军对峙。

相距数里，看得见猎猎旌旗，闻得见战马嘶鸣、鼓乐号角。

将军以两万壮士对阵敌十万大军。

大帐外，两方叫阵的吼声排山倒海般雄壮，朔风劲吹，飞沙走石，天昏地暗；帐内，残烛下，将军屏气凝神，专心致志伏案涂墨，仿佛近在咫尺的恶战与己无关。

士兵来报——敌军距我五里路遥！

士兵又报——敌军距我两里路遥！

将军从容点完最后一笔，落下款，按上自己的玉印："两军交战，总要有个见面礼。替我送与对方元帅。"

黑衣卫士绝尘而去，直奔对方大营。

元帅接过士兵呈上的"战书"，展开观看，不由得倒吸一口冷气。

是一幅画。画面上是两匹鬃毛挺立、四蹄腾空、呼啸而至的骏马。那骏马露出大义凛然、视死如归、咄咄逼人的霸气。画面上墨迹已干，唯战马的双眼墨迹如珠，晶莹剔透，在烛光下熠熠发光，寒气逼人。大战之前，能心神不乱画出如此气势骏马的将军绝非等闲之辈，此将军手下的壮士定是视死如归、以一当十的勇猛骁将。元帅收起画，下令撤兵。

将军一画抵退十万官兵，传为佳话。将军的画身价陡增，成为人们争相收藏的珍品。

将军作画，总是在战前之时，在刀戟闪亮、战马嘶鸣中完就，画面永远是千姿百态的骏马。南征北战，转战千里，将军的画散留在大江南北。

一日搏杀阵中，将军被冷箭射中左眼，跌下马来。将军的黑脸卫士拼死厮杀，从刀口下救出将军，自己失去一条臂膀。

将军抚着卫士空空的袖管，说："你可以提出任何要求。"

黑脸卫士说："跟随将军征战十年，战役上千，只求将军伤愈后，能给我画一幅骏马。"

将军说："我会送你一幅最好的。"

将军伤愈，战事平息，将军解甲归田，过着乡野隐士的生活。没有了战火硝烟，将军再也画不出骏马了，索性封笔。

数年后，将军旧伤复发，双目失明。

闻将军双目失明，将军的画作价格猛涨。而伪作也借机泛滥，鱼目混珠。将军当年战场作画，大多都没有盖印。有得到将军画作的人，就登门请将军辨别真赝。将军虽然双目失明，却能凭双手摸出画的真伪。尤其是骏马的眼睛，将军只一搭手就验出真假。真的，补盖上自己的一方玉印，假的便付入灶膛。得将军印者乃真迹。一时间，能得一枚将军印成了收藏者梦寐以求的事。

某日，一后生求见。拿出一幅骏马画请将军鉴别。病榻上的将军只搭手一摸，便递与身边仆人，仆人接过画就要往灶膛里放，后生急呼："且慢，且慢。将军可知请求鉴画者是何方人士？"

将军："何方人士与我鉴画真假有何干系？"

后生说："我父亲就是曾伴随将军征战的黑脸卫士。"

将军浑身一颤："你父亲现在可好？"

后生哭道："我父现已重病在身，可他念念不忘将军。他说将军曾答应赠他一幅骏马图。我知道将军早已封笔多年，已不再作画了。为了却父亲的心愿，我只得购此赝品，只求将军能网开一面，盖上将军印，我也好回去告慰父亲。"

将军长叹一声："也罢，你三天后来取此画。"

将军喝退家人，三日不食不寐，紧闭屋门。

三日过后，后生上门，将军将一画轴递与后生，说："一定要带给你父亲。"

后生接过画轴，磕头拜谢，告别将军。行在集市上，后生好生纳闷，难道将军真的为父亲画了一幅骏马不成？难道将军双目失明也能作画？好奇心驱使，后生忍不住打开了画轴，他吃了一惊：还是自己拿去的那幅画，画的上方被写了个大大的"赝"字，旁边还盖有一枚铜钱大的红印。书生顿觉眼前灰暗，忍不住放声痛哭。

一富商经过，见后生，问起缘故，看了后生手中之画，愿出五十两白银求之。后生欣喜，接过白银忍不住又问："一幅赝品，先生何以出五十两白银？"

富商说道："此画是赝品，但上面所题的'赝'字确是将军真迹啊。看旁边这枚将军印，定是将军新刻无疑，而印上还有人体纹络，据我判断，这枚印是将军在自己的左手大拇指甲盖上镌刻而成，所用印油是将军指上之血。真赝相对，浑然一体，此画价值连城啊！"

后生方才醒悟，急匆匆赶往将军家中。

将军已气绝身亡。

和 平

　　高地上双方狭路相逢。一方要通过高地向后方迂回，一方奉命阻击不得让对方突围。双方都接到上司同样的命令，必须在下午6点前撤出阵地，否则炮火将覆盖高地，高地将寸草不生。

　　高地三面是悬崖峭壁，沟深百尺，只有一条道路通向山外。高地不大，却是战役中的双方必要争夺的标志性地盘。遭遇的双方打得都很艰苦。突围方实施了几种突围方案，都没有成功，被对方密集的火力给拦截。阻击方被动的反击也遭到对手的重创。每一次密集的火力之后，高地上都会留下几具被枪弹打穿了的尸体。

　　双方的消耗都很大，谁也没有绝对获胜的把握。弹药已经用尽，剩下的只有肉搏了。

　　忽然，突围的一方，举起了一块白色的方巾。投降？狙击方的士兵兴奋起来。

　　举着白色方巾的是一名军官，他大声喊："我要和你们的最高长官说话。"

　　阻击方也站起一个胳膊上扎着绷带的人。

　　我是上尉卡洛斯。你是谁？

　　上士詹姆森。

上士詹姆森，我命令停战一刻钟，一刻钟。

怎么，还不投降，还给我下命令？

上士，我们不会投降的。但是，现在必须停战，因为我们有名孕妇要生产了。我们可以刀兵相见，你死我活，但是孩子是无辜的，要让他安全生下来。

上士伸长脖子朝对方阵地看看，没有看出什么名堂："谁知道你是不是耍什么花招，想借机突围吧？"

我就坐在这里，你的枪可以对准我。如果我在耍花招，你就可以扣动扳机了。

双方陷入了沉默。上士果然听到了女人的呻吟声。上士耸耸双肩，也慢慢坐下，手中的枪还是警惕地对着上尉。

一刻钟过去了，女人在呻吟。

又一刻钟过去了，女人还在呻吟。

上士喊着，你们打仗还带着孕妇。太不人道了吧。

我们就是护送她回后方去分娩的。她的丈夫在上次战役中被炸飞了，她是来给丈夫送行的。不人道的是你们啊。

斗嘴似乎没有什么意义，双方又陷入了沉默。

女人的呻吟声弱下去了。

上士忍不住又抬头瞅了瞅，"生了吗？"

快了吧。生孩子的事，我也没有遇到过。上士，你结婚了吗？你有孩子吗？

有，两岁了，男孩。小家伙很结实。上士嘴角挂上一丝笑容。

女人的呻吟声又强烈起来，阵地上有了希望的活力。双方的士兵都从紧张的状态暂时松懈。天空很蓝，云很白。夕阳烧红了脸。有的士兵吐着烟圈，有的吹着口哨，还有的小憩眯起眼睛。

哇——一声啼哭，划破寂静的高地上空。

生了，生了。

噢——双方的士兵竟然都欢呼雀跃，他们听到了最美的天籁之声，他们竟然忘记了刚才还是刀枪相见的对手。

上士，问问是男孩还是女孩？

上士喊着："上尉卡洛斯，生的男孩还是女孩？"

哈哈，上帝保佑，是双胞胎，男孩女孩都有！

噢——又是一片欢呼声。

一个士兵捂着脸抽泣着，"我也有个女孩，我也是刚当了爸爸，就在上个月。还没有来得及给女儿起名字。"

上士：你们给孩子取个什么名啊？

上尉：孩子的母亲说了，就让大家给取个名字。我看这样吧，我们给男孩取名字，女孩的名字你们给取。

双方都在商讨着给孩子取个什么名字，晚霞映红了山涧。

上尉：我们给取好名字，你们怎么样啊？

上士：我们也给取好了。

男孩叫——和和。

女孩叫——平平。

和和——平平——和和——平平

上士：能看看我们的平平吗？

上尉抱着平平，小心翼翼地走来。上士接过孩子，襁褓中的平平粉嘟嘟的脸蛋，柔黄黄的头发，安静地甜甜地睡着。孩子在士兵们的手中传递着，像幸福的花朵在他们怀中开放。

他们忘却了时间，忘却了 6 点钟之前必须撤出高地的命令。

当排山倒海的炮弹呼啸而来时，双方的士兵不约而同的拥到一起，紧紧地护住了襁褓中的和和平平。

高地硝烟弥漫。

将军树

　　将军指着眼前一片茫茫的戈壁滩，用仅存的左臂潇洒威武的一挥："同志们，这里就是我们的新家，搭帐篷。"金黄的戈壁滩星罗棋布地支起泛着淡淡绿色的蘑菇般的帐篷。将军走进了一顶帐篷，看到敬着军礼的小战士脸上挂着一滴未来得及拭去的泪痕。将军和蔼地笑了："怎么，小鬼，想家了？"小战士又抹了把脸："报告首长，没有。"将军把自己的手绢递到小战士的手里："那你哭啥子噢。"小战士低着头："这里，一棵树都没有，一点绿都见不到。"将军的面色凝重起来："是啊，这里没有树没有草，还缺水。我们来喽就要改变这一切。"

　　部队的备战任务很重，营区的建设计划周期一再提前。闲暇下来，将军就带着大家在基地的四周植树。基地缺水，生活用水靠军车运送，每人每天的用水都有严格的定量。连刷牙水也只有两口，植树也成了一件很奢侈的事情。战士洗脸擦澡涮衣都不用肥皂，把积攒下的水用来浇树。树，植了，枯了；再植，还是枯了。小战士成为老兵，退伍时，将军来了。将军手里托着一个瓷盘，盘里生长着郁郁葱葱的蒜苗。将军说："很对不起啊，小鬼。只能送你一盘绿蒜苗喽。但是，你要相信，我们的营区将来一定会比你手中的这片绿还要美哟。"

　　距营区二十里外有条季节河，每年雨季都会给干旱的戈壁滩留下一个时期的滋润。将军带着战士要开出一道引槽，把季节河河水引入营区。水引入了营区的水塘，营区建起拦风沙的围墙，挖沙填土栽下耐风沙的胡杨树。营区的入口处竟然有五棵胡杨树泛出了嫩嫩的绿芽，战士搬出锣鼓家什，敲敲打打过年一般热闹。几乎所有的人都给家里写了信，报告的第一件事就是我们植的树，发芽长叶了。以后，所有退伍的老兵，离开部队时都要到胡杨树前照张相，留个纪念，所有的新兵寄回家的照片上背景都有那五棵逐渐茁壮起来的胡杨树。将军每天都要到胡杨树前来看看转转的，他熟悉每一棵树上的每一枝树杈。落下的一片树叶，他也会小心的拣起，托在掌心凝视许久。

又是一个炎热的夏季，五棵胡杨树已经能够遮出一旮荫凉。将军又来到胡杨树前，忽然，将军惊愕的瞪圆了眼睛，一棵树上攀着一个穿着开裆裤的娃娃，手里攥着几根折断的枝条。将军几乎是飞上前去，一手把娃娃从树上抱了下来。将军拿过娃娃手中的枝条，眼中盈着泪："你是谁家的娃娃？你干啥子要折树噢。"娃娃被吓的有些怔："我要编草帽。"通信团长急急匆匆跑来："报告首长，是我的孩子，家属刚随军。"团长对娃娃扬起手，将军严厉的制止住："娃娃没有错，有错的是你。从今天起你就是营长喽，关三天禁闭。你以后的任务就是好好植树。"将军走了几步又停下，把手中的枝条塞到团长的手里："编个草帽，给娃娃。"

营区里经常可以看到扛着锹提着水桶植树的营长，他的身后跟着一个穿着开裆裤拿着玩具水桶的娃娃。营区一旮一旮的树绿了，远远望去，黄澄澄的戈壁滩蓦然冒出一片绿洲。营长给树浇完水，双手垫在脑后打盹。忽然一股清香飘来，沁入肺腑。他睁开眼睛，娃娃坐在身边，手里捧着两只青黄色的梨。他一跃而起，抓过梨问娃娃："哪来的？"娃娃小手指向远处。远处只能看到一个人影影绰绰的背影，但是那只空空的袖管被风吹起，像一面猎猎招展的旗帜。将军告诉营长："那几个梨是我到兄弟单位开会带回来的。这种梨树耐旱抗风沙，很适合我们营区栽种。"将军让他带人去学习取经，"有一天我们的营区也会变成花果山。"

营区的梨树采摘下了第一筐果子，基地委托营长和娃娃把果子带到了北京医院，送给将军尝尝。弥留之际的将军望着黄黄的果子，苍白的脸颊泛起红晕，两眼放出欣喜的光芒。他颤颤巍巍的手捧着一只梨，慢慢的放到鼻下，深情的闻着，闻着。护士把将军枕边厚厚的笔记本交给营长，本子每一页里都夹着一片树叶。

根据将军的遗愿，将军的骨灰埋在了营区五棵胡杨树下。战士把那五棵胡杨树亲切地称为"将军树"。

我就在"将军树"下站岗。我就是当年折断树枝编草帽的那个娃娃。

将军令

　　老兵是个粗人，1948 年 6 月，老兵跟随华东野战军挺进中原，解放古城开封时，他任爆破分队的队长。开封守敌长期经营城防工事，形成了永久性的防御体系。城外挖有地壕，深宽各一丈有余，挖壕土方用来加厚城墙。城门外筑有三角地堡群，城外 200 米以内的住房都拆迁了，形成了一片开阔地带。老兵担任爆破队长，负责爆破宋门关。宋门关的守敌仗着城墙高、壁厚、地势险要阻击了部队的进攻。老兵率兵冒着密集的炮火连续两次对城墙实施爆破，都因威力不足，城墙未炸开。老兵急红了眼，将两只炸药包捆扎在一起，又上。通信员扯住老兵的胳膊："队长，我去！"老兵一脚将通信员踢开，冲机枪手吼着："你给老子狠狠打！"机枪手端起机枪，将猛雨般的子弹扫向城头。老兵身捷如猿，左蹿右跳，连滚带爬到了墙根，一声巨响，城墙裂开个缺口，部队攻上了城头。老兵烤焦的衣裤上被子子弹穿了六七个洞，他却一点也没伤着。老兵拍拍头，十分得意地对自己的属下说："看到没，子弹也欺软怕硬。"部队开庆功会，首长点名让老兵发言，老兵背了大半宿的发言词，一登台就忘了个精光，干脆一挥手，说："也没啥了不起的，我就是往城墙上送了三次炸药包，一次也没牺牲。"笑声比掌声还热烈。

　　建国初期，军区办了干部文化实习班，当了团长的老兵又在文化实习班当上了班长。拿顺了枪的手就是拿不顺笔，每节课老兵都要折断几支铅笔，老兵着急上火，腮帮子肿得老高。教员说，学习像你炸碉堡一样，有困难。只要有勇气和恒心，就没有攻不下的堡垒。老兵心想，说的是呢，便下了狠劲，几个月不回家。一天，教员交给老兵一封信，说："团长，你把收信人和发信人的地址写颠倒了。"老兵挠着头，憨憨地笑着说："收到收不到也没啥，只是想叫你嫂子知道我也能给她写信了。"学员们起哄，拆开了信，信上只写了一句话：老婆子，你吃了吗？

补习班有个学员姓王，爱摆老资格。有次他骂了教员。老兵找王学员谈话："你立过几次功？"王学员神气地摆摆头："三次！"老兵说："我才立了五次。你立的啥功？"王学员底气不足："一个一等功、两个二等功。"老兵说："我才两个特等功三个一等功。你是啥职务呀？"王学员耷拉下头。老兵说："打仗立功，敢打敢拼，那是半个本事，能文能武那才是大本事。咱来这儿学习不就是要学这大本事吗？"

一晃过了几十年，老兵黑亮亮硬扎扎的头发花白了。他从将军的位置上退了下来，每日照例要到熟悉的营区走一走，转一转。营区坐落在临近海滨的东山坡上。站在营区，可以鸟瞰整个城市，营区脚下的那条黄金海岸，每日都被密密麻麻的中外游客铺满。老兵时常坐在营区山崖边的岩石上，出神地望着大海无垠的碧波和如织的游人。

"怎么回事？"老兵被身后传来的一阵喧哗声吸引了。

一位值勤战士跑了过来，敬了个礼说："报告首长，这位导游带着几位外国朋友要到营区里游玩，我不放行，他们就闹，还说脏话。"

老兵对导游说："请你告诉这几位外国朋友，这里是军事重地，游人止步。你们必须向这位士兵道歉。"

导游不屑地瞥了老兵一眼，对外国游客叽咕了一通。

老兵双眉一抖，一把揪住导游的衣领："你还是个中国人？你让我向他们道歉？"

老兵转向几位蓝眼睛黄头发的外国游客，用不流畅的英语说："我以中华人民共和国一名将军的名义，要求你们为刚才不礼貌的言行向这位士兵道歉。"

外国游客望着威武的老兵，连连向士兵道："Sorry Sorry。"

导游嘟哝着："人家的卫星连陆地上的男女都能分辨清楚，还有啥了不起的秘密。"

老兵提高了嗓门："人家科技发达，难道我们连自己的尊严都不要了吗？你这种混账话，放在从前，老子敢毙了你！"老兵说着，手习惯地摸向腰间。

导游脸白了，带着几个人匆匆离去。

老兵拍拍士兵的肩头，背起手朝山崖上走去。夕阳正浓，余晖似一把神斧，将老兵铸成一座雕像。

将军被

　　屋内的空气沉闷压抑，劣质烟的焦油味在沉闷中肆虐。大缕大缕的烟雾从韦德老汉没了门齿的口中喷出，模糊了老汉一脸遒劲的沧桑。

　　"不管咋说，娃的事，你得管。"韦德老汉借着点烟的当口迸出一句，又大口大口地吐烟雾。

　　将军背着手，一动不动的望着窗外，攥着拳的手在微微的颤抖。

　　"娃做到现今不易啊，50来年我没求过你啥。今天我豁出老脸，求你，给娃说说话。啊?"韦德老汉把一个包袱卷塞到将军夫人的手上。

　　将军夫人轻轻地解开包袱，里面裹着的是半条破旧的棉被。夫人泪水盈盈，望着鬓发斑白的将军，哽咽着："你就给打打招呼，疏通……"将军扭过头，目光剑一般扫来，斩断了夫人的话头。

　　将军缓缓接过夫人手中的半条被子，示意夫人打开皮箱，皮箱里也放着半条破旧的棉被。将军和夫人颤抖着手，把两个半条的被子慢慢的接合在一起。将军夫人终于忍不住，趴在被子上放声地哭嚎。

　　远久的岁月瞬间被拉近了。1942年华东华北遭遇旱灾，日本鬼子加紧对抗日根据地进行疯狂的"扫荡"，对老百姓实行惨无人道的"三光"政策。当时任八路军某部政委的将军奉命撤退转移，将军的妻子已怀有8个多月的身孕。在太行山脚下，一个被日军"清洗"过的小山庄里，将军的妻子早产了，呱呱坠地的是个男娃。房东也是一对新婚不久的青年夫妇，男的叫韦德。房子四面透风，家里粮缸空空，韦德媳妇用仅剩下的面打了碗糊糊端给将军的妻子。将军握着韦德的手说："老哥，我们要追赶部队，娃，就交给你了。等打跑了日本鬼子，我再来接他。"韦德说："放心吧，只要有我们两口在就不会叫娃受委屈。"将军环顾了屋子四周，土炕上铺着稻草，粗布单子上放着草帘子。将军捧着草帘子："你们就盖这草帘子?"韦德骂道："都被狗日的鬼子抢走烧光了。"将军拿起妻子身上盖的被子，找来剪刀把被子从中间截成两段。将军把半条被子塞到韦德的手上："留给你，挡挡风寒。"韦德不收："大姐刚产了娃，不行。"将军说："咱是老百姓的队伍，就是有一条被子也要分一半给老百姓。"韦德望着远去的将军夫妇，对媳妇说："带好娃。咱老百姓有这样的队伍，好日子就有盼头!"

打败了日本鬼子，将军夫妇又随军南下，全国解放了，将军夫妇才又回到太行山脚下的小山庄。韦德把虎头虎脑的娃带到将军面前。将军问："大嫂呢?"韦德两眼含泪："你们走的第二年春上，小鬼子又来轰炸。娃他妈就把娃紧紧地裹在身下，自己被炸死了。"将军握着韦德的手动情地说："老哥，娃就留在你身边了，让他念书，将来为咱老百姓做事情。"将军夫妇回到京城，时常寄些钱物给韦德，都被韦德给退回去了。韦德说："娃，我能带好。"韦德每天都陪着娃到 20 里外的镇上读小学，娃晌午的干粮总在韦德的胸口上暖着。娃的学习成绩好，考上县里的中学，又考上省城里的大学。娃大学毕业分配到县政府工作，没几年就当上了县长。娃办事果断利落，40 出头就到省城当了厅级干部。娃的应酬多了，回家的日子越来越少了。娃的媳妇女儿都移民去了国外，还是去的小日本，韦德气得大病一场。就在传言娃要当选副省长的时候，娃的事犯了，娃贪了国家的几百万财产还包养了好几个情妇。韦德老汉傻了，怎么会呢? 怎么会呢?

"娃到今天，不易啊。你得给娃说说话。"韦德老汉喷着烟还是那句话。

将军蹲在韦德老汉的跟前："老哥。娃出这样的事，我和你一样心焦难受啊。可他犯的是国法，国法难容啊。老哥，你想想，当年咱们流血牺牲吃苦受累是为了啥？不就是为了咱老百姓能过上好日子。娃做了对不起国家对不起百姓的事，咱有脸去说情？"

韦德老汉深深地垂下头。整夜，大家都没合眼。

天刚亮，韦德老汉要走，跟将军要那半条被子。将军夫人已将两条半截被子细细的缝合在一起了。

将军把被子递给身旁的年轻后生："韦德老哥，这是我的大孙子，大学毕业了。我送他去咱家乡老区工作，让他孝敬你给你养老送终。要让咱娃娃们记住，当年咱打天下，有一条被子也要分半条给老百姓；如今咱坐天下，啥时候都不能忘了要和老百姓盖一条被子！"

两双老手紧紧攥在一起，滴在手上的是滚烫滚烫的热泪。

挺　拔

　　挺拔像他的名字一样，长的直立高耸。挺拔大我两岁，和我同级同班。我随父亲转业回到豫西一个小县城，挺拔家就在我家隔壁。去学校报到，我母亲拉着挺拔的手说："挺拔，你是哥哥，要照顾好弟弟。"挺拔拍拍胸脯："阿姨放心。这是我的责任，哈哈哈。"

　　挺拔的物理课好，半导体收音机、电扇、发电机他都捣鼓的挺熟，物理课上的实验就他活泼。挺拔的数学课差，每次数学测验他都是不及格的多。帮他补习数学就成了我的任务。挺拔学的挺下劲，就是不见长进，他说这三角函数绕来绕去把人都绕迷糊了。数学考试，看他抓耳挠腮的样，我悄悄递给他一张纸条。挺拔看了我一眼，没理睬那张纸条。放学路上，挺拔搂着我的肩膀说："该咋样就咋样，认真考试那是我的责任啊，哈哈哈。"挺拔说班委要改选，动员我竞选班长。我行吗？来的时间短，同学们还不太了解我。挺拔说我行，说我学习好关心同学关心集体，不像现在的班长，就爱往女同学堆里扎，劳动都怕苦怕累。班委选举，挺拔摆了我一大堆优点。表决时，他站立起来把双手高高地举起，像一棵青松树。我当选了，成为新班长。挺拔对落选的班长说："你也别想不开，选好班长是我也是你的责任啊，哈哈哈。"

　　我和挺拔高中毕业赶上最后一批上山下乡，我俩分到一个知青组。队里评工分，给挺拔评了 9 分，我评了 8 分。挺拔不愿意，找队长理论。队长拍拍挺拔的肩，说明天往坡上送粪，10 分劳力的都是一人一辆架子车。你有种顶下来，你也定 10 分。第二天一早，挺拔多吃了两个馍，腰间还扎了我的军用皮带。一副壮士一去不复返的架势。我劝他算了，咱又不靠工分吃饭，计较啥哩。挺拔说，你放心，咱不蒸馒头争口气。往坡上送粪，一车重千斤，往返 20 里。队里的 10 分劳力想杀杀挺拔的锐气，约定好了似的，拉起车一路小跑。挺拔憋足了劲紧跟不放，咬在队长的身后，一天 8 趟。队长服了："挺拔，你小子行，10 分没啥说。其他人不行。"挺拔张张嘴也说不出啥，觉得对我挺不够意思。我说挺拔你为咱知青争气了，你是头一个第一年就拿 10 分工的知青。挺拔摇摇头，"我可不是为了自己。"不久，在抢水浇地的关口，队里的抽水机闹别扭，一会转一会停，急得队长直蹦。队长对我们几个知青说，你们有文化，谁能给拾掇好？挺拔把我推出来："他从前是我们的班长，学习好着哩，修好了你给定 10 分。"队长咬咬牙，"算数！"我心里埋怨挺拔，我可从来没摸过电机。挺拔把我拉到电机前，递给我一把螺丝刀，指着一个部位悄声对我说："小毛病，好修。拧。"我用螺丝刀拧了几个螺丝，抽水机便哗哗唱起来。队长乐了："知识青年就是中，都定 10 分工。"我向挺拔表示感谢，挺拔拍着胸脯说："谢什么呀，这是我的责任，哈哈哈。"

　　下乡的第二年，我参军去了烟台，后又考入军校。挺拔也招工回到城里，在政府的一个机关做事。八年后我转业回到地方，挺拔已是部门的科长，我成为他部下的办事员。那晚，挺拔拉我到他家喝酒。酒到酣畅处，挺拔对我说："我们是朋友，我知道我的水平比不上你。但是我在这个位置上占着茅坑就得拉屎，以后有对不住的地方你多担待。这是我的责任啊，哈哈哈。"挺拔说到做到，布置工作从来不照顾我。相反，遇到一些苦差事他还偏偏让我去。我心里有时也不痛快，但想想也只有我是挺拔怎么做都得罪不了的朋友啊。机关改革，干部实行竞聘上岗。挺拔到处游说，力荐我当科长，还用他的实际工作经验帮我充实演讲材料。我走马上任，给挺拔布置工作时心里总是有些忐忑，挺拔却很坦然。他尽心做事，遇到一些苦差事还没等我作难，他就先打招呼要去。我很感动，挺拔笑着说："有啥呀，以前你不是也这样帮我。这是我的责任嘛，哈哈哈。"

生活就这样波澜不惊的顺延下去多好啊。可机构精简，裁员分流让我大伤脑筋。科里裁减人员一名，按条件算算也只有挺拔了。可这实在让我没法开口，也下不了决心。召集全科人员开会，大家静静的谁都不说话，从不抽烟的挺拔还叼起了烟卷。一支烟吸完，挺拔缓缓站起身，说："我走吧。天高任鸟飞，还阔凭鱼跃。我想趁着年纪还行，也有点家电修理的手艺，办个培训学校，为社会做点贡献。这是我的责任嘛，哈哈哈。"我听出了挺拔笑中的苦涩。几个月后，挺拔的培训学校像模像样的开课了。挺拔对我说："我这个学校对复员退伍军人免费培训，也算对国防建设尽点心。"

以后的日子我的职位往上调了调，就不大见到挺拔的面。偶尔相见俩人也是打哈哈的多，中间总觉得隔着点什么。一天我正开会，挺拔的妻子打来电话，说挺拔受伤正在医院抢救，嘴里念叨我的名字。我急忙赶到医院，挺拔的妻子告诉我，今天一大早，挺拔和她乘车去省城。车开不久，半路上来五六个小伙子掏出尖刀对乘客实施抢劫。妻子按住挺拔愤怒的手悄声说，"算了，就几百块钱。"挺拔挣开妻子的手大声说："见义勇为这是我们公民的责任。大家跟我上！"挺拔按倒了跟前的一名歹徒，几只尖刀同时刺向挺拔。乘客被挺拔的精神所鼓舞，一起动手制服了歹徒，挺拔成了血人。我呼唤着挺拔的名字，挺拔从昏迷中醒来，他认出我，艰难的笑笑："我要走了，妻儿老小托付给你。裁员我知道自己得走，可应该你告诉我，知道吗，这是你的责任啊——"他张张嘴，那是他没发出音的三声笑——哈哈哈！

我紧紧攥住挺拔的手！

温暖冬天的火焰

冬季里的第一场雪纷纷扬扬矫情放肆的扑压到毫无激情的城市身上，呆板的城市也有了些浪漫活泼。我为公司策划的冬季创意方案迟迟拿不出来，心情糟透了。偏偏女朋友冰冰赶过来要去郊区赏雪。我哪有心思去赏雪，烦着呢。

我给手下的几个弟兄下了死命令，今天拿不出方案谁也别想走。几个哥们抓耳挠腮的，毫无进展，嘴里还哼着刀郎的《2002年的第一场雪》。

"叔叔，我可以进来吗？"一个扎着两只毛刷刷的小脑袋从半扇门中探了进来。

冰冰热情地把小女孩拉进屋里："长的多可爱啊，大眼睛，圆脸蛋，像年画里的阿福。"

小女孩忽闪着大眼睛说："阿姨，这里是扫雪委员会吧？"

我们都笑了，"谁告诉你我们这里是扫雪委员会啊？"

女孩认真地说："东东告诉我的，他说走过两条街向左拐第10间房子就是扫雪委员会，专门帮助别人扫雪的。你们的门上不是画着雪花吗？"

一定是叫东东的调皮孩子耍逗了小女孩，我们门扇上的雪花图案是我们公司的标志。

冰冰问："你找扫雪委员会干什么？"

少年梦·青春梦·中国梦——中国故事
[刘建超] 别不把自己当回事

女孩说："帮我去扫雪啊。大人不在家，我扫不动。"

真是添乱。我对女孩说："好吧，你先回家。我们忙完了就去帮你扫雪。"

"真的？太好了。"小女孩蹦跳着走了。

老板又来电话催了，不疼不痒的损了我一通。

我布置大家，不管成熟不成熟，每人讲一套方案，大家再补充。结果，讲一个臭一个，所有的方案都成了一堆臭狗屎。

冰冰见我着急上火的样子，建议说："总憋在屋里也不是个办法，干脆我们出去赏雪，放松心情，调整情绪，换换脑筋，可能对设计方案产生灵感哪。"

大家一致认可。

好吧，不过要是玩够了还出不了像样的方案，那我们只有跟老板辞职了。

大家裹好衣服，雀跃着奔出门外。忽然，走在前边的冰冰停了下来，她低头看到了雪地上留下的一行小脚印。

冰冰说："我们答应了小女孩要去帮她扫雪的。"

"只是说说逗她玩呢，你还当真啊。"

"可是小女孩当真了啊，怎么能让那么天真可爱的孩子期待的结果是失望，是叔叔阿姨对她的失信？"

"我们也不知道她住在哪呀。"

"女孩说她走过两道街向左数第十间房找到我们，那我们向右走，走过两道街就能找到女孩的家。"

"好吧，我们就做一回扫雪志愿者，出发。"

穿过街道，果然在街口见到了张望等待的小女孩。冷风把女孩圆圆的脸吹的红红的，哈出的热气在她额前的刘海上结出一层细细的露珠，冰冰解下红围巾包住孩子的小脸。

女孩的家地势低洼，又处在风口，堆积的雪把屋子的窗户埋没了一大半。

女孩指挥着我们，先把窗前的雪扫走。

很快，窗前的积雪清理走了。女孩兴奋地拍着窗户："奶奶，奶奶，看到我了吗？"

窗子打开了，窗前坐着一位银发老人，老人慈祥地笑了。

女孩说："我奶奶腿不会动了，奶奶每天最爱在窗前看我们这条街道了。"

女孩说："奶奶不会说话了，也听不见。奶奶在窗口能看到爸爸妈妈下班。"

女孩说："叔叔，能给我做个雪人吗？"

"当然可以，在哪做呢？"

女孩说："喏，就在这里吧，奶奶能看到的地方。"

雪人堆好了，还用胡萝卜、煤球给雪人安上了鼻子和眼睛。

女孩指着雪人对老人说："奶奶，看到雪人了吗？它在看你呢。"

老人点点头，向我们摆摆手。

多懂事的孩子啊。冰冰禁不住抱起女孩，在她红嫩的脸蛋上亲了一口。

女孩解下围巾，说："阿姨，能把围巾给雪人围上吗？不然它会冷的。"

冰冰把围巾缠绕到雪人圆圆的大脑袋上。

女孩说："阿姨，再下雪我还可以去找你们吗？"

"可以呀，走过两道街，往左拐第十间房子，我们是扫雪委员会的啊。"

告别了女孩，走到街口，回头望去，女孩还在朝我们挥手，她身旁雪人头上的红围巾像一团火焰在燃烧，那是可以温暖冬天的火焰啊。

冰冰对我说："你还没有找到创意吗？"

俊　嫂

　　"你嫂子，那叫一个字，俊！"马哥说这句话的时候，一手托着下巴，一手夹着烟，眯缝着眼，轻轻地晃。"深山出俊鸟，知道不？你嫂子可是我们那方圆几十里的一只俊鸟。这么跟你说吧，村长，厉害不？在村子里想要谁的女人都能搞到手。他当初就看中了你嫂子，下了聘礼。你嫂子对他就是一个态度，嘿嘿，不甩！气得村长骂爹喊娘，说看谁敢娶你嫂子。吓谁呀，你嫂子就认准我了，一分彩礼没要，嫁！嘿嘿，好汉娶不到好妻，癞蛤蟆娶了个娇滴滴，你嫂子这朵鲜花就心甘情愿地插在我这牛粪上了。"马哥手里的劣质烟，燃着长长的烟灰似落非落，袅袅烟雾笼罩着马哥幸福的脸。

　　我问过马哥，"嫂子恁俊，咋不带来让我见见。"马哥捏灭了烟，说："媳妇是留给自己看的，那些影视明星和光屁股的模特才是供大家看的。你小子要是找媳妇，一定要让我给你把把关，低于你嫂子的标准，嘿嘿，免谈！"

　　三八妇女节单位组织活动，把我们几个单身汉也拉去凑热闹。我参加活动还得了个第一名，女工主任发给我两样奖品：一瓶沐浴露，一瓶洗发液。我把奖品给马哥，"带给嫂子。"马哥拿起沐浴露，眯缝着眼睛看了看，不屑地说："你嫂子才用不着这些玩意儿。你嫂子的皮肤像九月里的

167

嫩玉米，掐着就出水。那身上的味道香香甜甜，我一闻就跟喝了兴奋剂一样。我咋舍得用这些化学药品去污染你嫂子呢。你嫂那叫啥？天生丽质纯天然，绿色的，知道不？嘿嘿。"马哥嘴里那样说，月末回家时，还是把两瓶"化学药品"仔细地放入包中带走了。周一上班，马哥给了我双布鞋和几双绣花鞋垫，说："你嫂子让我捎给你的，说你心眼好。快试试，合脚不？"布鞋穿在脚上很舒服。马哥灿灿地笑了："我就知道合适。我就比划了一下你的身高，你嫂子就做出来了。嘿嘿，你嫂子可不是那种绣花枕头似的女人，中看不中用。村里人结婚贴红双喜字，知道不？就你嫂子剪出的红喜字显得喜庆吉利。全村的年轻人娶媳妇，都到你嫂子这儿讨喜字。"

我真羡慕马哥。

马哥说："有空我带你回山里，见见你嫂子。"

车子在崎岖的山路上颠簸，我也随着车身剧烈地摇晃，心中忐忑。马哥的家在 80 公里外的山村。

马嫂出现在我面前时，我心中好大的疑惑，这就是马哥每天挂在嘴边俊来俊过去的嫂子？这与马哥的描述和我心里想象的嫂子距离也太大了。

马嫂太一般了，典型的农村妇女的打扮。她刚喂完猪，双手还抱着个陶罐，满脸疑惑地望着我们。我说明了来意，马嫂手中的陶罐摔落在地上，铺了满目的碎片。

回城的路上，马嫂紧咬嘴唇，不哭出声，任眼泪在脸上纵淌。

"你马哥，他怎么走的？"嫂子问。

"车祸，"我说，"马哥出差，回来的路上遇到暴雨，客车翻进了路边的深沟。马哥本来已经逃出了车厢，为了救车里的一个孩子，马哥又钻进了车厢，结果客车在雨水的冲击下又翻了个个，马哥就砸在了下面。乡卫生院没有血浆，又往县医院送，因失血过多，马哥他没撑住。"我拿出一个粉红色的发卡："嫂子，这是马哥交给我的。"

嫂子凄惨地笑了一下，说："我只是说，村长家女人有这么一个发卡，挺好看。你马哥说他村长家的人能戴得，咱也能戴得。"马嫂默默地把发卡别在稀疏的头发上。

　　处理完马哥的后事，我要车送马嫂回家。马嫂说："这几天忙坏你们了，别送了。我这几年都没进城了，我想自己在你马哥上班的城里转转、走走，搭上车就回去了。"

　　下午，我去市委送个材料，路过中原大厦，忽然看到嫂子，她右手按着左胳膊，刚刚从义务献血车上下来。

　　"嫂子，你，你来献血了?"

　　"刚好碰到这车。你马哥当初要是有我这几管子血，兴许就不会走了。"马嫂的脸上没有遗憾，红红的脸颊露出了灿烂地微笑。

　　我仰望长空，马哥，嫂子真的很俊。

唠叨天使

　　高层住宅楼房旁边，有一片树干粗壮枝叶茂盛的钻天杨。绿树荫下，建有一排红砖蓝瓦的小平房。平房里的人大都开着居民常用的买卖，米面油盐酱醋糖，瓜果点心葱蒜姜。旁边较偏僻的一间屋子，招牌上写着"鲜奶坊"。招呼生意的是一位身材丰满，短发圆脸的姑娘。

　　圆脸姑娘的买卖每天最早开张，匆匆忙忙的学生，晨练早起的老人，络绎不绝你来我往。姑娘一个人忙里忙外，嘴里哼着曲，手脚不闲心不慌，奶瓶发出轻盈的碰撞声，屋里弥漫着鲜奶淡淡的馨香。忙完一阵子，姑娘抹抹额头上的细汗，把屋子收拾停当，便拿出一瓶酸奶放在柜台上，仰起脖子朝高楼上探望。

　　一位老人此时就会来屋里取奶。老人步履蹒跚，手里还拄着根拐杖。

　　老人拿了奶并不急于走开，把瓶子仔细端详着，说："就剩这一瓶啦？别人挑剩下的吧，姑娘？"

　　姑娘笑了："大伯，质量都一样，都是今天的，上面有出厂日期，保质保量。"

　　老人脾气倔："有出厂日期也不见得就保险，报上不是经常说有早产奶。日期还不是随便就可以打上的。"老人把手中的瓶子用力地摇晃，好像要从中看出点明堂。

"放心吧，大伯。要是有问题啊，我负责。"

　　"小小年纪就说大话，你能负责得了吗？你又不是厂长。"

　　"我可以反映啊，我是经销商。"

　　"等你反映，那还不黄花菜都凉了。电视上报道的假奶粉事件，等反映出来，把好好地孩子都吃成大头婴儿了。你说，这事怎么赔偿？谁能赔偿？"

　　姑娘笑了："大伯，我可管不了那么大的事。我只保证您老的这瓶酸奶没有问题，保您健康。"

　　"有没有问题啊，喝了才知道，没喝，谁也不敢保证。现在坑害咱老百姓的奸商一抓一箩筐。"

　　"大伯，您要是对我卖的酸奶不放心啊，可以换一家。往南一百米，还有一家鲜奶行，您去那里看看怎么样？"

　　老人不高兴了："怎么？提点意见就想把我打发走了？我偏不去，我就在你这订奶。咋样？"

　　姑娘说："大伯，我逗您老哪，你要是走啊，我还不乐意呢。我还得您老来给我上上政治课，指指依法经营的大方向。"

　　老人走了，身子颤巍巍，嘴里还嘟嘟囔囔。

　　几乎每次老人来都会和姑娘打一会儿嘴仗，姑娘已经习以为常。有时还故意找茬，惹得老人声调高昂。

　　秋风如针，几周过去，树叶就像被抽干了血的身躯变得干巴枯黄。肆虐的秋风还没有来得及将杨树上的枯叶扫净，第一场雪就迫不及待地覆盖着城市，像蒙上了一道白色的帷帐。

　　老人又来取奶，步履艰难。

　　"姑娘，你的店门口这么厚的雪也不扫扫？顾客如果滑倒了，摔伤了，还不得找你算账？不能光顾着赚钱了，就不知道为顾客着想着想？"

　　姑娘连忙拿起扫把："对不起了大伯，刚才忙，没顾上。"姑娘抡起扫把左右开弓，雪花在她身边翻舞飞扬。

　　姑娘额头渗出细细的汗珠，哈出的热气在她嘴边眉尖结成细细的冰霜。

"好了，大伯。您可以放心地走了。"

老人说："我可不会表扬你，这是你应该做的。咱们市里就应该立个扫雪法，不及时扫雪的人罚他没商量。"

老人走了，身子颤巍巍的，嘴里还嘟嘟囔囔。

姑娘在老人身后扮了个鬼脸，笑容雕在漂亮的脸膛上。

老人几个星期没再来订奶了，来找姑娘的是一位白发苍苍的婆婆。

婆婆告诉姑娘，老头子走了。老头子走得很安祥。老头子常说，你是个好孩子，像天使一样。老头子大病后，就爱唠唠叨叨，连我都觉得烦。他说每天最开心的事就是能到你这里来唠叨唠叨。老头子还说，你屋里升着炉子，让我提醒你要常通通风，常开开窗。

高层住宅楼房旁边，有一片树干粗壮枝叶茂盛的钻天杨。树绿荫下，建有一排红专蓝瓦的小平房。每天早上，"鲜奶坊"就有两个身影聚在一起"唠叨"，一个是白发苍苍的婆婆，一个是短发圆脸的姑娘。

滑一刀

"滑一刀"是酒城有名的外科大夫，"滑一刀"的大名叫滑儿。

滑儿出身贫寒，儿时家境极差。父母辛苦勤做，勉强维持个不饿肚子。母亲操劳过度，在滑儿五岁的时候，得了重症。因无钱医治，只得在家硬挺。母亲临终前，捧着滑儿的小手，放在嘴边轻轻地亲着，说："孩子，长大了当医生，给老百姓治病。"又对滑儿的父亲说："再苦再难，也要供滑儿上学。"父亲外出打工，把滑儿托付给堂兄。父亲做最苦最累最脏的活，只要工钱给的高。滑儿上学后，聪颖勤奋，成绩在学校里一直拔尖。考大学时，滑儿的成绩可以上最好的学校，可他却填报了一所医学院。他忘不掉母亲临终前那期待的眼神，他也知道，如果当年家里有钱，母亲可以去医院做手术的。

滑儿大学毕业，成绩优异，保送做了全国著名医学教授魏征的研究生。毕业后，滑儿放弃了考博和留在京城任教的机缘，申请回到了阔别多年的酒城。

滑儿分配在酒城医院。虽然滑儿是院里唯一的硕士生，但在论资排辈的医院里，滑儿只被分配去做些割阑尾、切包皮之类的杂耍手术。滑儿对什么样的小手术都极端地认真负责，对患者温暖有加，从不接受病人的吃请和红包。

滑儿参加工作第二年，出了一件事。当时省里的一位副省长到酒城农村视察工作，结果在崎岖的小路上发生了车祸，人被送到酒城医院时已昏迷不醒。病情危急，加之伤者的特殊身份，医院没人敢做主该如何处置。院长只得向市急救中心求援，可无论是把病人送去，还是等专家来人，都得有近两个小时的路程。滑儿是当班医生，查了病人的情况后果断地说必须立即手术，否则半小时后就来不及了。看到周围疑虑的眼光，滑儿自信地说："手术我来做，一切后果我来负责。"

结果滑儿的手术做得很成功，从省市赶到的专家都啧啧称奇。病人也很快康复，临行时拉着滑儿的手说："我看你就是名副其实的滑一刀啊！""滑一刀"的名号传遍了酒城的沟沟坎坎。

酒城有了"滑一刀"，来找"滑一刀"看病的人越来越多。再重再难的病，只要让"滑一刀"划上一刀就能刀到病除，即使"滑一刀"划过一刀也没能留住患者，但患者和患者家属都无怨无悔，"滑一刀"的时间每天都被手术安排得满满当当。有几次市里省里要调"滑一刀"走，酒城人都排起长队阻拦，患者当街跪倒一片，声泪俱下。"滑一刀"也就留下了。"滑一刀"的手术越做越多，越做名声越大，传说也越来越神奇，就连省城的和外省的病人也慕名而至。

"滑一刀"的导师魏征专程到酒城来调研。魏征教授调阅了大量的病历，越看眉头锁得越深。傍晚，已经是副院长的"滑一刀"陪着导师在河边散步，看着沉默不语的导师，"滑一刀"说："我知道老师不愉快的原因，有些手术是不需要做的。采取保守治疗的方案也会达到相同的目的。"魏征看了"滑一刀"一眼，缓缓地说："你只顾自己痛快地划一刀，可这一刀带给一些患者原本不必要的痛苦和负担，你就心安理得？""滑一刀"叹了口气，说："老师，我何尝不知道这个道理，可我手中刀子的名气已经远远大于科学的道理了。"

第二天，魏征和"滑一刀"一起查房，对一位从外省来的病人家属，详细说明了病情和治疗建议，做手术意义不大，采取保守治疗更妥善些。没想到病人家属齐刷刷跪在"滑一刀"跟前，痛哭哀求，只要"滑一刀"

给做了手术，什么后果他们都认了，不然就跪着不起来。魏征看着这场面，无奈地摇摇头。

没过几年，"滑一刀"的父亲患了顽疾。"滑一刀"向父亲说明了病情，建议采取保守治疗。父亲说："滑儿，爹知道你说得在理。只是，你要是不给爹拉上一刀，你就会背上不忠不孝的名声，爹不怕死，爹怕毁了你一世的名声啊。就算做做样子，你也得给爹划上一刀啊。"

"滑一刀"给父亲做手术时，手竟第一次发抖，虽然只是拉开一刀就又缝合上了。

"滑一刀"处理完父亲的后事，递交了辞职报告。没人知道他去了哪里，酒城留下的只有他手术刀的传奇故事。

向前向前

　　冬天的尾巴还抖着最后一点的料峭寒冷，县城却停止了供暖。我从市里赶回家中，母亲说："家里洗澡冷了，陪你爸到街上的浴池去洗洗澡吧。"父亲嘟嘟囔囔地不太情愿。母亲说："家里没暖气了，洗病了怎么办？花钱受罪还不是你自己？"父亲不再吭声，收拾换洗的衣服，跟我出了门。母亲在身后交代："去大河洗澡堂，那便宜。"

　　我在前边走，父亲跟在后边。我能听到父亲脚后跟趿拉着地的声音。父亲是七十多岁的人了，前几年还因脑出血在医院里昏迷了 20 多天。病愈没有留下大的后遗症，反应却迟钝了很多，说话不太流利。父亲的性格变得有些闭塞，不愿出门，也不愿意和外人交流。

　　我在前边走，父亲跟在后边。像当年我跟着父亲去洗澡的情景。

　　我小的时候最讨厌洗澡。澡堂里人多拥挤、气味熏人。我最怕父亲给我搓澡，父亲手劲大，好像他眼里只有我身上的灰尘，根本想不到我还是个孩子。我总是痛得龇牙咧嘴，常常是洗完澡后，我的身上却要留下被搓伤的一道一道的痕迹。为了避免跟父亲去洗澡，每到星期天，我就把脖子和两只手洗得干干净净展示给母亲看，我不脏，不用去洗澡的。父亲根本不吃我那一套，只是一句"走，去洗澡"，我就得乖乖地跟着他走。父亲走路很快，他在前面大步地走着，我远远地跟在他后边，嘟囔着快点长大吧，长大我就可以自己去洗澡了。

"大河洗澡堂"门口竖了个牌子：内部装修暂停营业。

父亲似乎得到了解脱，说："回家自己烧点水，冲冲就行了。"我没答话，直接又往"鼓浪屿桑拿中心"走。父亲无奈地跟在我身后，嘴里嘀咕着什么，鞋拖着地的声音很重。

"鼓浪屿桑拿中心"装修得很豪华，内部设置也很欧化。父亲第一次走进这样的地方，他不知道为什么一个泡池子的地方还要搞得这么讲究。父亲看到了厅里的价格表，脸色沉沉的。我拿了号牌套在父亲的手腕上，换了拖鞋领他进去。父亲走进浴池间，我在更衣室等他。闲得无聊，我掏出手机看狐朋狗友发来的各种各样的黄酸段子。我忽然想起父亲第一次来，还没见过里面的阵势呢，连忙收了手机，到了里间门口。父亲果然还站在屋子当中，茫然地看着四周，不知所措。父亲个子矮小、瘦弱，身子佝偻着。在我的记忆中，父亲是很高大、很健壮的。我朝父亲大声说："爸，哪个池子都可以下的，随便，冒泡的是冲浪按摩，烫不着。"父亲慢慢腾腾地挪进大池子里。

我因为洗澡挨过父亲的打。我小的时候，部队就一个澡堂，每周开两天，星期六是女人洗，星期天是男人洗。那时候，除了礼堂看样板戏的人多，就数澡堂子的人多了。澡堂一个大池子，一个小池子，大池子是供人洗澡的，小池的热水是供人兑上凉水冲洗用的。在澡堂子里洗澡最难的就是占脸盆。为了等脸盆，得等在别人后面排队。那次，我等在一个大个子男人身后排队，身上已经打上了肥皂，好不容易等到那个大个子洗完，我刚想去接盆子，大个子却把盆子递给了他的一个熟人。又急又气又委屈，我就哭了。父亲扇了我一巴掌，骂我没出息。我哭着说："我讨厌洗澡，我最讨厌洗澡。"回家的路上，我还是不住地抽泣。父亲说："你是生在福中不知福啊。当年我们在行军打仗的时候，十天半月也见不到一盆热水，那时候最大的心愿就是解放了，每天都有一盆热水洗洗脸、泡泡脚。"

父亲冲洗完，走进更衣间，脸上多了些红润，说搓澡师傅的技术不错，搓的就是舒服。搓个背10块钱，太贵了。父亲是在埋怨我没有同他一起洗，帮他搓两下就省去了 10 元钱。父亲嘟囔着价钱太贵，浪费。

更衣间里的一个中年胖子正在喝茶，听到父亲的嘟囔忙往里挪挪，对我父亲说："老先生，花钱多点，可洗着舒服啊。"

父亲看看胖子，没有说话。

胖子又说："老先生，我看您的气质，像是当过兵、打过仗的人。"

父亲眼睛一亮："你看出来了？扛了二十多年的枪，解放这个县城说是我们部队打的。"父亲有意扭过身子，肩胛上的伤疤很显眼。

我说："我爸爸负过伤，立过功，二等的。"

父亲仰起头，等着我往下说。

我接着说："两次二等功。"

父亲这才慢慢地坐下。

胖子说："了不起，了不起。我最佩服您这样的老同志。"

父亲说："说这些都过时了，没人愿意听了。"

胖子正经地说："老先生，不过时，我最佩服你们这样的老同志。我开了个公司，我不缺钱，可我就是没好办法教育我儿子。我现在每星期都逼他看过去打仗的那些老片子，要他知道老红军、老八路、老解放的流血牺牲，真怕他们只会享受忘了本啊。这一招啊还真管用，孩子懂事多了。"

父亲显得挺激动，穿好衣服出门时，还专门到胖子跟前跟胖子握握手。

街上，天已擦黑，华灯缤纷。

我在前边走，父亲跟在后边，我没有听到父亲鞋拖拉地的声音。扭过头，看到父亲步子迈得很有力，两只胳膊有节奏地甩着，嘴里还哼着歌：向前，向前，向前，我们的队伍向太阳，脚踏着祖国的大地……

高高举起手的胖胖

　　胖胖自然长得挺胖，但是绝不显得臃肿，胖胖的胖让你觉得很舒坦。我和胖胖是同学，我是瘦猴，同学把我两个称作孙猴和八戒。胖胖的学习成绩可不像他的身体那么富余，每次考试都是在我的关照下勉强及格。胖胖对自己的现状一点也不着急，天生我材必有用，胖胖总是这么说，而且每次这样说的时候都是底气十足。

　　胖胖虽然学习成绩不佳，但是每次老师提问，他总是高高地举起手。我问胖胖，你每次都举手，老师的提问你会吗？胖胖说，不会。可是我知道老师也不会叫我，总得作个姿态啊。再说，一举手，我也就不困了，嘿嘿。上初三，学校在我们班上实验课，教室的后排坐了二十多个老师和校领导。班主任梁老师紧张得额头上都沁出了汗，同学心里也怦怦地跳。偏偏梁老师又提了个偏了一点的问题，拿捏不准谁也不敢举手。教室静静的，静得人心里发毛。忽然，胖胖高高地举起了手，他那白胖胖的胳膊格外扎眼。梁老师也没办法，就点了胖胖的名，胖胖噌得站起身，响亮地答道，老师，我不会！教室里哄堂大笑，梁老师脸涨得通红，眼泪都快出来了。放学路上，我踢了胖胖一脚，你不会回答举手干吗？胖胖说，没有同学举手，多干啊，我也是想起个带头作用嘛。

　　我考上市里重点高中，胖胖家里花钱送他到县里上高中了。几年后，我上了大学，胖胖去南海独自闯世界，我们也失去了联系。我大学毕业，分配到了市政府工作。我再次见到胖胖，是在电视转播中。当时，市里搞开发区，有几块土地公开拍卖，市电视台对拍卖情况进行了转播。依山傍水的 A 号区土地在拍卖中，成为竞拍者争夺的焦点。电视镜头不时地对准持 18 号牌子的先生，他不停地一次又一次地高高举起手中的牌子，A 号地的价格翻着跟头往上涨。当所有的参拍人都咂舌退缩后，镜头最后对准了竞拍优胜者——胖胖。他比从前老成精炼了，好像也多了些城府。

　　谁也不会想到，我们的同学联谊会最后选出的主席竟然是胖胖，真是有奶便是娘啊，我们以前班里的班干部们一个一个都是酸溜溜的。当年的校花盼盼说的直截了当，胖胖当主席可以让同学去西藏去新疆，去哈尔滨去海南岛，你们谁有这个本事？大家都跟着起哄，国内玩够了咱们去国外。胖胖高高地举起手，没问题，我保证。

　　胖胖当了我们联谊会主席，真是像模像样的组织了几次活动，当然都是胖胖的公司打点的。胖胖还很仗义，哪个同学遇到难事，他也会全力相助。摆平他，成胖胖的口头语。胖胖和我联系的比较多，说上学时，我对他最够意思，从来没有看不起他。胖胖去过我家里几次，动员我下海跟他干，让我做总经理，他做董事长。保你 1 年赚的比你在机关 10 年赚的还多。我始终没有应承，人各有志，我不是个经商的料。胖胖每次告别，都是双手抱拳高高地举过头顶，老同学，我公司的大门随时都向你敞开着，早晚来，说句话。

　　胖胖的生意越做越大，名气也越来越响。胖胖常说，在本市没有他摆不平的事。胖胖坐着豪华大奔驰，出门身边也多了两个壮实的保镖。胖胖与我的联系也逐渐少了，偶尔打个电话也是客套几句话。社会上的传闻也不时的捎带上他，有的说他组织了黑社会，还在外边包养女人。我有时和胖胖通电话的时候就委婉地提醒他，胖胖说，老同学，你还不相信我？我说的多了，胖胖就不耐烦了，说咱们能不能换个话题啊，政府官员怎么一开口就爱给人上政治课啊。话不投机半句多，再以后，胖胖连电话也不打了。

我再见到胖胖是深秋的一个下午。风很大，路上堆积着一层厚厚的梧桐叶，残叶被风一吹，便沿着路边旋转飘零。胖胖瘦了很多，脸色也灰黄。为了争夺一个女人，胖胖雇凶把对手给做了。我和胖胖默默地坐着，很少说话，有很多话不知从何说起。我俩就开始回顾童年，回顾少年，回忆那些值得回忆的日子。

　　分手时，胖胖没有像往常那样，高高地举起手。他头低着，两手拷在裤裆前，手腕上戴着寒凉瓦亮的手铐。

南笙痛苦和快乐的生活

南笙不是人，是一只兔子。

兔子南笙原来是没有名字的。男生的父亲是个养殖专业户，到城里来贩卖兔子，剩下一只崽子没人要。男生的父亲来学校看男生，就把兔子留在男生的宿舍里，"我也懒得带，留下你玩吧。"男生的父亲走了，男生拎起兔子的耳朵把它扔到了墙角。

男生事多，两天过去了，才想起屋子里还有只兔子。把饭盒里吃剩的半个裂皮的干馒头扔到墙角，又往方便面的泡沫盒里倒了些水搁在正暴啃干馒头的兔子跟前，嘴里不耐烦地嘟噜，"真麻烦"。

女生找男生借篮球玩，在乱七八糟的男生宿舍里看到了脏兮兮瘦巴巴的兔子。女生好喜欢，篮球也不借了，"能让我把兔子带走吗？"男生巴不得，拎着兔子的耳朵把它搁在女生的手里。

女生宿舍炸了营。每个人都抱过兔子之后，一致认为需要给兔子起个名字。甲说叫玉兔。乙说土死了，还不如叫银兔。丙说还红烧兔呢，叫一酷到底。甲说，既然是从男生那里抱来的，就叫男生。大家同意了，都摸着兔子喊男生。乙说，成天男生男生的叫，别人还以为我们多没出息，想男生了呢。甲说，我们的男生是南方的南，芦笙的笙。哇噻，化腐朽为神奇啊，多优雅多诗意的名字啊。

当务之急是给南笙洗澡，她们实在不能容忍南笙身上的污垢。怎么给南笙洗澡，女生发生了争执。甲说用清水洗，乙说用护肤露，丙说南笙浑身都是毛，怎么能护住肤？甲还是坚持用清水，无污染。乙说，我看用洗毛衣的柔顺剂最好，南笙主要就是洗毛毛啊。女生打来三盆水，把南笙先放在第一盆的清水里泡 5 分钟，再放到第二盆有柔顺剂的水中梳洗，最后用清水漂净。甲把南笙包在枕巾里，乙拿来吹风机呼呼地把南笙湿漉漉的绒毛吹干，丙握着香水瓶子给南笙喷了个透身香。

　　南笙给女生带来了欢乐。女生走进宿舍的头一件事就是抢南笙，没有抢到的就噘着嘴。有电话来找女生的，就经常有这样的恶作剧：你找谁？甲不再，她和南笙去厕所了。乙现在不能接电话，她正在和南笙睡觉。惊得电话里的声音都变了，家长弄清原委也是哭笑不得。甲和男同学看电影要带着南笙，把南笙放在大书包里兜着，一会给南笙喂个花生，一会喂口苹果，气得男同学不高兴。甲说，又不是我约你，你不高兴，我还不高兴呢。南笙，咱们走。乙的英语考试没有过关，心情郁闷，抱着南笙坐在湖边，用英语对着南笙发泄，埋怨老师、埋怨课代表、埋怨南笙。丙深更半夜地跳下床，把熟睡中的南笙抱进被窝，喃喃地告诉南笙，自己刚刚做了个噩梦，好、好恐怖噢。你可不能睡觉，要帮我看着，别让那鬼来了。我保证，明天晚上，我再也不看鬼怪故事了。

　　南笙的饮食是女生争执的焦点。甲说，上幼儿园时就会唱，小白兔白又白，两只耳朵竖起来，爱吃萝卜和白菜。乙是不赞同这样说法，那都是老观念了，现在营养食物多的是，应该到宠物商店买专用食品。丙在中间和稀泥，可以将二者综合利用。分一三五、二四六。谁也说服不了谁，麻烦就出现了。南笙的面前往往堆着小山一样的各类食物，几乎是女生的箱柜里有啥吃的，南笙的饭盒里就有啥。南笙多吃了谁喂的食物谁就高兴，谁喂的食物南笙不吃就得挨骂。

　　南笙病了，不吃不喝无精打采。女生慌了，找出一桌子的药。甲给南笙喂消食片，"都是给吃撑了，你们只顾自己减肥，让南笙胡吃海喝，出毛病了吧。"乙给南笙灌柴胡口服液，"南笙是感冒了，要清热去火的。"

丙非得让南笙吞抗生素，"不消炎，一切都是白扯。"

男生的父亲又要进城了，男生找到女生要把兔子带走。女生集体抗议，坚决不从。女生说出了 N 个南笙不能交还的理由。男生不理，"兔子是一定要带走的。"女生妥协了，说走不走应该让南笙自己决定。女生把南笙放在屋子中间，说南笙跑到谁跟前就跟谁走。

女生蹲在南笙的对面，温柔地唤着南笙。男生双手抱肩带搭不理的样子。

南笙左右瞅瞅，一踮一踮地伏在男生的脚下。

女生哭了，女生愤怒了，"叛徒，没良心，坏蛋"一个劲地骂。

男生拎起兔子的两只耳朵走了。到了宿舍，两手一丢，南笙就被扔到了墙角。男生又扔过去半个干巴的馒头。兔子南笙抱着干巴的馒头幸福快乐地啃着。

东半球，西半球

某年某月某日，上帝把两个婴儿分别投放到了东半球和西半球。

东半球的孩子取名来福，西半球的孩子取名约翰。

两个孩子生活作息不同，东半球的来福为没能争到自己认为该汲取的乳汁而震耳欲聋地号哭时，西半球的约翰正咬着小手指头甜甜的酣睡；西半球的约翰爬在宽松柔软的床上玩稀奇古怪的玩具时，东半球的来福已在母亲哼唱的摇篮曲中进入了梦的故乡。

东半球的孩子和西半球的孩子，沐浴着相同的温暖灿烂的阳光，相拥着同样的温柔恬静的月亮。太阳和月亮替换着把岁月的年轮加了一圈又加了一圈，岁月的年轮给东半球和西半球的孩子赋予了同样的智慧和新奇。来福和约翰都喜爱上手中小小的彩笔。

东半球的来福在玩耍中，从沙发下拿到一只彩笔。他很好奇，用彩笔在小手心胡乱地拍，他惊奇 f 发现在自己的小手心里划出了一条蓝蓝的细线。他扶着沙发站起来，他的视线里出现了鱼缸里自由自在五颜六色的金鱼。他便在橘黄色的沙发坐垫上自豪地写下了人生的第一笔蓝图。当那些抽象的线条网住坐垫，来福蹒跚到一面墙前，画下只有他自己才理解的线条。

西半球的约翰拿到手里的彩笔是妈妈给买的生日礼物，妈妈给了约翰一个写字板。约翰的视线里是窗外扑棱棱扇舞着翅膀的鸽子，他伸出小手仿佛要把鸽子捧在掌心，或是想让鸽子带上他一起去飞翔。鸽子飞走了，约翰在写字板上神圣的留下自己来到这个缤纷世界的第一笔幻想。写字板已盛不下约翰飞翔的幻想，他便蹒跚到一面墙前，画下只有他自己才读得懂的飞翔。

东半球的妈妈发现了脸上手上沾满彩墨的来福，继而看到了坐垫和白墙上儿子的杰作。来福刚刚兴奋地向妈妈介绍自己的大作，"鱼鱼，鱼鱼。"妈妈的巴掌就光临在他粉嘟嘟肉乎乎细嫩嫩的屁股上。"看你还敢乱画，叫你到处乱画。"妈妈手的节奏和嘴的节奏一样快，来福就被打傻了，他活蹦乱跳的思绪被妈妈的两个节奏忽闪成一种感受，疼。他咧开小嘴小猪样的嚎了起来。来福单调的嚎叫并没有减缓妈妈的节奏，妈妈气得眼泪如断了线的珠子，滴洒在来福的屁股上。"你知道妈妈装修这屋子花了多少钱？费了多少力？以后还敢不敢到处乱画了，啊?!"东半球爸爸回来，又和东方妈妈吵了，都说对方把孩子惯坏了。邻居阿姨来劝解，妈妈指着墙和坐垫，"你说这死鬼孩子，好好的墙给画成这副熊样。"阿姨牵着来福的手，"孩子小，不懂事嘛。来福乖，以后不画了，不惹妈妈生气了啊。"来福噙着眼泪睡着了，梦中自己变成了一条自由自在的鱼，忽然被人抓住扔到了冷冰冰的石板上。

西半球的妈妈发现了吃了一嘴墨彩的约翰，继而看到了墙壁上儿子大写意的涂鸦。约翰兴奋地向妈妈炫耀自己的成就，"鸟鸟飞，鸟鸟飞。"妈妈笑了，蹲下身子，仔细地看着，问约翰："你的鸟鸟怎么没有翅膀啊？"妈妈伸出手臂作了上下摆动的姿势，约翰也学着妈妈的样子，上下舞动着胳膊，"鸟鸟飞，鸟鸟飞。"妈妈抱起约翰在他涂满墨彩的脸颊上亲亲地吻了一下。西半球爸爸回到家，看到儿子的杰作夸奖说，"我们的儿子长大要成为毕加索啊。"第二天，爸爸用白灰把墙重新刷了一遍，让约翰继续在上面画鸟。"来吧，约翰，来画你的鸟，漂亮的呢，我们就留住，不漂亮的呢，我们就把它涂掉。一直到这墙上边都落满漂亮的小鸟。"邻居阿姨来走访，妈妈把阿姨带到那面墙前，自豪地介绍说，瞧，约翰画的。邻居阿姨惊喜地叫着："噢，真是约翰画的吗？约翰，到时候也给罗兰姨姨画一幅，好吗？"约翰经常梦见自己长出了翅膀，像小鸟一样自由自在地飞翔。

东半球、西半球的两个孩子同时走进了不同的学校。

东半球的来福放学后做完家庭作业，还要完成爸爸妈妈交代的作业，周末和假期，爸爸妈妈带着约翰分别参加奥数和英语补习班。

西半球的约翰放学后跟着爸爸，去游泳池玩水、滑冰场溜冰，周末和假期，爸爸妈妈带着约翰去博物馆，去北方度假、高山滑雪，约翰总带着画夹。

东半球的来福再次拿起画笔是上了高中以后。来福的学习成绩并不理想，要考上重点大学的希望同失望几乎可以画等号。来福爸爸妈妈协商后，决定让来福走艺术类院校的路子。托人找了老师，来福重新学画。来福学画的悟性极高，高考时专业科考了全省第一名，进入全国一流美院。来福妈妈逢人便炫耀，我家来福从小就有绘画的天赋。

二十年后，来福成为东半球知名画家，约翰在西半球美术界鼎鼎大名。

某年某月某日，东半球和西半球的两位著名画家分别因病和飞机失事告别了各自生长的故乡。两位画家的身价徒增，画作成为收藏珍品。

在一次国际珍品拍卖会上，东半球的来福和西半球的约翰第一次走到了一起。

东半球来福的名作《鱼》拍得 100 万美金。

西半球约翰的名作《鸟》拍得 1000 万美金。

1975 年的山楂果

　　天空像捂了层棉被，不透一丝风。河边的鹅卵石晒得要冒油，踏上的湿脚印像受了惊的野兔转眼就逃得无影无踪。我趴在蒸笼般的玉米地里纹丝不动。仿佛整个世界都被晒蔫了，没了一点生气，只有树上孤独的蝉鸣，越发显得沉闷。远处传来母亲的呼唤声，该是吃午饭的时间了，我趴在蒸笼般的玉米地里纹丝不动。

　　不知为什么，我看守的一片玉米地，这几天总是丢玉米棒，每次三五个。护秋小组的同学还怀疑是我嘴馋，偷着烧玉米吃。马飞像煞有其事地说闻到我嘴里的烧玉米味，还抽了几下口水。我吵也没用，自己没守好阵地，怨谁？只有抓住偷玉米的贼！护秋小组的同学都很认真，只有中午吃饭才离开一会儿，盗贼肯定是钻了这个空子。

　　我趴在密不透风的玉米地里，如雨的汗珠浸湿了腮下的泥土，我一动不动。前方传来窸窣声，我紧张地睁大眼睛，握紧手中的木棍。听到掰玉米的"咔嚓"声，我一跃而起，冲着人影扑去，大喝一声："不许动！"那人"妈呀"惊叫一声瘫坐在地上，捂着脸呜呜地哭起来。"班长，是我。""江兰？"我吃了一惊，"你，你怎么能 —— 拿学校的东西。"我实在说不出那个"偷"字。江兰是班里的劳动委员，学校田里积肥，江兰的拾粪筐堆的最满；学校割草，江兰背的草捆最重；能吃苦能受累，长得白净秀气却不带一点娇气。"江兰，你这是怎么回事?"江兰止住哭泣，"班长，我家没有粮食了。""江兰，不许你瞎说！全国一片红，形势大好。贫下中农怎么会没有粮食吃?""班长，你是部队子弟，不知道农村的事。我家是富农，父亲成天挨批斗，母亲去世，弟弟病了几天，家里也没粮。我看着弟弟实在可怜，就想到了学校的玉米，我以后加劲劳动给补上。""那你干吗总在我看守的地里掰玉米?"你是班长，别的同学不会说什么的，我也觉得你心善。班长，我再也不干这种事啦，你千万别告诉老师。江兰又呜呜哭起来。我把撒落在地上的几穗玉米塞到江兰手里，"你走，快走吧。"江兰一双泪眼不放心地望着我。"你走吧，我保证不告诉老师。"江兰走了，我心里就像这密不透风的玉米地，闷得难受。

开学后，学校分给每个同学五穗玉米，我将自己的那份悄悄放进江兰的书包。第二天，我发现书桌里有一包东西，打开一看，是红红的山楂果。我拿起一个，咬下一口，甜甜酸酸的，真好吃。江兰说："我家院子里有棵山楂树，挂满了红红的山楂果，你喜欢吃，我天天给你带。"以后，隔个几天，我的书桌里就会有包山楂果，我和江兰的交往也多了。学校每次劳动，江兰都是干得汗流浃背。每次老师表扬江兰，她都脸红红的，头低低的。

期末考试后，学校评选优秀班干部，同学推荐我，马飞不同意，说我看护学校的玉米时，偷偷烧玉米吃。我的头立刻就蒙了，大声分辩道："不是我，是江兰。"教室里霎时安静下来，大家都将目光投向江兰。江兰张大了嘴巴惊愕地望着我，忽然捂着脸，大哭着跑出教室。

我当选了优秀班干部，还因为揭发富农子女破坏集体产物的行为受到表扬。江兰没再来学校上课。许多同学都不理我，连马飞也说我是个叛徒。我心里难受极了。一天，马飞悄悄告诉我，他在东坡打鸟玩，看到江兰在割草。放学，我跑到东坡，果然是江兰在割草。"江兰，你为什么不上学了，班里同学都想着你呢。"江兰发狠地割草，脸上泪水霏霏。我真不知该说什么，就默默地看着她割草，捆草，背着沉甸甸的草捆一言不发地离去。我听说割草交到生产队可以记工分的。那几天，我凑抽空就往东坡跑，悄悄地割了一大堆草，可就是见不到江兰的面。我坐在草堆上发呆，走过来一个大脑袋男孩，说大哥哥你别再割草了，我姐姐不会要的，她已经不来这里割草了。大脑袋男孩走了，我也不知为什么委屈地号啕大哭。

一个学期很快就过去了，我父亲转业，我家就要搬回千里之外的河南老家。临别那天，班里的同学都来送行。汽车就要启动，一个大脑袋男孩气喘吁吁跑来，把一包东西塞进我的怀里，扭身就跑。我打开一看——是红红的山楂果！泪水立刻模糊了我的双眼，我探出身子向远方使劲地挥手。

转眼间，三十年过去了。我至今还怀念那红红酸酸甜甜的山楂果。

没有年代的故事

　　故事发生的年代有待考证。那一年我出生了。

　　我来到这个世界上，令我居住的小镇欣喜若狂。为控制人口的增长，全球统一实行摇号出生制。我居住的小镇已经三年没有人口出生记录，小镇的首领当初竞选曾许诺，在任期内要使人口增加一到二人，眼见任期届满，镇里人丁非但没增加，还去世了两个。镇里民众大为不满，要罢免首领。我的呱呱落地给首领带来空前的信任，支持率上升百分之三百，连任已成定局。

　　我的到来让父母高兴一阵后，便有了烦恼，我没有名字可起。因为重名引起的混乱，全球制定法律，姓名须注册，禁止重名，否则按侵犯名誉权论处。我家住在千层大厦第818楼，逢双日才能上街购物办事散散步。父亲已经去姓氏信息管理中心十几次，都是乘兴而去败兴而回，拟订的一百多个名字都没有被计算机认可。我的父亲母亲有空就坐在一起，一边逗我玩一边挖空心思给我起名。父亲说，一千年前多好哇。我翻了家谱，咱有个老祖宗叫刘建超，还是个小小说作家。不但有大名，有小名，还有十几个笔名，想用哪个用哪个。现在生个孩子起个名咋恁难。母亲说，那是啥年代，电脑资料上说那个年代的人一周工作五天，天天可以上街玩耍，多幸福啊。父亲说，可不，那时还分着国家呢，只有几个国家有登上月球的技术。娃他妈，你去火星都十几趟了吧。是嘛，现在月球上都人满为患，正组织往土星、木星移民呢。咳！父母都叹了口气。

我没有名字的事也让小镇的人操心。首领号召全镇的居民伸出援助之手，共同为我起个响当当的名字。于是一镇之星亮晶晶，东方挺立一匹孤独雄狼，天南地北横行霸道之类的起名信雪片般堆积在我家的案头。姓氏信息管理中心的主任拿着父亲交给他的一大串名字，无可奈何地摇摇头，还是不行。这些名字要么是正在使用的，要么是已被人提前注册的。主任还埋怨我父母没远见，为啥不提前就给孩子注册几个名字备用。父亲说，多少人结婚一辈子也生不了孩子。我也是结婚五十年了，谁知道生孩子这等好事会轮到我头上。主任，你给查查，有没有过世的人。按规定，人过世后，他的名字就充公了。主任说，你瞧瞧，等着使用过世人名字的孩子还有好几亿呢。有的孩子都二三十岁了，用的还是数码代号。我们生活水平高，寿命长，我一百五十岁还是个中年人。死人的名字也是远远地供不应求。我父亲急了，那我就给孩子起名叫王八蛋。主任乐了，别说王八蛋，就是大王八蛋、小王八蛋、大小王八蛋、蛋王八、八蛋王都已注册了。没办法，父亲只得给我领回个代号：待名 08 - 09 - 123 - 567 - 7474741。父亲说，这个好记，气死气死气死你。主任说，你在家里喊喊可以，外面可不行。我老婆就叫气死你。我父亲张着大嘴啥话也说不出来。

我十八岁那年终于有了真正的名字。我十八岁生日，父母问我有什么要求。我说想看二十一世纪文物展览，看看那时的人使用过的电视电话电饭煲高压锅之类。从展览馆回家的路上，发生了件意外的事。一位五十岁的少年，因家庭矛盾，身缠炸药欲行不轨。我奋不顾身扑上去，与之同归于尽。我成为人们传颂学习的榜样，小镇要为我举行隆重的追悼会。遇到的问题是我没有名字，英雄怎么能没有名字呢。姓氏信息管理中心主任说，根据规定，为了弘扬见义勇为的精神，如果英雄与不轨者同归于尽而英雄又没有名字的话，英雄可以优先使用不轨者的姓名。资料显示，这个不轨者是有姓名的。首领大喜，立刻派人张罗，我的大名第一次出现在公共场所：横七竖八不管三七二十一先生永垂不朽。我的骨灰撒进了大海，只留下镶嵌着我头像的纪念牌。母亲悲痛欲绝，捧着纪念牌痛哭："我的儿啊，我的横七竖八不管三七二十一啊……"姓氏信息管理中心主任说："妹子，不能叫。根据规定，人过世后，名字自然充公。信息显示，两分钟前这个名字已经被人所有。"我母亲立刻闭了嘴。

让你知道我是谁

我急匆匆地赶到学校时，已经错过了探望的时间，孩子上课了。

把门的老头一脸的核桃皮，熏得发黄的手指夹着劣质的香烟，面无表情地刺啦着，对我的请求毫不理会。

"老师傅，您就让我进去，看看儿子，说几句话就出来。"

老头保持原有的姿势不变，吐出一口烟，"学校有规定，过了时间谁也不行。"

"可是，我有特殊情况。我马上要出差，得十天半个月的才能回来。总得给孩子送点东西吧。"

"东西放到收发室，我会转交。"

"老师傅，你就通融通融吧，我真的有急事。"

"不是我不通融啊，学校规定很严的，我通融了你，我就会被学校开除的。现在找个事做可不容易啊。你也体谅一下我们打工的难处。"

我也就没什么好说的了。

老头拿起一张报纸，眯缝着眼睛看得很入神。

我找了个话题，"老师傅，看新闻哪。"

"噢。"老头爱答不理的。

"嘿嘿，我是报社的特约记者，您瞧，这是我的特约记者证。"

老人没接我的话茬，说，看书看个皮，读报读个题，这报纸是越来越没啥看头了。

我说："是啊是啊，报纸要是不反映老百姓关心的事，那就没人爱读。前天，市里开燃气涨价听证会，嘿嘿，就是我写的报道。您老看了没有？"

"没有看，只要涨价就听证，只要听证了就肯定涨。糊弄老百姓那。他们就特约你写那些东西啊？"

"也不是，我是什么都可以写的，比如，我就可以写这所学校的管理情况，这也是广大家长和市民关心的问题啊。我只要写就是头版头条。"

老人警觉地看了我一眼，"幸亏我刚才坚持制度没让你进入。听说记者经常化装成特务，到各单位去探底。差点让你钻空子，写我们学校管理不严，随便放入家长探望。"

老头不理我了，把报纸翻到了副刊版。

"老师傅也喜欢文学啊。副刊上也常发表我的小说啊，我的笔名是华盾。有印象吗？上周的副刊还发表了我的一篇小说，《一个女人和三个男人的那点破事》。"

老人说："我没有印象，作家我只知道有矛盾。我不喜欢文学，我是看下边的寻人启事哩。"

我的脸发热。

老头坐久了，站起身伸展双臂扭动腰身。

我说，老师傅的身体很健壮啊，年轻时是出过力气的。

老头说："年轻时就靠一把子力气吃饭。那时乡下是记工分的，壮劳力每天记10分，我多少？11分！11分，全村就我一个。"

我说："了不得。年纪大了要注意保健，多锻炼。区里有个老年健身协会，专门组织老年人的健身活动。老师傅如果想去，我一句话的事。会长是我哥们的父亲。"

老头又坐下了，"我身体没病没灾的，用不着保健。"

又碰了一鼻子灰。

老头打开了桌子上一台陈旧的黑白电视机，满是雪花点的屏幕上播放着一部扭扭捏捏的港台电视剧。

我说："老师傅还喜欢言情电视剧啊。"

老头说："不喜欢，我这电视机只能收到两个台。"

我说："电视剧都是骗人的东西。我还参加过电视剧的拍摄呢，咱市里的第一部电视电影就有我的戏。"

老头扭头看了我一眼，满脸狐疑。

我说："真的，我演路边卖西瓜的小商贩。我是咱市影视家协会的会员。"

老头伸手调到另一个台，正在重播一场足球比赛。老头又燃着一支烟，聚精会神地看起足球。

我真是着急了，说："老师傅，你就让我进去看看孩子，行不?"

老头一脸正经，没有协商的余地。足球比赛中有一方进球了，老头嘴里嘟囔着臭球。

我伸着脖子看了一眼，说："老师傅喜欢足球啊。嘿嘿，我儿子也喜欢足球。"

老头不满地看我一眼，"怎么说话哪?"

"我儿子真的喜欢足球，他还是你们学校足球队的队长。"

老头正起身子，说："你儿子叫晓峰?"

"是啊，刘晓峰。"

老头一把攥住我的手，"你就是我们学校旋风小子刘晓峰的父亲啊。你怎么不早说啊。晓峰了不得，市中学足球赛，如果不是他神勇的在伤情补时阶段连续攻进两球，我们学校哪能拿冠军啊。你快进去看看孩子吧，八班的，往前走，教学楼四楼往左第二个教室。"

老头一直把我送到教学楼前，说，以后啥时候来看孩子都中。

我真是哭笑不得，见到儿子我得踢他一脚，你以为你是谁啊?!

少年梦·青春梦·中国梦——中国故事
[刘建超] 别不把自己当回事

1970 年的回力鞋

12 岁那年我考上了县体校，学打篮球。我把消息告诉了母亲，母亲并不像我想象的那样高兴，只是说以后要多吃饭多费鞋了。父亲刚转业回到地方，需打理的事很多，我和两个弟弟正是吃饭穿衣窜个子的年纪。弟弟都是接我的旧衣服穿的，衣下摆和裤腿接了几节，虽然是一个颜色却深浅不一样。父母工资不高，每月算计着用到月末也显得手紧，还要照料在山区的奶奶叔叔，日子过得紧巴拮据。父亲倒是挺高兴，说蹦蹦跳跳对身体有好处，将来当兵或是找工作也有个一技之长。还从箱子里翻出两双新的军用胶鞋，说："本来是留给你两个弟弟穿的，你上体校刚好派上用场。"

体校的训练是很艰苦的。清晨天还没放亮，我们就开始体能训练。从体育场跑到伊河桥，再打个来回，要跑上五六公里，一身的透汗浸湿了前胸后背。随后是一个小时的分组基础技能训练，自身的体温将湿透的衣服捂干，晨练也就结束了。匆匆忙忙赶回家扒两口饭，背起书包就往学校跑。下午放学后又是两节训练课，吃过晚饭还要有训练比赛。虽然很苦很累，但年少精力充沛，也没感觉吃不消。只是鞋子费的厉害，几个月下来，一双军用胶鞋已经缝补了好几次。另一双新球鞋一直没舍得穿，要留到打比赛时用的。

体校里有个叫孬的同学，个头不高，身体条件也差。他是没有参加考试开后门进来的，因为他爸爸在县体委工作。同学们看不起他，又羡慕他，只有他穿着一双鞋帮子上印有县名的白回力牌球鞋。训练时，大家像约好了似的总踩他的脚。一堂训练课下来，孬的白球鞋就变成黄的了。课间休息时，大家都脱了鞋晾汗脚，便挨个穿上孬的回力鞋体验体验。我套上回力鞋跑了跑，蹦了蹦，才知道原来还有穿起来这么舒服的鞋。我相信我要是有这样一双鞋，我会跑得更快，跳得更高。

我渴望有一双回力鞋。我母亲在百货大楼上班，大百货组卖锅碗瓢盆。我没事的时候就去百货大楼，在卖鞋的柜台旁转来转去。一双回力鞋要6元多呢，那时我一年交的学费才6角钱。卖鞋的王阿姨看出了我的心事，对我母亲说，你儿子看中回力鞋了，给儿子拿一双，打球排场。母亲笑笑说，穿啥鞋还不能打球。我知道一双鞋的钱是好大一笔开销，母亲舍不得，我也张不开口。弟弟连我穿的军用胶鞋还没有呢。我盼着自己快长大，能到县篮球联队公家给发回力鞋。县篮球联队发的鞋也不是给个人的，只是在集训比赛时穿，球队解散球鞋还是要缴到体委。孬的爸爸就是保管这些运动衣和运动鞋的，平时县篮球队不集训，他爸爸就拿给孬穿。

上体校的第二年，一天放学，女生队的丽丽告诉大家，她妈妈说汽车站要盖车库，运砖的活可以让体校的同学干，运一顶砖给2角钱。问大家愿不愿意干。砖场距县城10多里地，而且一路慢上坡。平时我们都是看见劳改犯拉着架子车运砖，苦着呢。我见同学们有些犹豫，鼓动大家说，我们干，到时候每人可以买双像孬一样的回力鞋啊。大家的劲鼓起来了，一男一女两人拉一辆架子车，大清早就出发。一顶砖200块，一车拉一顶半千把斤重。第一趟大家还有说有唱，第二趟有的同学就受不住了，我一天拉了10趟。拉了两天，砖就运完了。算算账，我拉得最多，拿到了4元钱。我把钱交给母亲，替我存着，等攒够了钱我就买回力鞋。那天，我看到了母亲眼里的泪在闪。没过多久，母亲下班回来真给我带了一双回力鞋。我捧着鞋，就像捧着得了100分的考卷。母亲说，仓库进了老鼠，咬坏了一些商品，就减价了。我这才发现，一只鞋帮上有几个小窟窿。母亲用白线把鞋上的小洞精心的缝补好，还买了两袋刷鞋用的白鞋粉。第二天，我穿着回力鞋参加了县少年篮球赛，得了冠军。以后，只有比赛时我才穿回力鞋。我后来才知道，那双回力鞋是王阿姨整理仓库时，故意将鞋做了手脚，减价后卖给了我母亲。

我现在还珍藏着这双回力鞋。

1971 年的凤凰车

    母亲说我幼小时就不喜欢车之类的玩具。父亲给我买的玩具车，寿命都不会超过一天，不是被我摔坏就是被我拆得七零八落。我两岁时照的一张骑在三轮车上的照片就是哭着脸的，母亲说为把我按到车上还拍了我两巴掌。上了学，我对自行车却产生了浓厚的兴趣。上小学一年级时，我在收音机里听"小喇叭"节目，播音叔叔正在讲"飞虎队打冈村"的故事。说八路军组织的"飞虎队"一人骑一辆自行车，把小日本鬼子队长冈村击毙，真是八面威风。我便希望自己也能有辆自行车，将来长大当兵去"飞虎队"。

    我父亲在机场值班，每到星期六才回家来。部队家属院距机场有十几里地，所以父亲大都是骑着值班室的自行车回家。那是一辆掉了漆的老飞鸽牌的自行车，当时的年代，家里有自行车的还很少，就是这样的旧自行车也是很扎眼的。我缠着父亲要学自行车，父亲不同意，说我还太小，再说那是公家的车，万一摔坏了，影响不好。不过，父亲倒是把擦自行车的"革命工作"交给了我。我也"斗私批修，狠斗私字一闪念"，把风尘仆仆的自行车擦得一尘不染。

    家属院有个叫武的孩子，比我高两年级。武的手很巧，会用钢锯条打成的小刀雕刻木手枪。武雕刻的木手枪跟真枪一模一样。他爸爸有一支废了的驳壳枪，他就是照着这枪的尺寸和部件雕刻。部队宣传队的叔叔都相中了他刻的木手枪，排样板戏《沙家浜》时，演郭建光和一排长的叔叔就用的是武刻的木手枪。武可以不用发票到礼堂看演出，我们好羡慕哦。我从小就立志当解放军，"飞虎队"的八路军打日本鬼子也是骑着自行车拿着盒子枪哩，我多想也能有一把盒子枪啊。为了能得到武刻的盒子枪，我不断地找机会接近武，想方设法讨好他，甚至不惜把辛苦积攒的五张"大中华"烟盒送给他。他收了我的烟盒，答应给我刻一支小一点的盒子枪。我连连点头，"行啊行啊。"武又说："不过你得把你爸的自行车推出来让我骑骑。"我说，那是公家的，我爸都不让我骑。武牛气的一撇嘴，"那就算了。"我立即就妥协了，说那行，就10分钟，不能摔倒。武说："行，我会骑，向毛主席保证摔不倒。"武果然会骑自行车，还会载人。他载着我围着家属院转了好几圈，还让我玩了盒子枪。以后，每回我父亲回来，我都偷偷的把自行车推出去，让武过过瘾，慢慢地我也学会了骑自行车。每次问他给我刻的盒子枪，他不是说已经刻了枪管了，就是刻到枪把了，再不就是木料不好，刻断了。终于有一次，父亲接到通知要赶到值班室，却找不到自行车。当我满头大汗的推车进门，迎接我的是一记耳光。父亲再回家，自行车总是上着锁。我找到武说了原因，武不在乎，说反正有人给他自行车骑了。原来我班军的父亲骑回了一辆"凤凰"车，答应给武骑，武说要给军刻一支盒子枪。我这才明白，武是怕我有了枪就不给他车骑了，所以就一直用枪吊我的胃口。那天放学，我把武堵在草坡上，狠狠地揍了他一顿。第二年，父亲就转业了。

上初中时，学校组织学生拉练到龙门山。学校要挑选10名同学组成先遣队，在队伍前面侦察开路，还负责帮助疲惫的女同学驮背包。到先遣队的条件是必须有一辆自行车。我家里没有自行车，但我还是报了名。回到家，我把参加拉练先遣队的事告诉了母亲。母亲很支持，还答应帮我借自行车。那天，母亲真的借回了一辆新的"凤凰"自行车。原来，母亲帮助一位邻居腌了一上午酸菜，就为给我借一天的自行车。我兴高采烈地骑着自行车飞奔到学校，偏偏天公不作美，淅淅沥沥的下起了雨，拉练计划被迫推迟。我失望又沮丧，无精打采的回到家。母亲安慰我说，别着急，到时候咱再借嘛。过了几天，拉练开始，我到处借不到自行车。家有"凤凰"车的邻居说有个亲戚结婚，把自行车借走了。队伍就要集合，我急得都要哭了。母亲气喘吁吁地推着一辆除了铃不响剩下哪都响的自行车赶来了。母亲说是跟单位看门的老牛头借的，老牛头家住在农村，每天要骑车回家。母亲给了老牛头5角钱，让他乘公共汽车。我骑着那辆破自行车参加了先遣队，返回的路上，不断地有走不动的女同学把背包交给先遣队的同学。尤其是骑"凤凰"车的同学，车上背包都挂满了，骑着车摇头晃脑神气得跟李向阳似的。我的车上却空空荡荡，没有女同学往我的车上放背包，我心里失落得发酸。班里的洋洋看出了我的窘境，我也知道她能够坚持到学校，她还是说："班长，我背不动了，帮我带一下背包。"我带着洋洋的一只背包回到学校，完成了我的先遣队任务。那时我就发誓，长大后我一定要买一辆"凤凰"自行车。

参加工作后，我攒了半年的工资，买回了一辆崭新的"凤凰"自行车。我载着女朋友洋洋绕着县城转了一圈，又转了一圈。

1973 年的故事

    汪霞老师会讲故事。1973 年，我上五年级，那个年月的学生是不太注重学习的。我是班长，又是班里调皮蛋的头头，哪个老师对我们管教的严，我就组织几个调皮蛋在课堂上搞小动作，气老师。半个学期，我们班气走了 5 个班主任。学校的老师都说，不怕天，不怕地，就怕去教 5 年级。汪霞老师来了。我还清楚地记得，那是秋天的午后，上课铃响了好久，我们班还没有老师来上课。大家就开始打闹，乱哄哄中谁也没有注意到，讲台上站立了一位老师。

    汪霞老师就在讲台上静静地站着。午后的阳光从门口探进头，悄悄地拥在汪老师的身边，阳光里的汪老师脸上挂着甜甜的微笑。教室里忽然安静下来，同学都等着看上去像个大姐姐似的汪老师痛批我们。

    汪霞老师说话的声音特别好听，她说："我是新来的班主任。今天这堂课，我想给同学们讲故事，好不好？"不上课，听故事，大家当然愿意。汪老师给我们讲起小人国的故事。那个年代报纸广播里讲的故事都是先进人物的思想汇报，干吧无味。汪老师的故事一下就吸引住了同学。在一个城市里住着一群只有长豆角那么高的人，他们善良友好。有个叫小无知的孩子，不爱学习，闹出了许多的笑话。不知不觉，下课的铃声响了。汪老师说："小无知的故事还很长，今天我们就先讲到这里。我知道，大家都不会希望自己成为小无知的，所以我们要好好学习，多掌握文化知识。"

汪老师的故事，很快就瓦解了我们几个调皮蛋联盟，他们一个一个都叛变了。我再出个气老师的主意已经没有人响应了。一天下午，我去老师办公室补交作业，汪老师不在。我随意地拉开汪老师办公桌的抽屉，抽屉里放着一本书——《小无知和他的朋友历险记》。原来，汪老师讲的故事就是从这本书里看到的。我悄悄地把书塞进我的书包，跑出了办公室。回到家里，我打开书，立即被书中的故事吸引住了，仿佛在我眼前打开了一片新的世界。晚上，我钻进被窝才意识到，我偷走了汪老师的书，她以后怎么给同学讲故事？

第二天上课，我的心七上八下的，把头垂得很低。汪老师并没有提起书的事。下课了，同学又围着汪老师要听故事。汪老师说："我已经讲了不少小无知的故事了，我要考考你们的记忆力。大家挨着讲小无知的故事，一人讲一段。"汪老师对我说："你是班长，他们谁讲错了，你帮着纠正，好吗？"大家开始复述故事，从小无知要学习作诗，讲到小无知要学音乐，讲到小无知要当画家，一个个手舞足蹈的，仿佛都变成了小无知的伙伴。但是，大亚把故事讲错了，我就纠正他。大亚不服气，和我争辩起来。我一气之下说道："书上就是这么说的，你还犟个啥？"大亚说："你咋知道书上是这样说的？"我的脸腾得一下红了，张着嘴没话说。汪老师美丽的大眼睛和善地望着我，说："班长说得对。小无知的故事还很多，老师以后就把小无知的故事交给班长了，班长讲故事比老师讲得还好呢，是吧？"

为了讲好小无知的故事，我开始认真发奋的阅读，翻着学生字典，把一段一段的故事读过来读过去，不仅把故事背得滚瓜烂熟，书中那些可爱的人物形象也在我脑海里活蹦乱跳的长大了。我尝到了读书的快乐，从那时起，萌发了我长大也要当个作家的念头。在一次作文课上，老师留下的题目是"我的理想"。奇怪了，我平常遇到作文课就烦，那次我的小脑袋里却塞满了要说的话。而且我大胆地写道，长大我要当作家。老师在我的作文后面打了个大大的"优"字，并把我的作文在全班朗诵。放学后，我又悄悄地溜进汪老师的办公室，把《小无知和他的朋友历险记》放回到汪老师的抽屉里。

期末考试，我们班的成绩提高了一大截，那些被我们气走的老师都觉得不可思议。新学期开学时，我们却没有见到汪老师。校长说，汪老师已经随着丈夫转业调走了。全班同学趴在桌子上号啕大哭，课都上不成。校长给我一个纸包，说是汪老师留给我的。我打开纸包，里面是那本《小无知和他的朋友历险记》，书的扉页上还写着一句话：讲好故事，做好人。

30 多年过去了，那本书已经被我翻看的陈旧破烂了。我不知道自己能不能讲好故事，但是我知道自己一定能做个好人。

1975 年的辫子

1975 年暑假，学校文艺宣传队里来了一位新同学，叫荷花。

那天，王老师把荷花带进排练室，大家都有点发愣。荷花不但长得好看，还梳着一条又黑又粗漫过腰的大长辫子。当时的年月，要破四旧，立四新，女同学都是短发"革命头"，扎两根小辫也是长不过肩。荷花留着"四旧"的长辫子，还敢到宣传队里来炫耀。就如平静的湖水里丢进了一颗炸弹，宣传队里乱了套。

荷花的长辫子特吸引我们男生，排练休息的时候，"李玉和""郭建光""胡传魁"都爱围着荷花转。演李铁梅的马丫心里不舒服了。马丫是宣传队里的台柱子，只要排节目，马丫就是当然的女主角，被老师和同学宠得跟公主似的。马丫走路头仰得高高的，很少跟我们搭腔。马丫长得也好看，就是头发又黄又稀，演出时得接上个黑黑的假辫子，上黄下黑，我们都叫她"二合一"。马丫对荷花那条大长辫子很嫉妒，更看不惯我们围在荷花屁股后面转的臭德行。马丫找到驻校的"贫农代表"雷大爷，告状说荷花留长辫子是资产阶级"小情调"，是封资修的"黑货"。雷大爷十分重视这个阶级斗争的"新动向"。他找到王老师谈话，要校宣传队引起"高度重视"，把留长辫子的问题列入议事日程，不能让这种"小资产阶级"的思想自由泛滥。

王老师十分为难，对我说："你是宣传队长，你找荷花同学谈谈吧"。

　　我心里也很不情愿，可这是"革命任务"，必须完成。那天排练结束后，我和荷花一起回家。荷花很高兴，一路甩着辫子唱着歌。我就开始和她聊辫子，说留个长辫子洗头不方便，还浪费肥皂，剪短了算了。荷花吃惊地望着我，把辫子护在胸前，说剪不得，剪不得啊。荷花和我讲了她梳长辫子的原因。荷花的妈妈生下荷花不久，得了场重病，双目失明。荷花的爸爸当兵在外地，荷花是在妈妈的爱心拉扯下长大的。荷花的妈妈每天都为她梳头扎辫子，荷花说，妈妈给自己梳头扎辫子时，是妈妈最快乐的事。妈妈给荷花扎辫子成了对女儿爱的一种寄托。如果荷花把辫子剪掉了，她妈妈还不知会怎么难过呢。怎么办？我和荷花坐在小河边，望着清凌凌的河水发呆。到了荷花家，我对荷花的妈妈说："阿姨，你能不能把荷花的辫子变得短一些。"荷花妈妈笑着说："多短才行啊？"我说，反正不属于"小资产阶级"就行。荷花妈妈依然笑着说："行啊，我把荷花的辫子盘起来就好了。"

　　第二天，荷花来到学校，粗黑的辫子盘在脑后，嗬，像盘着一朵荷花，更好看更漂亮了。马丫又去告状，说有人把资产阶级的尾巴盘在头顶上是何居心。那天正好排练一首歌曲"从北京到边疆，革命红旗迎风飘扬"。我有了主意，建议把这首歌编成舞蹈，大家化妆成各民族的小朋友，荷花可以化妆成新疆小姑娘，把粗辫子分成十一根小辫子。因宣传需要，辫子自然剪不得。王老师高兴地拍拍我的头，说："就你会耍小聪明"。荷花的脸上也露出了甜甜的笑容。

　　好事多磨。不久，学校就接到通知，要参加县里的汇演，各学校代表队只能演"革命样板戏"，其余节目都停排。歌曲舞蹈不能排了，荷花的辫子问题又提到"议事日程"上来了。雷大爷给一周的时间让荷花反省反省，要么离开宣传队，要么剪掉辫子。还说"咱无产阶级的娃，不能扎资产阶级的辫"。荷花哭了，哭得特别伤心，她说她舍不得离开宣传队，把辫子剪掉算了。几天后，学校组织预演，取得"革命胜利"的马丫得意洋洋地故意让我看看她的假辫子扎得紧不紧。忽然一个念头在我心中闪过，我用手将"二合一"的假辫子往下捋了捋说:"扎结实了"。演出开始,当演到《红灯记》选段"仇恨入心要发芽"时,情况出现了,马丫把那根"二合一"的假辫子给拽掉了。台下同学都笑了,说还是人家马丫的阶级感情深,连辫子都给拽断了。马丫捧着"二合一"的辫子坐在台上号啕大哭。

宣传队开了"斗私批修"会,王老师作了检讨,马丫作了自我批评。我是队长,也因把关不严,作了深刻的"思想解剖"。我提出建议,为了防止以后出现此类事情,应该从根本上解决问题。比如,"李铁梅"就可以让荷花同学演,她那根大长辫子就是"仇恨入心"一百次也拽不下来,马丫同学可以演不扎辫子的英雄人物,比如"阿庆嫂"。大家都鼓掌赞同,特别是男同学把手都拍红了。"贫农代表"雷大爷也不住点头。从此,再也没人对荷花的辫子说三道四了,谁敢去剪掉革命英雄"李铁梅"的辫子呀。

10 年后,我在部队当兵时,收到荷花寄来的信,还附有一张她扎着长辫子的照片。信上说,她就要当新娘了,要剪掉长辫烫个漂亮的发型,这照片是留作纪念的。她说,这辫子虽然剪了,但我为她保护辫子的故事她是不会忘记的。是的,我也不会忘记。

羡

一间病房里住着两个女人。

略显白胖的女人看上去就是养尊处优经过大场面的人，言谈举止间有着一股说不清摸不透的派。瘦女人是刚住进来的，医院床位紧，况且还是干部病房。是胖女人住着寂寞，要求住个伴，得比她年纪大、病也比她重些的。瘦女人知道自己是沾了胖女人的光，很感激的对胖女人笑了笑。

来病房探望胖女人的人很多。上午医生查完房，护士刚刚给打上点滴，就有人拎着大包小包来看望胖女人。胖女人对来探望的人大都爱答不理，有一句没一句搭讪着不冷不热的话。来探望的人却极热心，几乎都关照医生护士要精心治疗护理。这些人离开的方式也近乎一致，手机一响，不是有会议就是有项紧急公务需他回去处理，一边说着安慰的话，一边匆匆离去。有时来探望的人多，便挤坐在瘦女人的床边。瘦女人总是往里挪挪，尽量腾出些地方。胖女人觉得过意不去，瘦女人善解人意微微一笑。胖女人说，原打算住院能清静些呢。瘦女人说："你的工作重要啊。"胖女人不屑地说："哪是我的工作，都是冲我老公来的。你说人家来看你吧，平日就没个来往。来了挺尴尬，不来吧又说不过去。这种例行公事的应酬，没有更好。"瘦女人宽慰她说："也是你的人缘好哇，病了没人探心里也不是个滋味。"胖女人露出笑容，"那我是身在福中不知福喽。"

瘦女人倒是挺清闲，几天中只有她的丈夫每天下午来坐一会。俩人悄悄地说着话，说到开心处俩人捂着嘴悄悄地笑。男人的手始终握着瘦女人的手不松开。男人走后，瘦女人会闭上眼睛，好像还在愉悦中徜徉。睁开眼睛，便对胖女人笑一笑，笑容里还夹着一丝少女般的羞涩。

胖女人眼中流露着羡慕，瞧你们多好，还像一对年轻恋人。瘦女人说："当教师的，嘴还行。我就是被他那两片嘴骗上贼船。""你俩是教师？"瘦女人点点头，市八中的。胖女人兴奋地说："我也是八中的校友啊。"瘦女人仔细端详着胖女人，"你是不是低我两届的小铁梅呀？那次汇演你把假辫子给捋下来，还随机应变唱打不尽豺狼绝不把辫子留长。"胖女人笑了，"那你是——"瘦女人捋捋额前发丝，"认不出来吧，我给你们报过幕。"胖女人吃了一惊，"你是被称为八中校花的靓靓?!你怎么变得……变化太大了。"瘦女人说："变老了变丑喽。这就是生活啊。"胖女人说："当时好多男生追你，高年纪低年级的都有，我们演出队的女生嫉妒得背后没少咒你呢。"瘦女人笑出声，"现在我是扔在大街上也没人要喽。身体也不行了，说倒下就躺进医院。小铁梅，你还好吧，听说我住进这病房还是沾了你的光。"胖女人摇摇头，"怎么说呢，生活是无忧无虑。男人是当地的父母官，别人都羡慕呢，我却越来越觉得寂寞无聊。我住院就是赌气，想让他来陪陪我。他只是头天转了一圈，听医生说没啥病，这些天就见不到他。"瘦女人宽慰她，"管着几百万人的吃喝拉撒，忙呗。"胖女人甩出一句，"他有花花肠子了。"俩女人住了嘴。

探望胖女人的人一天比一天多，各类礼品慰问品以及鲜花堆满了大半间屋。瘦女人还是只有他的干巴丈夫每天下午来陪陪她。

阳光明媚的上午，病房里显出一缕温馨。忽然，门外涌进一群欢蹦乱跳的学生，吵吵嚷嚷围在瘦女人床边。"老师，你住院怎么不告诉我们。我们是悄悄地跟着肖老师才找到这儿的。""大虎，你爸在这当院长，老师住院你都不知道，该罚。"孩子说着笑着闹着。叫大虎的孩子挥挥手，"老师，今天我们代表全班同学要组织一次阳光行动。同学们，阳光行动开始。"孩子们欢呼雀跃着，把瘦女人的床抬起来。瘦女人说："同学们，别闹，这是医院。"大虎说："我跟我爸说好了，他同意。老师，你一个星期没下床了，我们陪你去沐浴阳光。"孩子们抬着床像一群快乐的小鸟飞翔。瘦女人幸福地笑着，脸上却挂着晶莹的泪珠。

胖女人看着瘦女人空空的床位，心里也空荡荡的，羡慕的眼神望着离去的孩子们。忽然，胖女人掀去身上的被子，起身下床，她也要去晒晒太阳。

沉重的抉择

　　牛健要出巨资在母校设立奖励基金的消息旋风一般扫过整座城市。牛健何许人也？花城市民营首富，资金数亿。有不认识市长的，绝少有不认识牛健的。刚刚在滨河两岸竣工开盘的滨河花园，是全市最风光最金贵的地段，上万套现房一个月就销售一空。牛健若是打个喷嚏，花城市就会感冒。

　　牛健怎么想起给母校投资了？我知道，牛健是历来忌讳提起母校的。牛健长得和他的名字一样健壮，上初中上高中，几次都差点被劝退学。班主任只要教导我们要好好学习，就会说不要像个别同学四肢发达头脑简单，简单得只知道零，连一都不会。同学的目光就不由自主地扫向牛健，牛健的头就会埋进裤裆里。每次考试，牛健都会像从刑场上下来一般痛苦无比。我和牛健同桌，自然在考试时会照顾他一把。牛健特有自知之明，我把卷子放开了让他看，他也只是抄到自己掂量着及格拉倒。我特喜欢牛健这一点。

　　牛健也有风光的时候。每年的运动会是牛健大出风头的日子。男子百米，牛健是场场第一，学校和县里的百米纪录都是牛健创下的，12秒。跳远也是牛健的看家本事，5米55的成绩也是一骥绝尘，无人能敌。牛健穿着运动服，把两只跑鞋挂在肩膀上，走起路腰部以上都在左摇右晃。那是牛健得到赞许目光最多的好日子。佳期过后，牛健就又回到"四肢发达，头脑简单"的苦闷日子里了。牛健毕业就出去闯荡了，我是削尖了脑袋往大学里扎。等我大学毕业，费死劲找到个安身之所，牛健已经是市里有名气的企业家了。

母校要为牛健组织了个隆重的捐赠仪式，牛健非要拉上我一起去。坐在牛健豪华的轿车里，我问牛健："你小子怎么想起给母校设立基金了，一定是有啥目的吧？"牛健抚摸着自己的大脑袋，嘿嘿地笑，"我能有啥目的啊。我一针点穴，你是不是算计着母校那块操场了？"牛健说："啥事都瞒不过你。我盯着那块地好久了，走，一起去看看。"

学校的操场位于伊河滩旁边，我们上学时，还属于偏远地界。近几年县城的迅猛扩展，已经把远方的学校和钢筋水泥建筑拉扯得越来越近了。操场显然是长久失修，杂草丛生，还堆有建筑垃圾。几个歪歪斜斜的球篮垂头丧气地提醒人们它曾经有过的辉煌。牛健在坑坑洼洼的跑道上做了个起跑的姿势，然后直起身，拍拍手说，这里将矗立起县城最大的花园住宅群，走吧。

锣鼓喧天，铜号齐鸣，学生列队像欢迎外国元首一般。校长把我们一群人引到了学校的荣誉室参观，在荣誉室最醒目的位置上，竟然摆放的是牛健的巨幅照片。那是当年牛健获得百米冠军时的照片，真不知学校从哪里找到的，连牛健自己都没有见到过。照片的墙上张贴着牛健当年创下的百米和跳远成绩。牛健饶有兴趣地看着，说："哈哈，我当年的纪录还没有人打破啊，都十多年了吧。"校长说，整整 16 年喽。牛健用手在图表上查着，说："怎么一年比一年慢啊。不会吧？去年的百米成绩才 14 秒 8 啊？我现在跑也比这速度快啊。"我细数数，我们那一届保持的 22 项学校纪录，没有一项被刷新的。牛健看看院子里的学生，说："现在的学生生活条件好，营养又丰富，个头也比我们上学的时候高大，怎么离纪录越来越远了呢？"

校长说："现在的学上个头体重都增加了，可是，身体素质是越来越下降了。我们体育老师上体育课，带着他们围着操场跑 3 圈就会躺倒一片。

现在孩子们都金贵啊，像标枪、铅球、单双杠项目已经都取消了。你的纪录能够保持16年，这是我们学校的骄傲啊。"

牛健说："我有什么值得学校骄傲的，我上学时，考试成绩从来没有过70分，就这还是抄我同桌的呢。"

校长说："所有您要设立奖学金，奖励考上重点大学的学生。精神可嘉啊。学生都集中好了，请牛总给孩子们讲讲话。"

牛健站在台子上，面对着黑压压的人群，一时讲不出话来。校长就带头鼓掌，说牛总回到母校太激动了。

牛健开始讲自己上学的故事，讲自己破纪录的故事。不到5分钟，学生中就有人晕倒了。接着，就不时地有学生躺倒。

牛健激动了，"同学们，你们这样的身体素质，将来怎么到社会上去打拼。我决定了，由我公司出资重新修建学校操场，建成设施一流功能齐全的全天候体育锻炼中心。我公司要拿出五百万在学校设立破纪录奖励基金，专门奖励打破学校运动会纪录的同学。我的话完了。"

少顷，沉默。霎时，掌声如雷。

回去的路上，我又看到牛健从刑场上下来一般痛苦无比的表情。

小不点与大块头

小不点长得干巴精瘦。队长把他往大块头跟前一推，"他就编在你的组里了。"

大块头瞪起眼，"唉，队长。我们是计件吃饭，不能要光吃饭不干活的啊。"

队长眼瞪得比大块头还圆，"这队上干活你说了算还是我说了算?"

大块头伸伸脖子，咽了口吐沫。

小不点直着腰板说："组长，我能干活!"

"能干你个头!"大块头两手抓住小不点的腰，把小不点举过头顶放了出去，小不点像块砖扎到 2 米远的沙堆上。组里的弟兄见小不点满脸沙土的模样，禁不住哈哈大笑。

小不点扑啦扑啦脸上的沙粒，笑着说："组长，你给我下马威呢。"

大块头脸上有了一丝笑容，"好啦，干活吧。"

队里的活起早贪黑，星星还没隐去，城市里晨练的人刚开始活动腿脚，队里就上工了。除了吃饭撒尿的时间，手里的活是不能停的。大块头派活是挺照顾小不点的，大块头派给小不点的活大都是零打碎敲，太出力的活从不叫小不点干。组里有人提意见，大块头脖子一拧，"咋，不愿意?滚!"小不点每天起得早，烧热了水给大伙洗脸刷牙。晚上收工吃完饭，大块头就带着大伙到热闹的市中心转悠，看看穿着时髦的姑娘小姐，评价几句过过嘴瘾。有时去看一些草台班子的廉价演出，节目咋样不知道，反正小姐穿得挺少。回到工地，大伙就兴奋得睡不着。大伙外出时，大块头总是留下小不点看门，小不点就乖乖的老老实实在家看门。只是有一天晚上，大块头带着大伙去看一个"草裙歌舞团"的演出，小不点也要去体育馆看全国散打冠军邀请赛。大块头捏着小不点的两只胳臂，"好好看门，不然我把你给打散了！"小不点像个玩具娃娃一般摔在草铺上。大伙嘻嘻哈哈走了。小不点还是跑去看了场比赛，回来就挨了大块头一巴掌。破烂的工棚还真的被小偷光顾了，好在没有啥值钱的东西。只有马大个子甩着哭腔说包袱丢了，里面有女朋友的照片。大块头冲着马大个子踢了一脚，"装你奶奶个熊，谁不知道那是韩国的女歌星。"马大个子揉着屁股，"那也是人家的梦中情人嘛。"

　　过了腊月二十三，工地就放假了。大伙收拾东西回家过年了，工地上就留下大块头和小不点看场。热闹的工地如冰冻了一般冷清，天一擦黑，俩人就钻进屋里，守着台破旧的黑白电视机消磨时光。屋外寒风狂吼，像迪厅里声嘶力竭的呐喊；风中夹带着零星的雪花，如呐喊中喷出的口水。大块头被尿折磨的受不了，才裹着棉衣往屋外跑。材料库门口，大块头看见有人在往一辆工具车上盘钢筋。大块头摸到跟前，吼了一声："干什么？找死啊！"三个家伙并不惊慌，掏出亮闪闪的刀子围住了大块头。大块头腿就软了，说："你们也不能太过分。"几个家伙把东西装上车，正待走，小不点不知从哪跳了出来，"站住！"大块头连忙拉住小不点，"算了，他们走了咱报案。"小不点的话在狂风中斩钉截铁，"东西放下，人也别走。"几个家伙挥着刀扑向小不点，大块头痛苦地闭上眼睛。厮打嚎叫金属撞击冲击着大块头的耳鼓，大块头感觉到小不点已被他们揉成了碎片，"小不点啊小不点，好汉不吃眼前亏啊，你这是逞的那门子能啊！""组长，快，帮帮忙！"小不点的喊叫声呼开了大块头的眼睛，三个家伙龇牙咧嘴的倒在地上。大块头拿了绳子把几个家伙像捆猪一样扎了个结实，向派出所报了案。民警做完了笔录，盯着小不点说："我怎么看你眼熟啊，你是不是参加过省运动会，散打拿过名次啊。"小不点摆摆手，"你认错人了。"

　　大块头雪夜擒歹徒的故事在队里越传越神奇。队里开表彰会，给大块头披红戴花，还发了两千元现金。小不点和伙伴噼里啪啦地使劲拍巴掌，手掌都拍红了。

怀念一只被嘲笑的鸟

　　它的后半生是在大家的嘲笑中自卑羞惭地度过的。在鸟的天堂里，不容许给它这样行径卑劣的鸟分配一席之地。鸟们都不知道它的名字，当然，鸟们也不必知道它的名字，也许它根本就没有名字，它是不配有名字的。

　　它和它的家族生活在茫茫的亚马孙热带丛林。它们生活得很快乐，尽管它们身体很小，总是受到许多比它们大的家伙们的欺负和袭击，但是，它们很勇敢，很倔强，很团结，它们有着共同的信仰——勇往直前。当它们受到袭击时，它们会在瞬间聚集起成千上万的庞大群体，对侵略者发起攻击。再庞大的动物也经不起成千上万只尖利如刀的长嘴的叮啄，攻击者先是眼睛被啄瞎，接着皮肉被撕开，最后只留下一推令人生畏的白骨，而且是一具干干净净的白骨，不残留一丝的血肉。它们当然也遭受到对手的顽强反击，但是它们的家族早就告诫它们，后退就会死亡，谁畏缩，谁后退就会遭到同伴的围攻，顷刻间，也会化作一副白骨。

　　它出生时，它的家族已经非常的强悍了。在亚马孙热带丛里，没有它的家族不敢吃的动物，没有哪个庞然大物没有遭受到它们的攻击。大家把它们称作一群"疯鸟"。它刚刚展翅在空中划出第一道优美的弧线时，母亲就教它去进攻。初生的它毫无畏惧的扑向体积大于自己 10 倍的大鸟，大鸟只扇了一下翅膀，就把它推掉到山石上，摔疼的它觉得头顶忽然聚居了一片乌云，顷刻间一具白花花的鸟骨头散落在它的身旁。它的母亲告诉它，这是它第一次勇敢出击的战利品。母亲告诉它，在它的家族里只有前进，没有后退，要它发誓去维护家族的荣誉。

它很勇敢，跟在成年鸟群中，它的进攻也毫不逊色。它总是会把握住最佳时机，迅雷闪电般冲向对手的眼睛，把尖利的长嘴刺进各式各样的玻璃球体内，然后长啸离开。多少次主动或被动的战争，它总是攻击队中的佼佼者，它在逐步地建立起自己的威信。鸟王已经老了，而他却是风华正茂。有多次的战役鸟王都委托给它来指挥，它的勇猛、它的智慧得到了淋漓尽致地发挥。它们的家族空前的繁荣和强盛，即便是虎豹豺狼也要对它们退避三舍，它们成了亚马孙真正的丛林之王。鸟王非常欣赏和器重它的勇敢，它也享受着优先进入花丛饱餐蜂蜜的待遇，在它们的世界里，鸟王不吃饱喝足甘甜芳香的蜂蜜，其他鸟是不能越过雷池一步的。

如果不是因为后来的变故，它是理所当然地要登上鸟王的宝座，享受臣民千呼万颂的拥戴的。

变故源于一场火山大爆发。只是顷刻间的事情，寂静的山口，突然间发出怒吼，喷发的红色岩浆竖起几百米高的火柱，像一条火龙扑向茫茫丛林。火龙所到之处便是火的汪洋，清澈的河水开始翻滚，成片的森林被火海吞噬。

鸟们愤怒了，它们容不得自己的家园被外来者侵蚀，它们不允许自己辛辛苦苦打下的领地被红魔霸占。它们开始向熊熊的烈火开战。

它指挥着一群一群的战士扑向火海，但是它们找不到对手的眼睛，摸不着对手的身体，对手好像只有一张大大的嘴，把它的同伴毫不留情地吃掉。它们继续攻击，它们的数量多的遮住了天日，然而，只是顷刻间就化为灰烬。它不明白发生了什么，但是它明白，再多的同伴攻进去也是无济于事。

它命令停止了攻击。但是，对手并没有因为它们的退让而减弱自己的攻势，依然快速迅猛地吞噬它们赖以生存的家园。

鸟王出现了，尽管鸟王已经老态龙钟，但是鸟王的威望还在。鸟王怒斥它为何停止了攻击。它告诉鸟王，家族已经损失大半，对手却依然强大，这样抗争下去，有可能会灭掉它们整个家族。鸟王依然吹响了进攻的号角，一群一群的鸟儿在前进的号角中葬身火海。

　　鸟王亲自率领最后的部落开始进攻，前行中的它犹豫了，忽然，它扇动翅膀向后退着飞行，它发现原来它们还有倒退着飞行的功能。鸟王看到了它的行动，大声呵斥它，并命令家族对它实施围攻，但是，没有鸟响应鸟王的命令，它们都像它一样，开始倒退着飞行。只有鸟王无奈地干吼一声，冲入了火海。

　　倒退，让它和它的家族避免了灭顶之灾。它们明白了，进攻是为了生存，后退也可以生存。它们延续了种族的生命。它们不再疯狂地进攻其他动物，它们可以用倒着飞行的技术躲过敌人的袭击，它们成为所有靠翅膀飞翔的鸟类中，唯一可以倒着飞行的鸟。它们的性情变得温和，它们觉得光吸食蜂蜜就足以保证家族的繁衍。大家称它们为蜂鸟。

　　它后来始终被家族嘲笑，毕竟它是第一个退却的胆小鬼。

　　我听说了这个故事，十分怀念被嘲笑的那只蜂鸟。

海边，一位老人

新兵两手托着下巴，撅着屁股趴在窗口，不大的眼睛专注地盯着窗外的海滩。

正是中午时分，蓝色的大海像淘气耍累了的孩子，静静地依偎着金色的沙滩小憩。几只悠闲的海鸥潇洒地在海面的天空中舞着芭蕾样的舞蹈，给寂静的海面点缀了几笔跳动的音符。

缓缓的海涛声又勾得新兵后背发痒："班长，游泳训练不搞喽？"

班长抱着一本书头也没抬："不是不搞，是推迟。"

新兵："为啥子嘛？人家刚刚学会。"

班长："肯定是要来首长了。"

新兵兴奋地转过身："班长，是啥首长，师首长？"

班长："大。"

新兵："那是军首长喽？我还没见过师首长呢。"

班长甩过一句："新兵蛋子。"便埋头看书，不再搭理。

新兵又返身扒在了窗口上，两只眼贪婪地舔着海滩。

海滩上有了走动的身影。

新兵瞪大了眼睛，忽然激动地高叫起来："班长，班长，我看见首长了。大首长啊。"

班长被新兵的喊声惊了一下，呵道："咋呼啥？"

新兵激动的脸发红："班长，是他老人家，我们改革开放的总设计师啊。"

班长放下手中的书，扒在新兵旁边。

海边，一位饱经风霜的老人，精神矍铄神态坦然地伫立在岸边，遥望着海天一色的大海尽头。

老人到来的消息如轻柔的海风吹拂遍海滨，人们聚集在浴场的围墙外。

老人弯下腰掬了两捧水，缓缓地拍打着胸臂，准备下水。他转过身，看到了围墙外的人群。老人问："该是战士游泳训练的时间喽。"老人身边的人说，为了安全，训练时间推迟了。

老人笑了："要不得，大家一起来嘛。"

老人身边的人向围墙外的人们挥挥手："首长让大家一起来。"

"噢"一片欢呼，人们雀跃着涌进海滩，围在老人身旁，问候祝福。

老人微笑着向大家挥手："我们一起去问候大海吧。"

大家和老人一起游进蓝色的海洋，有的人就穿着长衣裤也跟着扑进了水里。

新兵有些着急，"狗刨式"扑腾到前边，他看清了眼前充满传奇经历的老人，情不自禁地喊了声："首长好！"

老人自如地徜徉在海浪中，对新兵微微地笑了。

新兵心潮澎湃，激动得忘了在水中，笔直的敬了个军礼，人便没入水里。班长扯住新兵的胳膊，瞪了他一眼。

老人问，是新兵吧？

报告首长，已经入伍8个月。

是刚学会游泳？

报告首长，已经学会一个星期。

你是水兵，不能当旱鸭子噢。

报告首长，是！

游泳不要怕呛水，熟悉了水性，你就会驾驭它喽。

报告首长，是！

新兵说："这是我的班长，我跟班长学游泳，要 1000 米达标。"

老人换了个泳姿："班长是军中之母，班长也是军中之父。当好班长也不简单喽。"

班长一脸庄重："是，首长，我一定要当个好班长！"

海水渐渐涌起了波浪。老人在海浪中依然从容自若，谈笑风生。

游到岸边，海风微吹，有了一丝凉意。老人不用人搀扶，健步走在柔软的沙滩上。

岸边，幼儿园的孩子们站成两排，拍着手喊着："邓爷爷好，邓爷爷好。"

老人眼中放出慈祥的目光，他同夫人一起走到孩子中间，轻轻抚摸着孩子红红的脸蛋，对幼儿园的老师说："孩子是我们的未来和希望，你们的工作是缔造未来的工作，谢谢你们。"老人和孩子一同合影，站好位置，老人忽然弯下腰，从一个男孩子的小脚丫旁捡起了几个小石子，他和蔼的摸着孩子的头："不要硌着喽。"

老人在人们的簇拥下上了车，向大家挥挥手离去。没有众车相随，也没有警车开道。

新兵望着远去的车影，对班长说："首长就这样走喽。我好像还在做梦噢。"

班长："怎么，还能带上你？"

新兵说："我那家乡在山区，我们县长去我乡下还有公安局的警车开道，老百姓靠近不得。"

新兵忽然想起了什么，转身又回到沙滩上，弯着腰仔细的捡着石子。大家不约而同的纷纷回到沙滩上捡起石子来。

第二天的晌午，海滩早早地就聚满了人，等待着同老人一起畅游的快乐。太阳火辣辣的针刺着人们裸露着的皮肤。

老人到来了，人群中一片欢呼声和掌声。

"邓爷爷好，邓爷爷好。"幼儿园的小朋友又在列队欢迎，他们每人手中多了一条飘舞的红绸。

刚趟进水边的老人忽然停住了，搭起手望望天空，同夫人一起走到孩子们身边。老人对老师说，天热，别晒坏了娃娃，别晒坏了娃娃。

老人看着老师带着孩子们离去，才若有所思的走向海边。

第三天，海滩上还是人头攒动。最显眼的是幼儿园的孩子更多了，腰上还挎着小腰鼓。老师在不停地给孩子说着注意事项，指挥着孩子演练，孩子的小脸上挂着汗珠。

老人没有来，带来的消息是老人已经离开本地了。

新兵问班长："班长，不是说首长要来一周吗？"

班长指着沙滩上的孩子说："还不明白啊，心痛孩子。游泳训练，现在开始！"

"是！"新兵和班长一同扑进大海。

当上了营长的新兵，闲暇时，总爱支撑着下巴趴在窗口。他对老班长说："政委，我好像总能看到海边站着一位老人。"

老班长说："我也是。"

每年的游泳训练，营长都要做动员，都要讲老人的故事。

委　婉

　　典子找到我，悲切地说，草本的父亲出了意外，家里不敢告诉他，他们父子情深，怕他受不了，他家人让她想办法告诉他。典子红着眼说她无论如何也开不了这个口，托我和草本谈，"你和草本是朋友，你告诉他，要说得委婉些。"

　　如何委婉地将事情告诉草本，让我大伤脑筋，我是个喜欢直来直去的主儿。临阵磨枪，我找来一些相关书籍求教，一则外国幽默给了我启发。说是一位太太外出旅游，关心她家里的那只宠物波斯猫，便打电话问丈夫，家里的猫怎么样了。丈夫说，很不幸，它死掉了。太太说："你怎么能直截了当地告诉我，这样我会受不了的。你应该说，它爬上了树，又跳上了屋顶，不小心摔下来。那么你再告诉我，我母亲怎么样了。"丈夫说，她爬上了树，又跳上了屋顶。我把这个故事讲给草本听，草本说："这个故事我早就听过。"我说："虽然是个故事，可现实中也真会有这样的事，比如说，你的家里……"草本一瞪眼，"你少说晦气的话，我们家人没人会上树。"我说，当然，不光是上树，有的人突如其来地暴病。草本拍拍胸脯，"我家人身体个顶个的棒。我妈跳绳、踢毽子，连小姑娘都不是个儿，我爸参加老年中长跑比赛，连续两年都是县里的冠军。怎么，你家里有人得了急病？"我说我家没有，虽然父亲这两年患了脑血栓，但吃药治病已经稳定了。现在经常得点小病小灾的还好些呢。常言说病恹恹，活千年。怕就怕身体棒的。你就说美国女排运动员海曼，又高又壮的，不就倒在赛场了。草本撇撇嘴，"老外吧？那是巨人容易得的马凡氏综合征，死亡率百分之八十，没救。"我说世界上最不值钱的就是人啦，你说说，现在保护森林、保护耕地、保护江河、保护湿地、保护野生动物，啥都比人宝贵了，人可以再生嘛。司马迁说过，人固有一死，或重于泰山，或轻如鸿毛。咱平民百姓，一辈子也不图重于泰山也不能轻于鸿毛，只要平平安安问心无愧，一辈子也就值啦。人来世上走一遭，恋爱、结婚、生子，把儿女们养大成人也就差不多完成他的人生使命了。对老人只要孝敬他，关心他，让他感到了家的温暖，即使是老人去了也会感到欣慰的，儿女们也不必过分地难受。谁又能千年不死呢，那不成了王八了，千年的王八万年的龟嘛。草本说，人来到世上就应该快快乐乐地生活。我们家就是个欢乐家庭，家庭快乐美满，生活质量高，人就可以健康长寿。我说是的是的，不过苏轼他老人家早就说过月有阴晴圆缺，人有悲欢离合啊。悲和欢总是连在一起的。一个彩民，回回买彩票不中，买得倾家荡产时，却中了个特等奖，500万元，结果兴奋过度，突发心脏病，死了。我的一个朋友，就是想开车，谁都拦不住。家里不给钱，他就去医院卖血交学费，考上了本子，结果放单没有两个月，把车开上了便道，一家三口让他撞得一死两伤，他自己也判刑入狱。世上的事最难说的就是突然，就是意外。假如说，被撞的是你家的人，是你的父亲……草本一把抓住我的胳膊，"我再次警告你，不许拿我家开涮，尤其是咒我父亲！"草本不理我，独自坐在床上喘着粗气。我咬咬牙，好吧，也别假如了，"草本，你父亲去世了。"草本疯了一样跳起来，照我脸上就给了一拳。"好哇，我一直把你当朋友，你今天转这么大个圈来耍我，我不再有你这个朋友了。"草本甩门而去。

典子找到我问，你和草本谈了吗？谈了。委婉吗？委婉。结果呢？

我抬起头，指着乌青的眼窝，结果都写在这儿啦。

外交官

秦海陆大使眉头紧蹙，车子在坑洼不平的山路上颠簸，T 国迤逦的风景在车窗外随着车身的晃动而摇曳。

秘书说，纯粹是个意外。路桥队的田队长在施工区驾车，忽然闯出个小女孩，田队长刹车不及，孩子被撞了。医院也没能抢救过来。

秘书说，为了赶进度，田队长已经三天没合眼了。

秦海陆问，田队长他们人呢？

在医院。村庄的年轻人手持棍棒在出事地点等候，说要对中国人报复。秦大使，我们这样去，是不是太危险了？

秦海陆抱着双臂陷入沉思。

秦海陆出身于医学世家，秦家八代行医，名声显赫。秦海陆的爷爷和父亲都是名震国内外的医学权威。祖上留下祖训，秦家儿男只能从医，不可为政。秦海陆 8 岁跟随父亲学医，聪颖灵慧，很得爷爷的喜爱。爷爷期望他秉承祖业，精心医术。秦海陆学习成绩优秀，高考时要填报中国外交学院，在秦家中荡起轩然大波。虽然父母被秦海陆勉强说服了，爷爷反对的态度却强硬如铁。爷爷手中的拐杖捣得地面咚咚作响，"如果不报考医学院，你就不是我秦家的后代，从此也不要再登我的门。"秦海陆还是上了外交学院，爷爷气得大病一场。秦海陆几次去探望都被爷爷给轰出来了。大学期间，爷爷从不接秦海陆的电话，都是奶奶转告说海陆问候你哪。秦海陆大学毕业，实习，派驻国外工作，爷爷都没有理睬。秦海陆打过来的越洋电话，爷爷也是毫不理会。爷爷是真伤心了。

秦海陆问："以前有过类似的情况吗？"

秘书说："去年 M 国使馆有过。M 国使馆的司机出事，轧死当地的一名青年。结果司机被扣了七天，遭到毒打。M 国使馆最后花费近 10 万美元才把半死不活的人给救回来。我们这一次比 M 国要麻烦……"

秦海陆默默地点了点头，把目光转向车外。

秦海陆的父亲是国内著名的脑外科权威，研究所几次征求他的意见，让他出任所长，他都婉言谢绝。秦海陆上了大学，父亲尊重了他的选择，但心里还是不乐意的。毕竟是违背了祖训。秦海陆对父亲说："爸爸，国家需要像您和爷爷这样的医学专家，难道就不需要像您和爷爷一样高明权威的外交家吗？我就是要去实现自己的理想，成为一名优秀的外交官。"

车子戛然停住。秦海陆走下车，立即被一群愤怒的人群围住，年轻人手里拿着粗细长短不一的木棍。当地的一名警察把死者的母亲和当地的族长介绍给秦海陆。

秦海陆握着族长的手说，老人家，发生这样的意外不幸的事情，我们也和你们一样难过。我们应该更快一些来解决事情，但是，这里的路很难行啊。

族长点点头，"我们祖祖辈辈居住在这里，因为行路难，族里有一半的人都没有出过寨子。"

秦海陆说："我们中国是贵国的朋友。我们的工程队到这里就是为了修通这条道路。顶多半年时间，寨子里的人就可以沿着大路直接去首都了。"

围观的人群发出议论声，面部的表情也不显得那么敌对了。

秦海陆说："我们的田队长为了赶工程进度，已经连续工作 3 天了。我们的施工队来到贵国 8 个多月的时间里，已经有 3 名中国人为了贵国的公路建设献出了他们宝贵的生命。他们就埋在你们的国家公墓里。"

围观的人群里有人悄悄地放下了手中的木棍。

"发生这样的意外，我和大家一样痛心。但是，人死不能复生。我们只能向上帝祈祷，让死者得到安宁。家里有什么困难和要求，可以提出来，我们会尽最大的力量解决。"

族长带着几个人走进了路旁的屋子里去商议了。

秘书忧虑地说，只能由他们漫天的要价了。

族长出来了，孩子的母亲黑色的脸上有了笑容，露出洁白的牙齿。

族长说："好了，只收 1500 美元的安葬费，不再提任何要求了。我们盼望公路早日修到我们的寨子。"

不同肤色的两双手再次紧紧地握在一起，人群发出友善的欢呼声。

电话响了，秘书把电话交到秦海陆的手里，秦海陆刚刚舒展的眉头又紧蹙到一起。

"回大使馆!"汽车跳跃着急驶，车后卷起一条黄龙。

老人目不转睛地盯着电视机，桌子上的饭菜早已放凉，杯中的茶水也没有了温度。新闻播报说，在我国驻 T 国大使馆人员的积极斡旋下，遭到不明身份者绑架的我国 5 名工作人员已经成功获释。

老人兴奋地站起身，在屋子里来回踱步。

老人拿起了电话，"海陆吗？我是爷爷。孩子，干得好，要好好干!"

老人挂了电话。

官 娃

"俺娃在省城做大官呢。"这句话不知被森德老汉唠叨过多少回。街坊邻居遇到个啥作难的事,这句话就会从森德老汉皱巴巴缺了牙的嘴里轻溜溜地滑出来。乡里乡亲的谁家圈里几头猪、谁家母驴怀了驹都再清楚不过了,你森德家的娃在城里当大官,歇歇吧。当官的人村里倒是有一个,东街的狗毛在县城啥子公司当科长,每次回村都开个铁壳子车,给村里人发带把的烟。

森德老汉的话不是没人信过。那年县里化肥脱销,村里人眼瞅着田里的苗施不上肥,急得牙根子上火。森德老汉一句话,惹恼了村委主任:"老爹,你就别添乱子了,你娃真当的是大官就让他给批点化肥来。看看人家狗毛家的地,早上了肥了。"森德老汉就背了个包,搭车去了省里,三五天过去,还真拉回一车尿素。价钱大了可田不等人,肥用了,闲话也有了:还说娃在省里当啥官呢,连平价化肥都搞不到呢。森德解释说:"俺娃说,尿素上着比化肥好呢。"庄稼人不愿听,庄稼人图的是实惠。

森德老汉每年地里活闲的时候,就背着杂粮去娃家住上几天,回村里也给人发带把的烟。人们吸着森德老汉的烟,搭讪着城里的事。森德老汉说:"城里咱乡下人住不来,上楼下楼都关在个铁壳子里,忽闪着人头晕;地上铺着木实块,油光光的直想打斤斗;七老八十的人喽,娃媳妇还逼着他喝酸奶；连上茅池都是坐着，干使劲就是屙不下来。"年轻人逗趣说："吹牛吧，你娃要是个大官也开的就是小车。"

森德老汉再进城还真是坐着红颜色的小车回村了。森德老汉说："在城里两天就住腻了，对娃说俺要回村呢。娃说去买火车票，俺说火车坐着头老晕。娃说那就买汽车票，俺说汽车开不到村里。爹老了，腿脚不利索了呢，你就用你成天坐的那种小车把俺送回去，村里人都应记着哪。娃没说二话，打个电话就要来车。瞧瞧，排场不，红颜色，娃说吉利。"森德老汉脸上堆满了欣慰。

一青年围着车转了一圈，认出了车上印的字："老爹，你坐的是出租车，要花大钱雇呢。""俺一个子也没掏。""那是你娃给掏的呗，问问师傅从省城到咱村得多少钱？"开车师傅伸出仨指头。"赁贵，三十块钱？"森德老汉瞪圆了眼。三十块钱摸摸。"给了三百我还不愿跑呢，回去得赶黑路呢。"森德老汉张大了嘴巴。"森德老爹你也真舍得，可以买半吨化肥呢。"森德老汉像一下矮了许多，见到大人小孩都低着头，从此不再说娃在省城做大官的话。

森德老汉病了，病得不轻。村主任说发个信让娃回来看看。森德摇摇头，娃忙，娃不易呢。森德老汉去世后，他娃从省里回了村，坐的还是森德老汉坐的那种花钱雇的车。第二天村里来了一排溜大车小车，有省里、市里、县上的，村里人才想起森德老汉的娃真是在省里当大官呢，是个行长，手里管着几千个亿呢。森德老汉的娃挨家挨户感谢乡亲对老爹的照顾，然后带着媳妇女儿在森德老汉的坟前跪了很久很久。